刺客守則5
ASSASSINSPRIDE
暗殺教師與深淵饗宴
請原諒我，小姐。
這並非任務，也不是使命。
——只是我的私心。

「如果老師願意一直當我的家庭教師，
請不要將你的教導變成謊言。」
「噯，莉塔。
希望妳聽我說些事。」
梅莉達・安傑爾
憑著努力與庫法的指導，擺脫「無能才女」的烙印，順利升上二年級。非常在意蘿賽蒂與庫法的關係。
愛麗絲・安傑爾
與梅莉達一起升上二年級的堂姊妹。關於自己的家庭教師對庫法展開攻勢這點，看似是站在梅莉達這邊，然而……

蘿賽蒂・普利凱特
愛麗絲的家庭教師。突然向庫法逼婚，讓眾人大吃一驚。出身是靠近夜界的地底都市鄉哥爾塔。
「……我能清楚斷言的，就是我無法證明自己的清白這件事。」
「我的內心在開了個大洞的記憶洞穴彼端吶喊著。」
庫法・梵皮爾
是「白夜騎兵團」的刺客，也擔任梅莉達的家庭教師。他與這次的研修地點鄉哥爾塔，過去似乎有段深厚因緣……

噯，要不要真的跟我結婚呀？
為什麼小庫總是願意在我傷腦筋時幫我一把呢？我知道打從初次見面時起，小庫就一直不著痕跡地在關心我。

噯，老師。
……更用力地
抱緊我好嗎？
雖然希望大家能關注老師，
但其實希望只有我了解老師。
看到老師在各方面活躍，明明很開心，
但還是會忍不住心想……
希望老師把我擺在第一。

「到底誰
才更深愛著小庫——」
「一決勝負吧！」
蘿賽蒂緩緩估算
與梅莉達之間的距離，
徐徐撕開婚紗禮服的裙襬。
她撕出一道甚至能窺見大腿的開衩，
擺出戰鬥態勢。

「到底誰才適合站在
庫法老師身旁——」
雙方緩緩壓低重心的瞬間，
每個人都察覺到
周圍的空氣摩擦出火花。

咒力的凍氣纏繞在毫不遲疑地高舉起的手掌上。
蘿賽蒂拚命舉起使不出力的手臂，抓住他的手掌。
「我不要那樣……！
我想跟你一起活下去……！」

刺客守則

ASSASSINSPRIDE

暗殺教師與深淵饗宴

5

天城ケイ
KeiAmagi

ニノモトニノ
illustration
Ninomotonino

Kadokawa Fantastic Novels

彩頁、內文插圖／ニノモトニノ

ASSASSINSPRIDE

CONTENTS

HOMEROOM EARLIER
014

LESSON: Ⅰ
～聖弗立戴斯威德的明朗預兆～
024

LESSON: Ⅱ
～大地盡頭的雷鳴～
081

LESSON: Ⅲ
～無論上下都沒有路標～
121

LESSON: Ⅳ
～天使與惡魔的驚奇冒險～
155

LESSON: Ⅴ
～某具骸骨的遺言～
187

LESSON: Ⅵ
～悠久的婚禮～
229

HOMEROOM LATER
305

後記
323

CHARACTER

庫法・梵皮爾

隸屬於「白夜騎兵團」的
瑪那能力者，位階為「武士」。
雖然被派來擔任梅莉達的
家庭教師兼刺客，
卻違抗任務培育梅莉達。

梅莉達・安傑爾

雖生在三大公爵家的「聖騎士」家，
卻不具備瑪那的少女。
即使被輕蔑為無能才女
也並未灰心喪志，
是勇敢且堅強的努力之人。

愛麗絲・安傑爾

梅莉達的堂姊妹，
具備「聖騎士」位階的
瑪那能力者。
以全學年首席的實力為傲。
沉默寡言且面無表情。

蘿賽蒂・普利凱特

隸屬於精銳部隊
「聖都親衛隊」的菁英。
位階是「舞巫女」。
現在是愛麗絲的家庭教師。

繆爾・拉・摩爾

三大公爵家之一
「魔騎士」的千金。
與梅莉達等人同年紀，
卻散發成熟的神祕氛圍。

莎拉夏・席克薩爾

三大公爵家
「龍騎士」的千金，
與繆爾是同校的朋友。
個性文靜且怯懦。

塞爾裘・席克薩爾

年紀輕輕便繼承爵位的
「龍騎士」公爵，
是莎拉夏的哥哥。
此外亦是「革新派」首領。

布拉克・馬迪雅

隸屬於「白夜騎兵團」的
變裝專家。
位階是變幻自如，
具模仿能力的「小丑」。

威廉・金

隸屬於藍坎斯洛普的
恐怖集團「黎明戲兵團」的
屍人鬼青年。
與庫法暗中勾結。

涅爾娃・馬爾堤呂

梅莉達的同班同學，
以前曾欺負梅莉達，
但兩人關係最近產生變化。
位階是「鬥士」。

KEYWORD

藍坎斯洛普	受到夜晚黑暗詛咒的生物化為怪物的模樣。 分成許多種族，擁有咒力這種異能。
瑪那	用來對抗藍坎斯洛普的力量。 具備瑪那的人須保護人類免受藍坎斯洛普的威脅，相對地擁有貴族地位。 根據能力的傾向分成各種位階。

基本位階

Fencer **劍士**	盾牌位階，以強大防禦性能與 支援能力為傲，特別強化防禦。	Gladiator **鬥士**	突擊型位階，攻擊、 防禦都具備突出性能。
Samurai **武士**	刺客位階，敏捷性優異， 擁有「隱密」能力。	Gunner **槍手**	特別強化遠距離戰的位階， 將瑪那灌注到各種槍械中戰鬥。
Maiden **舞巫女**	擅長將瑪那本身具現化 來戰鬥的位階。	Wizard **魔術師**	後衛位階，特別強化攻擊支援， 擁有「咒術」這項減益型技能。
Cleric **神官**	後衛位階，具防禦支援能力以及 把自身瑪那分給同伴的「慈愛」。	Clown **小丑**	特殊位階，能夠模仿 其他七個位階的異能。

上級位階

只有三大騎士公爵家——安傑爾家、席克薩爾家、拉．摩爾家
繼承的特別位階。

Paladin **聖騎士**	由安傑爾公爵家代代相傳的萬能位階。無論是戰鬥力或支援同伴的能力， 在各方面都以高水準為傲。具備所有位階中唯一的恢復能力「祝福」。
Dragoon **龍騎士**	由席克薩爾家所擁有，具備「飛翔」能力的位階。 活用驚人的跳躍力與滯空能力，將慣性毫無遺漏地轉化成攻擊力。
Diabolos **魔騎士**	由拉．摩爾家繼承，最強的殲滅位階。 具備能夠吸收對方瑪那的固有能力，在正面對戰中所向無敵。

HOMEROOM EARLIER

那個夢的開頭總是一樣。我在一片漆黑的走廊上眺望著細長的光之線。

縱然我們的世界被封閉在「夜晚」當中，但只要照明形狀都市（弗蘭德爾）的路燈沒有熄滅，就不會陷入完全的黑暗。爸爸曾經說過，反倒正因為害怕黑暗，導致人們過度生火，歷史才會伴隨亮光連結至今。

儘管如此，我佇立的走廊卻這麼漆黑，是因為我生活的住家原本就陰暗；因為牆壁對面鋪滿好幾層泥土和岩石的緣故；因為即使走出玄關，無論待在鎮上的哪裡都能看見的厚重基岩，在頭頂上方的高處將城鎮蓋了起來的關係。

倘若沒有延伸到地上的煙囪通風口，大家很快就會呼吸困難而死掉了——這些事也是爸爸告訴我的。爸爸非常聰明，我感到不可思議的事，只要詢問爸爸，無論什麼問題他都會告訴我答案。即使我們沒有血緣關係，也是能夠挺起胸膛自豪的家人。

但是這個夢境裡的爸爸總是背對著我。九歲的我注視著的細長光線是門縫。是從爸爸再三告誡我「不可以進去」的書齋洩出的燈光氣息。

我悄悄地睜大眼睛從縫隙間窺探裡面，可以看見一個巨大的背影趴在桌上。那背影猛抓杏仁色的頭髮，看起來簡直就像削瘦的野貓。

爸爸經常自言自語。我和兄弟姊妹不在周圍時，特別是像現在這樣夜深人靜的時候。爸爸經常閉關在書齋裡，喃喃自語地嘀咕著什麼。

「竟然有這麼可怕的事情……就……就理論來說的確是那樣，話雖如此……這……這也沒辦法啊！無論樹立多少功績，我也無法成為貴族……！」

書齋裡面除了爸爸以外，當然沒有任何人的身影。看起來很艱澀的書本在地板上堆積成山，桌上並列著散發出奇怪氣味的藥水小瓶。此刻爸爸彷彿陷入瘋狂似的揮動手臂，幾個瓶子被猛烈地掃到地板上。啪啦——玻璃碎裂四散，我的肩膀反射性地顫抖。

這房間彷彿會結蜘蛛網一般——每次窺探這間書齋時，我總是這麼心想。爸爸工作一遇到瓶頸，馬上就會像這樣弄亂房間，卻不擅長整理收拾。雖然哥哥姊姊說要是能請傭人來打掃就好了，但就連我們這些小孩都無法獲准進入書齋。我想就算僱用鎮上的人也一樣。

要是我們至少有「媽媽」的話——………

這想法剛浮現，九歲的我就很快地打消這念頭。尤其是不可以在爸爸面前說出「那個詞」，這是來到這個家的小孩首先會被告知的事情。

「蘿賽。」

纖細的手指從背後的走廊抓住我的肩膀。尚未變聲的中性嗓音聽起來十分悅耳。我轉頭一看，只見最近總算變得像是家人的一名男孩融入在黑暗當中。

他的睡衣是其他兄弟姊妹不想穿的黑色。配上他在這一帶罕見的髮色，看起來彷彿沉睡之國的使者。

「妳怎麼會在這種時間離開被窩？」

他用非常沉穩的聲音這麼說道，從我身後窺探門的縫隙。

「……不可以打擾他，我們走吧。」

「我睡不著。」

「沒事的。」

他握住我的手。九歲的我揉了揉眼皮，任憑擺布地跟著他走。我背向宛如細線一般的光芒，彷彿在沉睡使者的帶領下前往深淵盡頭。

融入在黑暗當中，看不見面貌的某人這麼說：

「我會在一旁看著。」

隨後，無論是牽起來的手的溫度，還是令人感到舒適的黑暗，都鬆開然後消失。

他的說話方式簡直就像王子一般高貴文雅，感覺在兄弟姊妹當中也綻放著異彩。不過他會敞開心房積極交談的對象，大概也只有自己了——即使是九歲的小孩內心，也有能夠察覺的事情。

像是其他人把他當成燙手山芋看待，他也拒絕與別人有牽扯這件事。

一開始對我的態度也是那樣。

「妳在那裡做什麼！」

他對我丟出的第一句話，是這樣的怒吼聲。被根本不熟的男孩子這樣大吼，九歲的女孩子會嚇到畏縮也是理所當然的吧。

我在空無一人的廣場深處蜷縮成一團。那裡有座簡單的石頭墳墓，供奉在墳上的花被踐踏得面目全非。廣場上埋葬著許多死者，但就連九歲小孩也看得出來最寒酸的十字架是哪個。

拱起肩膀威嚇我的少年，就彷彿持續孤軍奮戰的守墓人。

「妳也是來侮辱那個人的嗎？不僅是那人還活著時，甚至連死後也不放過！」

「……啊嗚……那個……」

「厭惡我們的話，就別管我們！別再靠近我們了！」

男孩子試圖用蠻力推開我，這時他總算注意到了吧。

從我被他用力拉起來的手中掉落的潔白花瓣。

「……花？」

守墓人彷彿從死灰當中撈起不可能存在的種子一般，這麼低喃。

這也難怪，他應該壓根不曾想過吧。貶低這灰暗十字架的人雖然多不勝數，但這個鎮上居然有人會來獻花。我絕對不是來嘲笑長眠在這裡的人，是看到墳墓被附近的小孩弄得亂七八糟——正確來說，是因為我無法阻止他們搗亂，才想說至少藉此聊以慰藉。

男孩子勉強吞下這百億分之一的奇蹟，但還是彷彿在察言觀色似的這麼說：

「妳為了這個人……採了新的花來嗎？」

當時還口齒不清的我點了點頭。一方面也是因為面對還不怎麼熟識的男孩子，感到緊張的關係。被泥土弄髒的細小手指，在遞出花束的同時微微顫抖著。

將禮物交給他之後，我立刻準備離開現場。但他叫住了我。

「等一下！……抱歉，我誤會了妳，還對妳怒吼。」

「…………」

「妳可以對那個人說些話嗎……那個人的說話對象已經只剩下我了。」

老實說，我對於那裡長眠著怎樣的人很感興趣，於是踩著小碎步折返回頭，在墳墓前蹲了下來。男孩子注目著我的嘴角。

然後我對簡樸的十字架獻上的話語，恐怕決定了我和他的命運。

「幸會，我是他的妹妹。」

「……！」

「今後我會跟哥哥一起活下去。請放心地安眠吧。」

那裡是廣場最深處，就連提燈的亮光也無法充分照射到。

儘管如此，十字架的邊角仍然滑過一抹淡淡的冰冷光芒，是我看錯了嗎？抑或是在男孩子臉頰上滑過的光輝反射也說不定。

雖然有點難為情，但我很慶幸那時能傳達出真心話。

因為我再也無法去掃那座墳墓了。

我為何會反覆不斷地一直作這個夢呢——

原因顯而易見。因為這一天是跟我親愛的兄弟姊妹度過的最後一天。至少在我的記憶中是這樣。

我的記憶在這裡中斷。過去的相簿被蟲蛀得坑坑洞洞，我怎樣也想不起來脫落的空洞曾留下怎樣的影像。說不定之後也永遠不會想起來。包括那可靠的聲音，還有溫暖的手掌——

冒出漆黑坑洞的照片，勉強殘留下來的景色是天空。正確來說，是堵住城鎮的天上之蓋。在相簿的最後一頁當中，我抬頭仰望著那景色。

我連一根手指都動不了，感覺到重要的血液從全身逐漸滴落。熱度漸漸被地面給吸收，冰冷僵硬的靈魂化為吐息，正準備從嘴脣裊裊升起。

「對不起，蘿賽……妳不用原諒我……！」

有人覆蓋在我身上，彷彿要制止我的靈魂一般。我只能茫然地回望著對方。

「妳會在這裡死去……我會殺掉妳……！」

融於黑暗裡的男孩子這麼說道，將嘴脣湊近我——然後吻了我的脖子。原本彷彿冰塊般的身體燃起了熱度，甜美的麻痺感竄過全身的神經。

我正準備沉眠的靈魂稍微清醒過來，在最後看見了那景象。

看見他亮麗的黑髮染上夢幻般的白光。

「……哥……哥………」

彷彿想將細線拉近身旁一般，九歲的指尖伸向天花板——

夢境總是在這裡結束。

† † †

「嗯……嗯……嗯嗯……？」

蘿賽蒂．普利凱特發現自己在無意識中推開了毛毯，清醒過來的同時眨了眨眼睛。

右手不知不覺間伸向床鋪的頂篷，彷彿要抓住什麼一般。

感覺其中似乎有無法無視的意志，蘿賽蒂握緊幾次五指。但碰觸到的空氣沒有告訴她任何情報，焦躁的感情也忽然穿過指尖流失了。

取而代之的，冰涼的臉頰讓蘿賽蒂察覺到一件事。

「我為什麼在哭呢……？」

她用剛才伸出的右手手背擦拭眼角，抬起上半身。

彷彿靈魂先從睡眠當中被拉起來一般，腦袋還沒有跟上狀況。

「我作了什麼夢呀………？」

就在她茫然地讓身體倒入毛毯海中時，夢境的餘韻也宛如波浪一般消退。被帶到遠方海面上的那夢境，改天又會在枕邊出現嗎？

此時有人大聲地敲著門。

「蘿賽蒂老師，請您差不多該起床了！早餐已經準備好了！愛麗絲小姐早就已經醒了！蘿賽蒂老師！」

「哇啊，沒時間發呆了！」

啪啦——彷彿氣球炸開一般，蘿賽蒂跳下床鋪。她解開睡衣的鈕釦，粗魯地脫掉睡衣，就這樣只穿內衣奔向化妝臺前。她拿梳子整理睡亂的頭髮，並拿起乾淨的毛巾想掩飾淚痕。

這時她忽然與鏡中的自己互相對望。

她緩緩彎曲上半身，讓嘴唇輕輕地互相碰觸。留下了豔麗的吻痕。

「……我的嘴唇變成了他的東西。」

她撫摸吻痕，接著將指尖移向嘴唇。

「小庫……」

彷彿用拳頭撞擊般的敲門聲再次響起。

「蘿賽蒂老師！我要讓女僕突擊了喲！讓她們幫妳換衣服喲！妳起床了嗎？蘿賽蒂老師！」

「哇啊啊，我起床了！我已經起床了！拜託妳千萬別那麼做～～！」

蘿賽蒂立刻發出窩囊的哀號，從衣櫃裡拉出替換的衣服。

沒有映照出任何人的鏡子上，只留下褪色的吻痕。

LESSON：I ～聖弗立戴斯威德的明朗預兆～

那天早上，庫法也一聲不響地融入在慵懶的黑暗當中。

他工作的這間宅邸地位高貴，彷彿修練多年的魔女一般歷史悠久，邁出步伐的雙腳將地板彷彿脊椎一般踩塌，讓地板發出嘎吱的抗議聲響。這時要像在慰勞地板似的讓鞋底滑過，以免妨礙淑女的睡眠，這才是紳士的禮儀。

目的地是已經十分熟悉的一樓寢室。庫法沒有敲門，就推開佇立在寂靜當中的雙開門。嘰——清醒的聲響劃破空氣。

「小姐……妳還在休息嗎……？」

庫法並非為了喚醒對方，而是為了確認這麼說道，並關上房門。靠陽臺的窗簾緊密地拉上，沉重的黑暗包裹住少女的睡眠。附帶頂篷的豪華床鋪上，可以看見一個隆起，就彷彿在等待孵化的天使之卵。

庫法從籠罩房間的空氣當中嗅了一下主人的香氣，走近床邊。

這時他飛快地將攜帶過來的東西抽到眼前。

LESSON: I

～聖弗立戴斯威德的明朗預兆～

彎曲的刀身朦朧地反射從窗簾縫隙間照射進來的光芒。

床上的隆起至今仍沒有要爬起來的跡象。

「小姐再不醒來的話……」

站在床鋪旁邊的庫法，高高舉起反手拿著的刀。

刀尖宛如閃電一般，分毫不差地瞄準緩緩起伏的天使之卵頂點——

「……就要沒命嘍？」

颼——！氣勢凶猛地刺下去！

——在千鈞一髮之際，毛毯的一角氣勢猛烈地翻開了。

彷彿彈簧機關一般從毛毯底下衝出來的人影，在地毯上翻滾身體進行護身倒法，然後跳起身。

女用睡衣與自豪的金髮凌亂不堪的梅莉達大口喘著氣。

「呼……呼……呼……！早……早……早安，老師！」

「早安，小姐。剛才的反應很棒喔。」

庫法看似滿足地這麼回答，抽起壓垮了毛毯的**木刀**給梅莉達看。

看到家庭教師一臉若無其事地整理床鋪，手腳俐落地拉開窗簾的身影，就連梅莉達也不禁憤慨地反覆抱怨著。自己可是人比花嬌的十四歲少女。

「老師真是的！我不是說請老師不要用殺氣叫醒我嗎！」

「這是訓練的一環。我沒有使用真正的劍，小姐就該覺得感激了。」

「不是那個問題。我還以為心臟會跳出來呢！」

「有這麼活潑的心臟，真是太好了。」

無論梅莉達說什麼，家庭教師都只是四兩撥千金地敷衍過去，這讓梅莉達只能氣呼呼地鼓起柔嫩的臉頰。庫法用細繩將窗簾束起後，微微打開窗戶，讓春天的空氣進入室內。他拉下百葉窗遮擋視野後，重新走近主人身旁。

庫法梳理梅莉達凌亂不堪的金髮，將手指放在垂落到肩膀的女用睡衣上。

「要幫妳換衣服嗎？」

梅莉達噘起嘴，氣呼呼地轉過頭去。

「我才不是小孩子！」

「追根究柢，我覺得老師該說是有點沒神經嗎？對淑女實在不夠體貼！老師如果要來叫我起床的話，應該事先告知我一聲才行呀！我也需要準備一下好迎接老師，像是整理儀容之類的——」

「小姐說什麼悠哉話。小姐以為刺客會像怪盜一樣，事先通知『什麼時候會在哪裡

LESSON: I

～聖弗立戴斯威德的明朗預兆～

來取閣下性命』嗎？」

「可是，老師又不是刺客不是嗎！」

庫法不禁停下腳步，驚訝地眨了眨眼睛。

「小姐說得沒錯。」

梅莉達並未察覺家庭教師的異常，在走廊上奔馳的她衝進了廚房。她從正面抱住在那裡散播著芳香氣味，身穿圍裙裝的少女。

「早啊，艾咪！妳聽我說，老師他實在很過分。他趁我睡著時偷偷潛入房間，又打算用木刀敲醒我！如……如果是溫柔地吻我也就算了……我覺得這樣一點也不浪漫！」

「哎呀哎呀，小姐跟庫法先生從早上感情就這麼好呢。」

梅莉達明明希望艾咪同情自己，但不知為何，艾咪卻是一臉欣喜地笑著。原本在烤麵包的麥菈與妮采，表情也像是發現愉快的報導時那樣。

「哦～哦～又在打情罵俏了。」

「這兩人還是老樣子呢。」

「各位早安。把早餐的準備工作都交給各位處理，實在很抱歉。」

庫法一邊道早安，同時輕輕翻轉手背。蒼藍火焰從指尖舞動起來。

「因為我們還有早上的訓練課程。」

庫法等待梅莉達的反應，經過兩秒。「啊！」轉過頭來的她慢半拍地將力量灌注到全身。她用力地握緊雙拳，過了一會兒後，瑪那從全身被解放出來。

彷彿表現出她高貴氣質的輝煌火焰，輕輕地吹起女僕的圍裙。

「小姐發現得有點晚啊。先揮刀五十次熱身吧！」

「呼咕～～……！」

「鼓起臉頰生氣也沒用喔。好啦，時間有限。早餐就等課程結束後！」

庫法將手貼在梅莉達換上訓練服的纖細背後，帶她離開廚房。

「那麼各位，我們稍微流個汗再回來。」

青年的美貌留下迷人的餘韻，消失到走廊上。女僕知道每天早上與放學後，學生都會認真訓練到滿身大汗，立刻決定開始準備熱水澡。葛蕾絲做出捲起袖子的動作，嘴角上揚。

「感覺今年也會是個熱鬧的一年呢。」

來到甚至記住了草叢感觸的宅邸後院。梅莉達穿著緊貼下半身的緊身褲與運動服，柔軟地彎曲健康的肢體。持續揮出的木刀發出咻咻聲響，輕快地劃破空氣。這並非刊登在課本上的東西，而是庫法指導的實戰性劍術之型。

LESSON: I

～聖弗立戴斯威德的明朗預兆～

教師將自身的木刀插在草地上，彷彿連揮刀練習的時間都要吝惜般發表演說。

「等眼睛確認到異常之後就太慢了。當肌膚感覺到瑪那時，那一瞬間就要調整到中立狀態！在日常生活中感覺到瑪那這件事本身，就是緊急狀況的暗號。面對進入臨戰態勢的對手，沒有比呆站不動更愚蠢的行為了。因為只要有解放瑪那，甚至能夠在零點三秒內將人毆打致死！」

「呼……呼……！喝……！」

梅莉達伴隨著輕微的呼氣，拚命地持續揮砍空氣。庫法稍微露出微笑。

「如果要進一步奢求，希望小姐可以學會不花費多餘的力氣，就能解放瑪那。即使在談笑途中也能自然而然，即使喝茶喝到一半也能優雅地……」

「四十八……四十九……五十次！」

「很好。那麼，最後再卯足全力揮十次收尾吧！」

梅莉達暫且壓低身體，將刀收到腰際。宛如野獸一般企圖一擊必殺的那架勢，跟她那位在戰場上讓軍服隨風搖曳的師傅如出一轍。

空氣在她邁步踏向前方的同時發出呼嘯。

「喝！喝！喝！喝！喝！——喝！」

連續揮砍的第十次勾勒出軌跡，慢一步發生的劍壓猛然吹起草叢。

臉頰感受到一陣舒適的微風，庫法拔起木刀，在手掌上轉動，擺出架勢。

「那麼，開始今天的課程。妳準備好了嗎，小姐？」

梅莉達先端正了姿勢，然後對庫法深深一鞠躬。

「請多指教，老師！」

† † †

之後進行慣例的打擊練習、提昇基礎能力、馴服混沌的修練與日課的訓練菜單，過了一小時後，滿身大汗的學生倒在草地上。即使是平常說什麼淑女該注重儀容，非常在意家庭教師視線的她，一旦變成這樣也是顏面盡失。

啪——庫法闔上懷錶，依然一臉若無其事的表情，開口告知：

「早上的訓練就先到此為止吧。妳很努力，小姐。」

「是～謝謝老師……」

梅莉達緩緩抬起上半身，規矩地向庫法道謝，這是她的美德吧。庫法面帶微笑地俯視著她，伸手協助她站起來。

「食物的香味飄過來啦。去沖個澡然後用餐吧——要是比約定的時間晚到，蘿賽蒂

LESSON I ~聖弗立戴斯威德的明朗預兆~

小姐她們會鬧彆扭吧。」

這時，少女的肩膀敏感地做出反應，抽動了一下。

她用手指緊緊握住護衛自己的紳士手掌。

「那……那個……老師……我有事情想問你……」

「小姐。」

這時，庫法用僵硬的聲音打斷梅莉達的話尾。抬起頭的他並沒有在看自己的學生。只是彷彿要庇護少女不受什麼侵害一般，將另一邊手掌貼在少女的肩上。

梅莉達用疑惑的視線跟他看向一樣的方向，過沒多久，宅邸的後門打開了。艾咪稍微拉起長裙，噠噠地飛奔過來。

在她開口說話前，庫法先犀利地詢問：

「是哪位前來拜訪了嗎？」

「哎呀，庫法先生真是千里眼呢。沒錯，玄關前有客人來訪。是一位跟庫法先生身穿同樣顏色的軍服，帶著枴杖的伯伯──」

「我來接待。」

話剛說完，庫法立刻離開梅莉達身旁。他沒有經由宅邸，打算直接前往玄關，艾咪連忙出聲對他說道：

「那個，雖然我說了可以準備房間……」

「他拒絕了對吧？不用擔心，那只是單純的郵差。」

我立刻讓他回去——庫法補充了這樣的言外之意，背向艾咪。這毫無貴族形式可言的對話，讓被留下來的少女只能訝異地面面相覷。

梅莉達將臉轉回原位，對眨眼間就不見人影的心上人提問。

——老師，我有事情想問你。

能不能告訴我更多關於你的事情呢？

與宅邸保持充分的距離後，庫法甚至顧慮到彷彿在側耳傾聽的花叢，低聲說話。

「那麼，只要使用這個藥……」

他手掌裡握著一個可疑小瓶。淺水色液體在玻璃容器內側淡淡地發光著。「對……」帶來那東西的郵差，也就是庫法隸屬的白夜騎兵團的上司沉重地點頭回應，再次重複同樣的話語。

「這似乎是在實驗中的反覆試驗時，因奇蹟般的偶然調配出來的。那一瓶正好是一人份。聽說能重現相同東西的可能性很低——你要深思熟慮後再使用。」

「…………」

LESSON: I

~聖弗立戴斯威德的明朗預兆~

庫法一言不發地將水色小瓶收進懷裡。

上司本想點燃香菸，但或許是感受到花朵的視線，他收起了打火機。他用無事可做的手掌抓了抓後腦杓，發出感到厭煩般的聲音。

「……你果然要去嗎？明明再也不願回想起來。」

「到目前為止一直疏忽這點，是我的責任。這次一定要一隻不剩地收拾掉。」

「那樣是很好啦，但別忘了你目前的暗殺對象另有其人喔。」

上司只忠告了這點，便轉過身去。他拄著枴杖準備前往大門那邊離開，庫法咧嘴一笑，對他的背影呼喚道：

「哎呀，老爺。您不喝杯紅茶再走嗎？」

上司露出當真很厭惡的表情，只轉過頭來，嘴角扭曲。

「真不湊巧，我是咖啡派啊。」

他一臉無趣似的轉回前方後，一邊散播菸味，同時邁出步伐。庫法目送他離去，直到那軍服身影被植物擋住為止，才總算轉過頭看。他感受到宅邸那邊有股專注的視線。

庫法沿著石版路前進，只見金髮天使從微微打開門的玄關陰影處探出頭來。

「那個，老師……剛才的客人是？」

「是部隊的相關人士，小姐不需要在意。」

「…………」

一看之下，梅莉達還穿著沾滿泥巴的訓練服。庫法伸出戴著手套的手指，輕輕撫摸棉花糖般的臉頰。平常這樣就會一臉陶醉地露出舒適表情的學生，現在表情還是殘留著陰霾。

「沒有任何需要小姐煩憂的事情。」

簡直就像在說服自己一般，庫法又重複一次。

從那次春假之後，梅莉達有時就會露出這種擔憂的表情。

† † †

「噯，小庫。你可以跟我結個婚嗎？」

「……………………………什麼？」

庫法在隔了很長一段時間後，才做出呆愣的回應，他不知為何下意識地觀察梅莉達她們的反應。在弗蘭德爾王城夢幻般的噴泉旁，梅莉達與愛麗絲依然穿著從天界降臨的天使衣裳，茫然地半張著嘴。

她們可能至今還無法從家庭教師突然的接吻跟上情況。庫法也是一樣，他從長椅上

LESSON I ～聖弗立戴斯威德的明朗預兆～

疑惑地仰望總是突然做出無釐頭驚人舉動的蘿賽蒂。

「呃，換言之這是……愛的告白？」

「不是啦！不，你要那麼說也是可以啦！雖然你總是做些壞心眼的舉動，但包括那種地方在內，我也很欣賞小庫……但你別誤會喔，我可沒有什麼奇怪的癖好！暫且不提這個，果然還是需要真實感吧？就算跟完全不感興趣的人一起主張『我們要結婚～』，知道的人馬上就會識破，而且是家人的話就更不用說了，如果要完美地騙過所有人，沒錯，就是需要愛！既然如此，就我的立場來說，果然還是只有小庫這個人選——所以拜託你，請跟我結婚！」

「簡單來說，推測起來是這麼一回事嗎？」

名偵探整理支離破碎的證詞，沉重地站起身來。

「妳所謂的返鄉——是為了相親？」

蘿賽蒂驚慌地揮動雙手，隨後沮喪地垂下肩膀。

「……換句話說就是那樣。」

「對方是哪來的油蟬王八蛋？」

「是同個鎮上認識挺久的人——你好像話中帶刺耶？」

「是妳的錯覺。」

庫法一臉認真地連點幾次頭，眼睛也不眨地催促蘿賽蒂說下去。「然後？」

蘿賽蒂像是想開了一般，開始發洩自己抱持的不滿。

「我現在還沒有辦法立刻考慮結婚什麼的，但我最討厭的是那之後的事情！爸爸居然叫我辭掉聖都親衛隊，回去鎮上。也就是要我辭掉騎士職位一直待在家裡。我才不要那樣！人家還沒玩過癮呢！」

「那種蠢才父親，把他打趴在地不就好了嗎？」

「如果能那麼做，我就不會這麼辛苦了……」

紅髮少女彷彿從骨頭開始虛脫一般，癱軟無力地彎曲上半身。

「因為爸爸對我恩重如山，所以我不太想鬧出風波……而且我很快就闖了禍，被迫暫停聖都親衛隊的工作，所以就算說『我有工作』也毫無說服力……話雖如此，我也不想跟不喜歡的人結婚啊！再說我也絕對不想辭掉騎兵團，所以——」

「妳就信口開河了嗎……」

「我說了……說『我有發誓要白頭偕老的戀人』。」

嘿嘿——蘿賽蒂裝可愛吐舌的動作，讓庫法絕妙地感到火大。

「在爸爸心中，我們的設定是已經同居，每天都會接吻一百次，吻到嘴唇都快融化了。無論是白天或在大庭廣眾之下都照吻不誤。但這設定很那個呢，實際嘗試之後，感覺很害羞呢！啊哈哈哈，我的臉好像又開始發燙了。」

「妳胡扯也該拿捏分寸吧。」

「哎呀，一開始加油添醋，就停不下來了嘛……」

蘿賽蒂彷彿稚嫩的少女一般臉頰染紅，簡直是三流詐欺師。

唉——庫法刻意裝模作樣地嘆氣，再次偷看學生。

「老師跟蘿賽蒂大人結婚……同居……？每天接接……接吻一百次……？」

聽到被告在眼前講了一長串藉口，她們總算漸漸理解情況了吧。梅莉達簡直就像在等待審判之日的羔羊一般顫抖著身體。

儘管要對純真的少女宣告判決，讓人非常過意不去——

但被迫聽說了原因的現在，庫法對於告白的答覆只有一個。

「真沒辦法，好吧。」

——根本一點也不好！

青年無從得知自己的學生在內心拚命這麼吶喊的事實。

† † †

在新年度揭開序幕，五月也過了一半的卡帝納爾茲學教區。天使姊妹——也就是身穿紅薔薇制服的梅莉達與愛麗絲今天也照常鑽過聖弗立戴斯威德女子學院的城門，沿著綠意盎然的散步道前進。

纖細雙手拎著的並非平常的學生書包，而是沉甸甸的旅行用行李箱。環顧周圍，帶著同樣大行李的學生披著可愛的披肩或披風，還沒穿習慣制服的一年級學生，因為有母親陪同而很顯眼。

「其實又不是真的要結婚嘛？」

梅莉達一邊使勁握緊行李箱的提把，同時重複已經講了好幾十次的臺詞。彷彿想說不這樣穩固理性的話，衝動隨時會潰堤一般，愛麗絲也一如往常板著臉點頭同意。

「只是演戲罷了，而且有限定期間。只要蘿賽老師能**騙過**家人，一切又會恢復原狀。」

「沒錯！所以我們根本絲毫沒有必要感到混亂。因為這是在幫助別人。老師的內心怎麼想，又是另一個問題呢！」

「同意。那次『接吻』也是，沒錯，單純是約定的證明。就類似握手那樣。」

「妳很清楚嘛！現在回想起來，是否真的接吻了也讓人懷疑呢。無論如何，那時的『接觸』並沒有什麼深遠的含意！——可是呢，那個，我可以再說句話嗎？」

颼！梅莉達彷彿弓箭一般指向前方。

「不管怎麼說，那樣都黏太緊了吧！」

「欸嘿嘿，小庫的手臂好強壯～！」

梅莉達拚死的對抗心，被甜膩的氣氛Q軟地反彈回來。

前方有一對手勾著手漫步的俊男美女情侶。青年瀟灑地伸出手臂，少女雙手勾住青年的手臂，並依偎在他身上的模樣，從旁人眼裡看來，只像是一幅描繪出理想情侶的圖畫吧。女學生自然而然地避開散步道前進，有些人目瞪口呆，有些人臉頰泛紅，眺望著急遽縮短了距離的兩人。

只有梅莉達與愛麗絲在近距離忍受那彷彿要撲殺少女心一般的氣氛。實不相瞞，高貴的公爵家千金之所以會親自搬運對她們的纖細玉手來說過於沉重的行李箱，也是因為各自的隨從忙著抱住戀人的手臂。

梅莉達咚咚咚地踏著石版路前進。庫法的身旁其實應該是自己的專用席！挫敗感像這樣不斷直線上昇。自己那麼做倒無所謂。無論是手牽手或抱住對方，因為是主人與隨從，所以十分自然。沒錯，不管怎麼說，都十分自然。

但唯獨蘿賽蒂不能那麼做！先不論其他人，唯獨不能把庫法身旁讓給蘿賽蒂。因為梅莉達心裡明白，就憑目前被輕蔑為「無能才女」的自己，無論是身為女性的魅力，或身為騎士的高貴氣質，都遠遠不及「一代侯爵」——

「就算是為了欺騙家人，這樣會不會有點太超過了！」

「同感。蘿賽老師太得寸進尺了。今天早上的練習我使出了加倍的力量。」

「做得好，愛麗！」

「但是，還是贏不了……咕唔唔。」

「嗚嗚，我有生以來第一次這麼深刻地覺得，自己力量不足實在太沒出息了！」

這時蘿賽蒂轉過頭來，彷彿獲得獎盃的女王一般得意地誇耀。

「喔呵呵！對不起喔，梅莉達小姐、愛麗絲小姐。這也沒辦法，因為是演戲嘛。因為是演戲，我們必須卿卿我我才行。戲劇大熱門的劇團團長先生說過：『正因為是冒牌貨，才需要有超越正牌的品質』！」

「唔唔唔……！就算這樣，那個親暱的稱呼方式是怎麼回事呀！」

就連梅莉達平常也只是稱呼「老師」，想大飽口福時會在前頭加上「庫法」而已，別說是直呼名字，甚至一次也沒能下定決心使用暱稱。

LESSON I ～聖弗立戴斯威德的明朗預兆～

儘管如此，蘿賽蒂卻用彷彿在跳舞般的輕快態度，跨越了那道境界。感覺自己拚命說出「庫法大人」的少女心好像被嘲笑了一般。

「因為我們是情侶嘛。我之前就覺得應該決定一下稱呼方式才行，這下子正好，可以切實感受到距離感好像一下拉近了很多呢～」

「呼咕咕咕～～！」

「就算妳那樣子氣呼呼地鼓起臉頰也沒用～因為現在我才是主角。對吧，達令？」

「……噗嗤——」

這時庫法像是忍耐不住一般，別過頭噴笑出來，因此蘿賽蒂羞得滿臉通紅。她不禁忘記要扮演情侶，用平常的態度發出抗議。

「喂，你認真點演啦！這裡應該是甜蜜地低語『別管那些貪睡的 Baby 了，我們好好 Enjoy 吧，Honey？』的場面吧！」

「十……十分抱歉，與蘿賽蒂小姐是情侶這個設定，實在讓我渾身發癢。」

「為什麼呀？我明明演得這麼認真！」

這時眼神變得冰冷的梅莉達，以平坦的語調述說：

「我認為庫法老師與蘿賽蒂大人是非常契合的搭檔。」

「咦，是嗎？果然是那樣？欸嘿嘿……」

「可是並沒有情侶的氛圍，我無法想像兩位談情說愛的場景。」

轟隆——————！雷鳴穿過蘿賽蒂的背景。她彷彿臉色發青的金魚一般，嘴巴一張一合，接著猛然將手指比向穿著學生服的稚嫩少女。

「梅梅……梅莉達小姐幾歲？」

梅莉達端莊地拎起裙子，故作優雅地對蘿賽蒂鞠躬行禮。

「我是聖弗立戴斯威德的二年級生，今年滿十四歲。今後也請多多指教喲，蘿賽蒂．普利凱特大人？」

「我十七歲～我比妳年長足足三歲～！好，請尊敬長輩～！」

「戀戀……戀愛的——與……與男士之間的應對策略，跟年齡沒有關係！」

話剛說出口，梅莉達立刻抱住家庭教師的左手。被迫觀看兩人扮演情侶，梅莉達的忍耐已經到達極限。蘿賽蒂「啊！」了一聲，吊起眉尾。

「喂！梅莉達小姐可以在宅邸盡情被疼愛，這時禮讓我也沒關係吧！」

「我……我片刻也不想把老師交給別人！要說我跟老師的親密程度，可是驚天動地的喔！今天早上也是，老師在我睡覺時潛入我房間——」

「慢點，小庫，怎麼回事！你居然屢次冒犯公爵家的小姐？」

「這……這是誤會。我只是因為訓練的一環……」

「——各位請看，情況似乎愈來愈熱烈了！」

一行人注意到忽然從周圍響起的歡呼聲。

不知不覺間，女學生團團圍住了在散步道正中央吵鬧起來的梅莉達等人。一看到梅莉達與蘿賽蒂的攻防戰平息下來，立刻發出「哇！」的一聲，一齊推擠上來。她們的目標當然是招架不住天使爭執的庫法。

「雖然不是很清楚怎麼一回事，但也就是說可以輪流請庫法大人護衛自己嗎？」

「我也要報名候補！我從一年級開始，就一直在伺機尋找能兩人獨處交談的機會了！」

「行程是怎麼安排的呢？誰來呼喚一下庫法大人的經紀人！」

「啊啊，真是的～！為什麼會變這樣子呀～！」

「——咳咳！」

在薔薇色圓圈中，蘿賽蒂忍不住抱頭苦惱時。

響起一陣刻意的咳嗽聲，使所有人都安靜下來。眾人轉頭看向聲音的來源，人牆像在開路似的分開來。從庫法與梅莉達位置筆直延伸的前方，出現了新的團體。

「哎呀哎呀，各位同學？不該在新生面前做出這樣的舉動吧？」

「米……米特娜學生會長……」

LESSON I ～聖弗立戴斯威德的明朗預兆～

有人用顫抖的聲音這麼低喃，又退後兩三步。

站在新出現團體前頭的人，是個彷彿經常面帶微笑的陶瓷娃娃一般的美少女。雖然彩色髮圈強調著她的可愛，但顯示為聖弗立戴斯威德最高年級生的徽章，與從笑容底下滲出的威嚴，讓二年級生沉默下來。

米特娜．霍伊東尼，三年級生。是聖弗立戴斯威德女子學院的現任學生會長。也就是今年春天從學院畢業的克莉絲塔．香頌前學生會長的繼任者。

她浮現宛如面具的笑容，毫不畏懼地踏入低年級生的團體當中。從她筆直以中心為目標的腳步來看，要找的對象是梅莉達。就在梅莉達不由得抓住庫法袖子的手指用力抓得更緊的同時，會長的面具稍微動搖了。

她隨即瞇細單眼，以讓人看不出來的程度微微地蹙起眉頭。

「……實在不相稱。」

「咦？」

「梅莉達學妹，這樣不成體統喲。」

米特娜會長流暢地抬起手，摸索梅莉達的衣領。她稍微調整別在衣領上，顯示二年級生身分的徽章。徽章反彈提燈的亮光，閃耀著光輝。

「像那樣吵吵鬧鬧的話，全新的徽章會黯然失色。」

「十……十分抱歉，學姊……」

「妳該牽手的對象，那樣當真是正確的嗎？」

她稍微抬頭仰望庫法的臉。表現得若無其事，但用穩固的力量將梅莉達的手指從軍服上移開。梅莉達將無處可去的手與堂姊妹交纏。

這時會長總算露出了滿面笑容。

「很好。」

她轉過身，帶著二年級生的視線折返回原路。

「今天有很多客人會光臨學院。所有監護人應當都很擔心新生是否能適應這間學院。請避免做出有愧於高年級生身分的舉止——理事也會光臨學院。」

二年級生的視線立刻轉往其他方向。米特娜學生會長帶了一群母親，她們的女兒都是今年剛入學的一年級生。看到在散步道正中央吵鬧的少女，所有人都無一例外，表情嚴厲地蹙起眉頭。

其中一人從前頭走了出來，是一位身穿配色花俏到刺眼的套裝，化著濃妝的女士。

「我是聖弗立戴斯威德理事會的一員，斯塔齊喲。各位同學，妳們好。」

「「您……您好，斯塔齊女士……」」

「很好。我因為女兒入學，久違地鑽過了這間學院的城門。然後遭受了兩次衝擊喲。」

LESSON: I

～聖弗立戴斯威德的明朗預兆～

一次是因為聖弗立戴斯威德依舊沒變的美麗景致。然後另一次則是因為——目前就讀這裡的學生風紀敗壞！」

啪哩！響起宛如雷鳴般的聲響。回神一看，斯塔齊女士手上拿著彷彿教鞭的東西。她將教鞭打向另一邊手掌。少女顫抖起來。

斯塔齊女士緩緩在散步道上來回，向身體僵住的二年級生演講起來。

「說到聖弗立戴斯威德女子學院，在傳統上就是以培育賢妻良母為信條喲。貴族千金的職責並非只是在戰場上粗野地揮劍。有時也必須秉持勇氣從檯面上退出，扶持丈夫，保護孩子，在幕後盡力為弗蘭德爾的發展付出才行喲！」

「丈夫」這個詞讓梅莉達做出反應，她悄悄地拉了拉庫法的袖子。

「老師，你知道嗎？聖弗立戴斯威德的畢業生，是很熱門的新娘人選喔？」

「明明如此，但看看妳們！」

雖然很想從心上人口中聽到一些反應，但在那之前雷鳴又再度響起。

斯塔齊女士浮現惡鬼般的樣貌，塗抹在她臉上的濃妝整個花掉。

「沒想到理事會只是稍微沒注意，就變成這副德行！對於並非在交往的男士擺出那種態度是怎麼回事啊！那不檢點的諂媚模樣！賢妻良母都要口吐白沫嘍！我還在學院就任的時候，絕對不會出現這樣的情況！」

原本彷彿聚集在花蜜上的蝴蝶一般雀躍欣喜的二年級生，也不禁漲紅臉頰。哼！斯塔齊發出宛如暴風雨般的鼻息，其他女士也從她身後跟著追擊。

「我明明聽說這裡是禁止男人進入的女校，怎麼會有男士在場？」

「而且如果是年長的紳士也就罷了……這不是一個彷彿隨時會露出獠牙的年輕男子嗎！」

「聽說是布拉曼傑學院長熱心地奔走，幫他取得了許可。」

「真令人傷腦筋……」

斯塔齊環顧完全畏縮起來的女學生，看似滿足地點點頭。

「再一次重新檢視自己的行為舉止吧。避免給新生帶來負面影響。」

彷彿事先說好的一樣，有個腳步聲從團體後方飛奔過來。

「找到妳了，梅莉達學姊！」

「哇！」

那個人影順勢抱住梅莉達的背後。梅莉達隔著肩膀俯視，可以看見比小個子的梅莉達更加嬌小，穿著新制服的一年級生身影。

「緹契卡學妹！這樣啊，我還在想好像在哪聽過斯塔齊……」

「是呀～！緹契卡的名字是緹契卡．斯塔齊，所以媽媽是緹契卡的媽媽呀～」

LESSON I

～聖弗立戴斯威德的明朗預兆～

少女離開梅莉達的背後，蹦蹦跳跳地像要踮腳尖一般舉起手。

從第一次碰面時起就沒變過的天真浪漫舉止，讓梅莉達也不禁露出笑容。

「早，緹契卡學妹。」

「早安呀！」

才入學第一個月，就已經習慣待在梅莉達身旁更勝於同班同學的這個一年級生，也就是所謂的梅莉達的「粉絲」。她在去年夏天的公開比賽中首次目睹到梅莉達的英姿，在關於畢布利亞哥德的事件中對公爵家四千金的報導感到佩服。最關鍵的是在新學期開始前舉行的巡王爵加冕典禮，完美地扮演了女王僕役的金髮天使身影，似乎讓她徹底迷戀上梅莉達。

話雖如此，但開學典禮才開始沒多久，緹契卡就突擊二年級生隊列，並說出「請讓緹契卡當妳的妹妹！」宣言，儘管這讓梅莉達也不禁感到倉皇失措，但緹契卡仍是個可愛的學妹。聽到她自稱粉絲雖然會渾身不自在，但梅莉達其實內心也挺高興的。

然而，這時卻有個彷彿把高雅與焦躁混合起來的咳嗽聲「嗯……咳嗯！」地插了進來。身為母親的斯塔齊女士臉上掛著僵硬的笑容。

「緹契卡？契卡？妳是否弄錯該打招呼的對象了——嗯嗯，妳能否對另一位學姊道早安喲？」

「是喲～！」

緹契卡朝氣蓬勃地舉手之後，雙腳併攏，輕快地轉身。

「愛麗絲學姊也早安，祝學姊有個愉快的一天呀！」

「……嗯，早。」

「啊哇……學姊還是一樣從容冷靜，真棒呀～」

緹契卡一臉幸福陶醉的樣子，她的母親彷彿機不可失一般從女兒背後走了出來。她牽起愛麗絲的手掌，用雙手包住並上下揮動。

「幸會，愛麗絲．安傑爾小姐，今後也請多關照我們斯塔齊家。嗯，如果妳能在餐桌上向令尊令堂報告。聖弗立戴斯威德有像我這樣注重傳統的理事就太好了，喔呵呵呵……！」

「…………」

「我之前就有聽說妳身為聖騎士的活躍事蹟喲。像是從入學之前就展現出罕見的才能，眨眼間便登上一年級生代表的寶座等等！當真可以說是適合象徵安傑爾騎士公爵家的新星呢！——跟某個『無能才女』有天壤之別。」

她一口氣壓低音調，俯視一旁的安傑爾本家千金。斯塔齊女士放開愛麗絲的手，宛如蛇一般緩緩繞到梅莉達面前。她舉起教鞭，輕率地甩開一束宛如天界金線般的長髮。

LESSON I ～聖弗立戴斯威德的明朗預兆～

「與聖騎士不相稱的金色頭髮……拉低平均值的寒酸能力值……這一年來，聖弗立戴斯威德的秩序會敗壞成這樣的原因，究竟是誰喲？」

「……」

「居然還帶年輕男人當隨從。」

她銳利纏人的的視線更進一步地移向旁邊。庫法很清楚就身分與立場來說，自己並沒有發言權，他只是面無表情地回看充滿敵意的視線。

哼——斯塔齊女士一臉無趣地將視線移回前方，扭曲了嘴唇。

「無論是妳的入學或男人的入侵，如果是理事長，一定不會承認的喲。」

「媽媽……這樣對庫法老師與梅莉達學姊很失禮呀……」

緹契卡在母親後面一臉過意不去似的露出消沉的模樣。斯塔齊女士猛然轉過身，以彷彿在抽泣般的誇張態度緊緊抱住女兒。

「緹契卡真是的，怎麼會如此仁慈喲！」

在這個時候，單方面被說教的二年級生也忍耐到了極限。如果是去年，這種時候克莉絲塔會長會幫忙打圓場，但看來米特娜・霍伊東尼這位新學生會長，似乎不打算站在庫法這邊擁護他。

在旁觀看這場對話的女學生當中，率先開口的是梅莉達的同班同學。迷人之處是栗色捲髮的少女，名叫涅爾娃。

「恕我直言，斯塔齊理事。庫法大人在這一年來，一次也沒有發生過跟女性相關的問題喔。」

梅莉達一臉意外地轉頭看向她，其他同班同學也立刻跟著附和：「沒錯，就是說呀！」斯塔齊依舊抱著女兒，齜牙咧嘴。

「如果有那樣的事件，我會立刻將他驅逐出學校！」

「不只是這樣而已。託他的福，本校減少了一名留級生。」

涅爾娃瞥了梅莉達一眼，這位好戰的同學將視線移回前方。

「我們也深深受到他的影響。為了不讓他看到不雅之處，我們變得更加注重儀容舉止了。正因為身邊有這樣充滿魅力的男性，才會讓女性更勤於磨練自己的美麗吧？」

梅莉達很想為她拍手喝采。同班同學的反擊更加氣勢洶洶，不知不覺間已經不是斥責的一方與被斥責的一方，而是女學生集團與女士集團從正面互相瞪著彼此。

彷彿想說世風日下，人心不古一般，斯塔齊女士退避到己方陣營。

「……明智的各位請看，學生完全受到荼毒了喲。」

「真傷腦筋……輕浮的女學生就是這樣不懂事。像這樣為情所困的話，之後明明會後悔莫及，我們可是抱持善意在提出忠告呢！」

LESSON I ～聖弗立戴斯威德的明朗預兆～

「無論是那個梅莉達小姐的隨從，還是之前加冕的王爵……為什麼最近都是像女性般的男士受歡迎呢？我實在無法理解年輕女孩的喜好。」

「真的很難理解，究竟是覺得哪裡好啊。」

以梅莉達為首，少女都感到火冒三丈。就在庫法不禁冒冷汗地心想這下可能無法避免全面開戰時，響起一陣讓石版路震動的輕快音色。

躂躂躂躂——一輛馬車刻劃著不符合緊迫場面的節奏前來。馬車停在校舍塔前的圓環，車門隨即被推開。

「芬芳美好的少女花園！」

開口第一句話。說著戲劇般的臺詞並踩在階梯上的，是披著豪華披風的西裝打扮男性。雖然不是能稱為年輕人的外表，但也不具備讓人敬重為壯年的威嚴。年紀大概是三十五前後吧，是個給人一種半吊子印象的人物。

男性讓感覺是花了一番工夫梳理的杏仁色頭髮隨風搖曳，露出虛無的笑容。潔白的牙齒以完美的角度閃耀發亮。這是專家才辦得到的技藝。

「哎呀，怎麼會這樣。我該不會又被迫站在未知的英雄傳記的入口前吧？這種體驗可是從我在弗隆火山的火山口挑戰拚命調查以來第二遭喔。那時也是，火精靈互相拉扯我的頭髮，造成不得了的騷動！現在也彷彿會燙傷一樣。因為淑女的熱～烈視線啊！啊哈哈哈！」

呀啊啊！發出有些粗啞歡呼聲的，當然不是女學生。

而是身為監護人的女士。她們爭先恐後地衝向馬車那邊，圍住階梯的出口。而且就連斯塔齊女士也不例外，她丟下女兒，全力衝刺到男性身邊。被留下的女學生只能一臉茫然地在旁觀看桑椹色的喧鬧。

從馬車裡現身的帥氣中年紳士，露出了讓皺紋相當顯眼的微笑。

「喔，對了，各位淑女——女士！希望妳們別這麼激動。我好不容易避人耳目千里迢迢來到這裡，但我卻疏忽了一個很重要的問題。明明能預料到只要稍微露面，就會演變成這種騷動啊！」

「是布洛薩姆．普利凱特侯爵大人！」

「是本人呀！不是深褐色照片，而是會動會說話的侯爵大人呀！」

「您什麼時候蒞臨的？早些知道的話，就可以寄送派對的邀請函給您了！」

「……**普利凱特侯爵**？」

女學生在遠方看著一把年紀還吵鬧成這樣的婦女，最先找回話語的是愛麗絲。包括梅莉達和其他女學生在內，周圍少女的視線都集中到便服裝扮的紅髮少女身上。

「蘿賽老師，那個人該不會是……」

LESSON: I ～聖弗立戴斯威德的明朗預兆～

「……是我爸爸。」

蘿賽蒂一臉難為情地垂下肩膀。她接著發出感到厭煩似的聲音。

「我完全忘了這回事。這麼說來，爸爸今天好像也預定會來學院啊。」

「令尊也擁有爵位嗎？咦，可是……」

「並非那樣，而是蘿賽蒂小姐請她父親保管自己的爵位。」

回答的人是流暢地開口的庫法。女學生的視線從一臉尷尬的年長少女移動到她身旁的青年身上。

「她厭惡繁文縟節，獲得『一代侯爵』的稱號後沒多久就轉讓爵位了。原本並非什麼值得稱讚的行為，但她本人目前聖都親衛隊的工作停職中，加上『一代』爵位本身就是個特例，還有轉讓爵位的對象不是別人，而是賢者布洛薩姆，這種行為才會幾乎被默認喔。」

「所……所以說你為什麼這麼清楚我家的事情呀！」

「因為職業關係。」

梅莉達看到斯塔齊女士不再監視自己，趕緊趁機將手掌移回到庫法的袖子上。她緊緊握住手指，再次向可靠的家庭教師提問。

「蘿賽蒂大人的父親大人是很有名的人物嗎？」

「說到賢者布洛薩姆——布洛薩姆．普利凱特侯爵，據說是在專業領域中無人不知無人不曉的基因工程權威。他的故鄉存在於寸草不生的貧瘠荒野，儘管是生物難以生活下去的殘酷環境，民眾卻能過著與一般人無異的生活，都是靠他一個人的智慧與能力。」

再加上——庫法這麼說道，用有些複雜的眼神望向馬車。

「侯爵就像那樣，是位非常開朗且善於交際的人物……也經常在媒體上露面。他絕妙庸俗的懷舊美男子形象，聽說非常受中年女士歡迎。」

女學生將視線移回到馬車那邊，試圖努力找出他的優點。在以低沉聲音雀躍嬉鬧的婦人包圍下，侯爵頻頻地眨眼送秋波。

「哈哈哈，謝謝妳們。感謝大家聲援！我很樂意替擁有我著作的淑女簽名喔——什麼？不清楚？啊——哈哈，這也難怪！因為我的寫真集在書店比較引人注目嘛！啊——哈哈哈！」

彷彿像有毒藥流進眼睛和耳朵一般，女學生一臉苦悶地移開視線。涅爾娃作為代表勇敢地提問：

「蘿賽蒂大人，雖然失禮，但我可以說句話嗎？」

「可以喔，我也會一起說。」

年輕少女步調一致，一體同心——

LESSON: I ～聖弗立戴斯威德的明朗預兆～

「「「究竟是覺得哪裡好啊！」」」

演奏出誠實的合唱。這陣旋律讓侯爵宛如少年般的眼眸望向這邊。

「——哎呀！在那裡的不正是蘿賽！蘿賽蒂！我自豪的愛女嗎！」

「等一下，爸爸！都一把年紀了，別這樣啦，好難為情！」

蘿賽蒂一個人飛奔而出，撥開女士厚重的人牆，踏上階梯。她大概試圖把父親從表演臺拉下來吧，卻反過來被猛然抓住手腕，拉上馬車。

侯爵抱著女兒的肩膀，與女兒不太相似的美貌咧嘴一笑。

「我向聚集起來的各位宣告，這次的聖弗立戴斯威德的研修期間，小女蘿賽蒂會在我們成為研修舞臺的故鄉城鎮上舉行盛大的結婚典禮！」

「什……什麼————！」

「回程的巴士將會空出一個座位吧。但希望各位別感到悲傷，這對小女而言是輝煌的啟程，而且是嶄新可能性的誕生。在不久的將來，才華洋溢的紅髮小寶貝將會敲響聖弗立戴斯威德的城門吧！」

「等一下，什麼時候進展成那樣啦？我完全沒聽說耶！」

雖然新娘本人嚷嚷著什麼，但爆發出更熱烈歡呼聲的女士根本沒人在聽她的主張。完全無法理解情況的女學生面面相覷，心想總之是值得慶賀的事情吧，用一臉曖昧的表情拍著手。

在震耳欲聾的歡呼聲中，梅莉達不禁與愛麗絲四目交接。

「……妳有聽說結婚典禮的事情嗎？」

「完全沒有。」

「雖然我絕對不想輸給蘿賽蒂大人……但她離開的話，我會很傷腦筋啊。」

「我也是。」

彷彿決心的證明一般，兩人互握手掌，將視線移回前方。

庫法是怎麼看待這突然的發展呢？梅莉達忽然冒出這樣的想法，而打算抬起頭來。

但就在她正要抬頭前，不知從哪響起了奇妙的沙啞聲音。

『……感覺得到……可以感覺到喔……』

「咦？」

『那傢伙的氣味……我現在雙眼看不見……但可以感覺到那傢伙的瑪那……！』

『威脅又再次……逼近我的城堡了……！』

喧鬧聲不知不覺間遠離梅莉達周圍，只剩那不可思議的聲音陰沉地迴盪著。無論是

LESSON I ～聖弗立戴斯威德的明朗預兆～

高舉雙手興奮不已的女士，或是儘管感到傻眼仍拍手鼓掌的女學生，都沒有任何人注意到梅莉達的異樣感。

聽起來像是男性的聲音，但無法確定對方年邁或年輕，聲音又是從哪裡響起的。四處也不見疑似聲音主人的人物——究竟是誰呢？

『必須守護……我的孩子……一個也不能漏掉，必須守護才行……！』

『這次一定不會讓任何人……變成你這傢伙的祭品……………』

彷彿海浪退潮一般，苦澀的聲音逐漸遠離，換女士的喧鬧聲在耳邊復甦。猛然回過神來的梅莉達，首先在發燙的指尖灌注了力量。

「愛麗，妳有聽見剛才的聲音嗎？」

距離近到肩膀快貼在一起的愛麗絲，看來並非演技似的蹙起眉頭。

「……哪個聲音？」

「聽起來有點沙啞，該說像幽靈一樣嗎……感覺很可怕的聲音。」

梅莉達漫無目標地環顧周圍，但還是沒有看到疑似聲音主人的人物。原本聖弗立戴斯威德的校區內就幾乎都是女性，男性外來者頂多只有布洛薩姆侯爵。對梅莉達而言，說到離自己最近的男性就是庫法，但自己不可能聽錯最喜歡的庫法聲音，更不可能感到「可怕」。

這就表示，換句話說。

「是我的錯覺嗎……？」

梅莉達露出一臉完全無法接受的表情，這麼喃喃自語著。要當作只是幻聽，那實在太異質了。總覺得有種指甲刮黑板般的不快感，現在也仍潛伏在周圍。就在梅莉達彷彿作了惡夢的幼兒一般，緊抓住堂姊妹的手臂不放時。

「這究竟是什麼慶典呀！」

學院的講師似乎是聽見了騷動聲，從校舍塔裡頭飛奔趕來。在前頭攜帶著充滿威嚴的長杖的人，是親愛的夏洛特．布拉曼傑學院長。

「斯塔齊女士，明明有妳在，怎麼還……哎呀，普利凱特卿。」

「您近來可好？布拉曼傑大師！」

看到客車上的帥氣中年紳士向自己打招呼，學院長似乎立刻察覺到這狀況是怎麼回事。就如同庫法所說，布洛薩姆侯爵受中年女士歡迎這點似乎是眾所皆知。

學院長好似小提琴的聲音響起，流暢地呼喚心浮氣躁的集團。

「好啦，學生立刻到大堂(Great Hall)去。在前往研修前有一場重要的集會。霍伊東尼小姐，請妳替各位監護人帶路——請留步，普利凱特卿。」

「哎呀，什麼事？」

LESSON: I
～聖弗立戴斯威德的明朗預兆～

學院長叫住就這樣抱著蘿賽蒂的肩膀，打算進入校舍塔的背影。

「有一位客人表示務必想與您聊聊。請您到接待室。」

「什麼！是哪位婦人？還是來探聽我有無意願舉辦簽名會的？」

「我想您別讓對方久候比較好吧。」

學院長冷淡地這麼說道，並折返回頭。侯爵的美麗笑容對老練魔女似乎也起不了什麼作用。布洛薩姆像在打圓場似的笑了笑，鬆手放開蘿賽蒂。

「那麼各位粉絲！——還有害羞的小鳥也是。我們稍後見！」

「啊啊，他走掉了……」

一臉依依不捨地目送豪華披風轉身離去的，當然只有身為監護人的女士。她們甚至忘記陪同新生的這個名目，將愛女晾在一旁。

其中有個稚嫩的一年級生飛奔到梅莉達等人身旁。是夾在崇拜的學姊與嚴厲母親之間的緹契卡．斯塔齊。

「那個，學姊、庫法老師，我媽媽她剛才——」

「好啦好啦，緹契卡！加緊腳步，免得被朋友丟下喔！」

斯塔齊理事眼尖地跑過來，強硬地拉走話說到一半的女兒。她看也不看梅莉達等人一眼，將還有牽掛的緹契卡帶到校舍塔。

「可是，媽媽。讓我跟庫法老師說聲對不起……」

「妳有那份心意就足夠了！要是靠得太近，可是會被攻擊的喲！」

好幾次轉頭看向這邊的一年級生面貌，很快就混入人群中消失了。雖說已經習慣別人侮辱身為「無能才女」的自己，但對心上人的侮辱，又從不同角度狠狠刺傷梅莉達的內心。梅莉達委婉地將手指伸向一直以端正的面無表情在旁待命的庫法。

「……老師，我們也走吧？」

「十分抱歉，小姐。」

不過，庫法卻在這時表現出在梅莉達的記憶中也很少見過的反應。他輕輕地鬆開梅莉達勾住自己手的手指。

就彷彿想要避開梅莉達一般。

「我身體不太舒服，請容我缺席集會。」

「咦……？」

「我會在出發前回來的，請見諒。那我先告退。」

他話一說完，立刻試圖折返回頭。梅莉達反射性地一把抓住他的手。

庫法的賣點可是全方位毫無破綻的完美無缺。與他相遇後的這一年來，別說是感冒，這甚至是他頭一次表示自己身體不適。而且才剛發生那樣的事情，以梅莉達的立場來說，實在不得不考慮到其他真心話。

「老師該不會是因為那些理事說的話在煩惱吧……？」

「……不是的，小姐。」

庫法單膝跪地，浮現出淺淺微笑，從低處仰望高貴的主人。

「只要小姐願意認同我，我就能夠相信自己的價值。」

「老師……」

「我只是想到空氣好一點的地方散步一下而已。我們稍後再見吧。」

庫法緊緊地包住梅莉達的手掌，之後鬆手並站起身來。

梅莉達以看似焦躁的視線目送逆著人潮離開的軍服背影。就在她忍耐著彷彿要揪緊單薄胸口的感覺時，堂姊妹愛麗絲來到她的左邊，與她有一段因緣的同班同學涅爾娃也來到她的右邊，三人並肩而站。

搖晃著栗色雙馬尾的少女，用彷彿看開一切的表情這麼詢問：

「妳們認為今年會是個平穩的一年嗎？」

梅莉達與愛麗絲四目交接，看見銀髮稍微往左右搖動。

堂姊妹一起將臉轉向涅爾娃，彷彿對照鏡一般開口說道：

「「怎麼可能。」」

† † †

包括新生在內的三百名女學生，聚集在聖弗立戴斯威德的大堂。女學生依照年級大略分成幾個團體，坐在從大廳一頭橫跨到另一頭的三張長桌前。身為二年級生的梅莉達等人坐在桌子的正中央附近，橫排後方是最高年級生，特別設置在入口附近的空間，可以看見監護人的身影。

梅莉達眺望著還不熟悉的一年級生面孔，忽然想起去年初秋發生的事。就是跟姊妹校聖德特立修女子學園共同舉辦的月光女神選拔戰。因為某人的陰謀，梅莉達在學院陷入孤立狀態，但庫法經常陪伴在梅莉達身邊，以屹立不搖的信賴一直支持著梅莉達。

『即使全世界的人都懷疑小姐，唯有我仍然會一直站在妳這邊。』

『所以小姐也請相信我。相信我是信任妳的——』

想到在庫法面前顏面盡失地哭腫了眼睛的事實，儘管臉頰逐漸發燙，但同時溫柔包裹住全身的心上人的存在感，帶來難以言喻的幸福感。不過，自己又如何呢？是否能回報他的信賴呢？

梅莉達直到最近才稍微碰觸到庫法內心柔軟的部分。身為完美萬能的家庭教師，而

LESSON I

～聖弗立戴斯威德的明朗預兆～

且只是比自己稍微年長的那個心上人，經歷過有眾多陰謀交錯的動盪巡禮後，向梅莉達尋求安穩與溫暖。

說不定他現在也背負著無法告訴別人的重擔。

「為什麼老師什麼都不願意跟我說呢……」

儘管不去正視只是個渺小孩子的自己，梅莉達仍不得不這麼喃喃自語。明明集會馬上就要開始了，她卻一直心不在焉。

女學生帶著外宿用的大行李，聖弗立戴斯威德的研修旅行即將從今天開始。聽說是要前往有學者聚集的某個研究都市，在三天的行程中協助他們調查。帶路者是特地遠道前來的布洛薩姆．普利凱特侯爵——換言之，這次的研修地點，就是蘿賽蒂的故鄉。

也就是說，即使沒有聽布拉曼傑學院長的說明，梅莉達與愛麗絲也已經獲得一些相關知識，知道研修地點是怎樣的小鎮。比起複習已經全部背下來的的課本，梅莉達更關心難以捉摸的心上人的動向。

梅莉達終於按捺不住，在集會開始前從椅子上站起身。

「愛麗，看來我還是很在意老師的事情。我這樣根本無心參加集會，我決定去追趕老師看看。妳可以連我的份幫忙聽嗎？」

愛麗絲似乎早就知道堂姊妹會開口這麼說，她讓梅莉達碰觸自己手掌。

「我之後也會追上去。」

「我等妳。」

結束心息相通的交流後，梅莉達立刻轉身離開。

不過，學校這個空間可沒辦法就這樣輕易離席。梅莉達飛奔到大堂的門口時，正好要進來的一名講師叫住了她。

「嗯？喂，安傑爾，妳要上哪去？馬上就要開始集會嘍。」

「啊……拉克拉老師。」

看起來比梅莉達嬌小且年幼的那名少女，身上可是套著講師用的長袍。她是從本年度開始就任武術教官的拉克拉·馬迪雅老師。她似乎也是庫法私下認識的人，戰鬥技能之高早已經在學生之間傳遍開來。

就在梅莉達不知怎麼回答，心想該如何敷衍過去時，該說運氣好嗎？一名監護人插進了兩人的對話。她的濃妝讓梅莉達也記憶猶新。

「妳好？看妳這身打扮，是學院的人吧。是修女見習生還什麼嗎？」

「不，我是……」

「我找不到我家緹契卡的身影喲！明明是難得的重要舞臺！為什麼沒有好好按照班級順序、點名簿順序安排座位喲？」

LESSON I ～聖弗立戴斯威德的明朗預兆～

「這是學院長的方針。一年級生的座位在桌子前方……」

拉克拉老師一臉不情願地重新面向斯塔齊女士，指著大廳深處。梅莉達趁隙成功地悄悄溜過她們身旁。

梅莉達跑到完全不見人影的走廊，思考著接下來的行動。雖然憑著氣勢溜了出來，但庫法究竟上哪去了？

「說到空氣清新的地方，果然是花草園嗎？」

雖然沒什麼根據，但梅莉達心想也不能一直停留在原地，而邁出步伐。她橫跨宛如城堡一般巨大的校舍，就在她到達入口大廳的時候。

『別過來！』

突然的吶喊劃破空氣，讓梅莉達驚嚇地停下腳步。

是剛才聽見的那個奇妙聲響。果然不是幻聽。不過，這次也還是不見人影。豈止如此，正在舉行集會的現在，甚至連一個人的氣息也沒有。

在氣氛緊繃的空間中，從某處傳來男性的沙啞聲音。

『我很清楚你這傢伙的目的……你打算再次破壞我的庭園對吧……！』

『我不會讓你得逞……不會讓你得逞的……可恨的蒼藍火焰之冰王……！』

「……聲音是從這邊傳來的。」

梅莉達搖搖晃晃地踏出腳步。並非依循聲音大小或方向，而是身為師傅的庫法曾經教過她，這世上存在著瑪那器官可以感覺到的某種磁力。雖然不曉得自己的那個是否完整，總之梅莉達在直覺的牽引下前進。她並非離開校舍塔，而是經由入口前往走廊的反方向。

該說不出所料嗎？沙啞聲帶來的不快氣息逐漸變得強烈。

『可惡，看不見，看不見啊……！被你弄瞎的雙眼刺痛不已……！』

『你還打算奪走什麼……！別過來，別過來……別過來啊……！』

沙啞聲緊迫的聲響，甚至刺激了梅莉達的情緒。心跳不知不覺地加速，長靴底高聲地刻劃出斷奏。梅莉達已經不曉得究竟是實際能聽見聲音，還是只是回聲而已。一股總之必須加緊腳步的衝動推動著她，她就連目的地也不確定地動著雙腳。別過來！別過來！別過來！別過來！別過來……——

「這跟說好的不一樣啊，塞爾裘．席克薩爾公！」

梅莉達一驚，停下腳步。

不知不覺間已經完全聽不見沙啞聲，取而代之的是可以感覺到兩個活人的氣息。梅

LESSON I
～聖弗立戴斯威德的明朗預兆～

莉達悄悄地從轉角探頭，於是發現兩個認識的人在鑲著彩繪玻璃的走廊上爭論著。

其中一方是剛才到處散播讓人揪心笑容的普利凱特侯爵。

然後另一個人竟然是上個月才剛戴上弗蘭德爾王爵王冠的塞爾袞・席克薩爾。平常總是給人露出柔和表情印象的他，現在卻以有些嚴厲的面容與侯爵正面相對。

「畢竟我也不是把這個當興趣在做啊。如果你無法提出我期望的成果，我也不得不中斷援助，我並不打算協助你個人的研究。」

「我應該有確實報告中間的過程！您究竟是哪裡不滿意？」

「……侯爵，你以為我什麼也沒注意到嗎？你最近輕忽跟我約定好的課題，投入在不該踏進的領域上。我當然有翻閱你的報告書，但近年完全不見有進展。只是在做表面工夫而已。」

彷彿被戳中痛處一般，侯爵別過臉去。塞爾袞誠摯地向侯爵訴說：

「布洛薩姆先生，我對你的期待很高喔。如果是你，說不定能將『萬一的可能性』化為現實……但是，已經沒有時間了。剩下一年，沒辦法再繼續等下去了。」

布洛薩姆侯爵彷彿豁出去了一般，與塞爾袞正面相對。

「那麼乾脆請其他學者也來協助如何？」

年輕的龍騎士瞇細單眼，纏繞著鋒利的殺氣。

「……你是在威脅我，侯爵？」

「喔……喔呵呵！我哪敢啊。」

他們究竟在說什麼？梅莉達的思考混亂到了極點。只是因為自己還是個孩子，且是學生身分，才無法掌握他們真正的意圖嗎？唯一知道的只有前來拜訪布洛薩姆侯爵的客人是誰這件事。

梅莉達試圖將身體探向前方，希望至少可以聽得更清楚一點。但就在她正要探出身體前，突然有人從背後抓住她的肩膀，讓梅莉達的心臟嚇得差點跳出來。

「這不是梅莉達小姐嗎？妳在做什麼？」

梅莉達反射性地轉頭一看，只見在那裡的是她敬愛的蘿賽蒂・普利凱特。梅莉達一口氣感到安心的同時，也注意到親愛的親人就在蘿賽蒂後方。

「愛麗……庫法老師。」

「小姐，聽說妳從集會裡溜出來，讓我很擔心啊。」

梅莉達剛才感覺到的悲壯感都不算什麼了，心上人就跟平常一樣將手貼在梅莉達的肩上。梅莉達不禁「噗嗤」一聲地露出苦笑，同時將視線移到堂姊妹身上。

「看來反倒是我遲到了呢。」

「集會結束之後，他就很平常地回來了。」

LESSON I

～聖弗立戴斯威德的明朗預兆～

愛麗絲抬頭瞄了庫法的臉一眼，然後接著說道：

「因為只有莉塔沒回來，所以我們分頭找妳。結果……」

「看來這邊也有先到的客人。」

庫法光明正大地從轉角現身。塞爾裘跟布洛薩姆侯爵似乎也早就聽見這邊的對話，他們兩人也結束對話，重新面向這邊。

「嗨，庫法小弟。梅莉達小妹與愛麗絲小妹，還有蘿賽蒂小姐。」

「「好久不見了，王爵大人。」」

梅莉達與愛麗絲並肩，優雅地鞠躬行禮。年輕王爵已經浮現出一如往常的爽朗表情。這讓梅莉達再次體認到人有很多面相。

與王爵似乎因緣匪淺的庫法，用帶有抑揚頓挫的語調詢問：

「塞爾裘．席克薩爾公，您為何會來這裡？」

「我跟布洛薩姆侯爵有些私事要談。因為他不太能離開鎮上，我想說可以趁這次舉行研修的機會見面，才前來這裡。」

塞爾裘極為自然地向一旁使眼色，布洛薩姆侯爵用有些僵硬的笑容回應。靈活運用多種表情的高明演員，接著對庫法投以充滿魅力的笑容。

「還有順便來目送我妹妹的朋友，以及我的朋友喔？」

「喔，沒想到王爵大人也有朋友。」

「哎呀，你還是一樣講話不留情啊！」

啊哈哈——看到爽朗地一笑置之的王爵，梅莉達與愛麗絲面面相覷。庫法跟王爵的關係還是一樣讓人不曉得感情到底好還是差。

在對話中斷的這個時機，蘿賽蒂勇敢地挺身而出。她或許是判斷只有相關人士在場的現在，是絕佳的機會吧。

「噯，爸爸！關於之前的話題後續，我是不會結婚的喔！」

「蘿賽蒂……妳這個惹人憐愛的淘氣女兒！」

「我跟現場這位小庫在交往呀！你別無視我這份心情！」

侯爵裝模作樣地嘆了口氣。他用彷彿充滿常識的態度聳了聳肩，重新面向女兒以及被女兒抱住一隻手臂的高挑青年。他宛如在講述自己主張的教授一般，開口說道：

「就是你吧？拐騙我家女兒的壞小子。這樣讓人很困擾喔，蘿賽蒂已經有神選定的未婚夫了。雖然我不知道你是打哪來的……貨色………」

侯爵的臺詞不自然地中斷了。

就在他注視庫法端正面貌的瞬間。他的嘴唇僵住，褐色眼眸緩緩睜大。沒多久，他害怕得全身顫抖不停，像是受到衝擊似的往後退。

LESSON: I
～聖弗立戴斯威德的明朗預兆～

「噫——！你……你還活著嗎？」

「爸……爸爸……？」

「啊……不……不對！那是不可能的……！」

侯爵害怕地搖了搖頭。他費心梳理整齊的杏仁色頭髮宛如野貓一般凌亂不堪。額頭滲出汗水，像要忍住作嘔感一般地摀住嘴巴。

「那傢伙死了……應該是那樣才對。他再也不會出現在我眼前……！」

三十好幾的男性臉色發青的模樣，讓周圍的少女不曉得該做出什麼反應。梅莉達很自然地與愛麗絲互相依偎並跟侯爵保持距離，就連身為女兒的蘿賽蒂也對父親的臉色變化瞠目結舌；庫法還是一樣讓人猜不透他在想什麼。

塞爾裘．席克薩爾公爵翡翠色的眼眸稍微亮起。

「你怎麼啦？侯爵。你怎麼一臉彷彿看見幽靈的表情？」

「幽靈……不，失禮了。沒錯，因為我看過一個容貌跟他非常相似的『死人』……」

死人？梅莉達與愛麗絲再度面面相覷。

為何庫法今天異常寡言呢？無濟於事的疑問閃過梅莉達的腦中。無視於這樣的梅莉達，總算稍微恢復平靜的侯爵重新面向這邊。他毫不客氣地仔細鑑賞著宛如雕像一般佇立著的庫法的臉。

「已經是七八年前的事情了……因為是上一代那時的事，塞爾裘大人或許不曉得。我的小鎮以前曾經發生過殘酷的集團屠殺事件……」

侯爵的聲音讓冰冷的空氣顫抖起來。梅莉達與愛麗絲互相抱緊彼此，兩人的手指更用力地握緊。同鄉的蘿賽蒂蹙起眉頭，慎重地湊近父親身旁。

「……發生過那種事？」

「那正好是在妳還沒什麼記憶時發生的事情。我認為妳別想起來比較好，所以沒有告訴過妳，但妳那時應該也差點慘遭毒手。**能夠全身而退真的是萬幸**……總之——」

侯爵透過與女兒的對話找回天秤的平衡，他再度注視青年的美貌。

「之後經過騎兵團的調查，公布的結果是被視為主謀的是當時年僅十歲的少年。可怕的是，他當時也曾留宿在我的教堂。據說是蘿賽蒂戀人的這個軍人身上，可以看見那個少年的影子……實在是如出一轍。」

庫法與侯爵的視線複雜地互相交纏。三十好幾的男性眼皮不斷顫抖，張開嘴唇。

「該不會真的是……？」

就在這時，彷彿撕裂絲綢般的哀號響徹了走廊。

† † †

LESSON: I
～聖弗立戴斯威德的明朗預兆～

梅莉達與愛麗絲驚嚇地抖動肩膀，布洛薩姆侯爵則是立刻嚇到腿軟。然後該說不愧是高手嗎？庫法、蘿賽蒂與席克薩爾公這些一流戰士立刻切換意識。王爵猛然抬起頭來。

「看來發生了什麼不好的事情啊。」

「是這邊。」

知覺敏銳的庫法似乎早已經鎖定了聲音來源。蘿賽蒂率先飛奔而出，梅莉達與愛麗絲連忙追趕在後，庫法若無其事地將手掌貼在她們的背後。梅莉達理解到自己被守護著，她轉頭一看，可以看見最後面是嚇到腿軟的侯爵與殿後防守的塞爾袞。

「究竟發生什麼事！」

警鈴似乎響徹校舍塔的每個角落，人們接連地聚集起來。率領著講師的是布拉曼傑學院長。眾人到達的目的地是大廳。

在雅致的暖爐前，有兩個人影糾纏在一起。

「緹契卡！緹契卡——————！」

套裝打扮的斯塔齊理事濃妝整個花掉，哽咽抽泣著。一看到被她緊抱在懷裡的制服裝扮女學生，梅莉達的腦袋頓時一片空白。新生的稚嫩臉頰一動也不動，眼皮像是睡著一般緊閉起來。

「緹契卡學妹……？」

她是稱呼梅莉達為「學姊」，仰慕著梅莉達的可愛學妹。就在所有人都啞口無言，只能呆站在周圍時，布拉曼傑學院長瀟灑地飛奔上前。儘管學院長試圖確認緹契卡的情況，但母親卻頑固地甩開學院長的手。

看起來除了失去意識之外，並沒有外傷。學院長很快地詢問：

「斯塔齊女士，究竟發生了什麼事？」

「我怎麼可能知道！我在集會裡沒看見緹契卡的身影，於是四處找她，結果發現她就像這樣倒在這裡……嗚嗚……嗚嗚！」

斯塔齊理事在這之後泣不成聲。疑惑的視線在聚集起來的女學生、監護人和講師之間飛舞交錯。

「救世主總是慢一步登場！好了各位，請讓路給我吧！」

布洛薩姆．普利凱特侯爵從後方推開女士登場。儘管有幾個人被侯爵背後的席克薩爾公給吸引住，但現在也不是可以歡欣喝采的氣氛。

比起那些，更應該注目的是侯爵。他用戲劇般的動作單膝跪在斯塔齊母女身旁，布拉曼傑學院長用有些不安的眼神望向他。

LESSON: I ～聖弗立戴斯威德的明朗預兆～

「可以交給您處理嗎，普利凱特卿？」

「那當然！好啦好啦，各位觀眾請再退後一點。保存現場十分重要。我現在就讓各位觀賞我壓箱寶的魔術吧！」

侯爵發出與現場氣氛不合的開朗聲音，從披風內側拿出透明的藥品。

「只要滴一下這個揮發劑，就能追溯飄散在周圍的瑪那痕跡。也就是說！可以重現出事件發生的瞬間，有什麼人在現場！」

「前提是對方是瑪那能力者。」

席克薩爾公像在潑冷水似的這麼補充，所有人的臉都轉向後方。

名偵探「咳哼！」一聲，清了清喉嚨，再次聚集眾人視線，並重新來過。

「我劃時代的發明之一！調配方法就請各位參考我的著作……好啦好啦，各位能力者，請避免弄亂現場！希望各位能睜大眼睛仔細看好……！」

聆聽侯爵說明的講師和學生可不想被當成凶手，與他拉開幾公尺的距離。布洛薩姆侯爵像在吊人胃口似的高舉藥瓶，然後朝暖爐傾斜瓶子。

瓶子裡的透明液體一被灑到木柴上，明明沒有火種，卻立刻迸出零星的火花。同時有火焰緊接著竄起。感受到的並非熱氣，而是一股神祕的壓力。

「這是目前聚集在這裡的各位的瑪那！令人眼花繚亂地變化著的……七色光芒。實在非常不可思議……然後，請看，等瑪那平息下來後……？」
彷彿那就是舞臺裝置，而且透過劇本練習了好幾次一般，替暖爐染色的五彩繽紛的火焰平息下來後，侯爵立刻誇大地張開雙手表示。

「在這時聽見了哀號！是母親發現了身為被害者的女兒。好啦，還要繼續回溯時間喔……！接著浮現的瑪那就是凶手的瑪那！」

咕嚕——梅莉達感覺到有人緊張地吞了吞口水。她與左邊的愛麗絲緊緊牽住彼此的手，目不轉睛地注視一直保持沉默的暖爐。

梅莉達忽然非常在意應當在身旁的庫法怎麼樣了。但就在梅莉達正想尋找他的身影前，小小火花讓木柴啪哩一聲爆裂，將梅莉達的意識拉了回來。火焰眨眼間就從暖爐中心蔓延到末端，然後猛烈地竄起。

梅莉達瞬間想要挺身擋住暖爐。但那陣火焰以比學院的武術教官，抑或甚至超越學院長的猛烈氣勢高聲發出咆哮。彷彿要照亮整個大廳的光輝映入人們眼中，梅莉達的內心則相反地急遽失去熱度。

「不對。」

她無意識地吐出的低喃，應該沒有傳入任何人耳裡吧。布洛薩姆侯爵宛如藝人一般的剪影，從逆光當中高聲宣告：

LESSON: I

～聖弗立戴斯威德的明朗預兆～

「就是這個！這個瑪那就是凶手的瑪那！」

那個火焰散發著梅莉達絕對不會認錯的蒼藍光輝。

緹契卡・斯塔齊

位階：神官

HP	105	MP	17	敏捷力	10
攻擊力	10	防禦力	9		
攻擊支援	–	防禦支援	0～33%		
思念壓力	10%				

主要技能／能力

慈愛Lv1

【神官】

以高度防禦支援輔助同伴的後衛位階。不得不說將瑪那分配給自己的攻擊和防禦，並非神官的專業。不過特別值得一提的是將自己豐富的瑪那分給同伴的技能「慈愛」，依照運用方式，甚至能完全改變戰局。

資質〔攻擊：D　防禦：D　敏捷：D　特殊：—　攻擊支援：—　防禦支援：A〕

LESSON: Ⅱ

～大地盡頭的雷鳴～

LESSON：Ⅱ　～大地盡頭的雷鳴～

布洛薩姆．普利凱特在暖爐前往返好幾次，同時更進一步地主張自己的見解。

「這個瑪那……沒錯，是男性的瑪那！接近成人……不，應該是十幾歲……！」

「那是不可能的！」

梅莉達隨即這麼大喊，大廳裡的視線都轉向她身上。

布洛薩姆侯爵也轉過頭來，彷彿佯裝不知的喜劇演員一般挑起眉毛。

「不可能……妳這話是什麼意思，小鳥妹妹？」

「因為，那樣簡直就像在說我的老師是凶手一樣……」

「我什麼也沒說。我只是把從現場解讀到的情報原封不動地傳達出來而已。至於從中浮現的凶手肖像與誰一致，比起我來，反倒應該是這間學院的女性比較清楚吧？」

「……！」

梅莉達咬了咬嘴唇，陷入沉默。看到顯現出來的蒼藍火焰，首先聯想到庫法的不是別人，正是自己。同班同學也一樣吧。不快的緊迫感密布在女學生之間。

「就是那男人喲！」

毫不猶豫地這麼斷言的，是女兒為被害者的斯塔齊女士。因淚水而花掉的濃妝讓她看起來十分悽慘，但那股沸騰的敵意更加可怕。

蒼藍火焰此刻也在她背後彷彿誇耀罪狀一般地持續燃燒著。

「緹契卡屢次說她想跟『無能才女』的家庭教師道歉喲！她溜出集會，去找那男人了喲！好啦，快從實招來！你對緹契卡做了什麼？還給我！把活潑的這孩子還給我！」

「…………」

庫法就連這種時候也是不慌不忙，讓梅莉達感到十分焦躁。因為庫法現在快要被迫揹黑鍋，如果他能慌張地主張「不是我做的」，還比較能讓人放心。明明如此，他為何不積極地試著獲得發言權呢？

簡直就像打算接受別人推給自己的十字架一樣——

「……我能清楚斷言的——」

過了一會兒，他在所有人的注目下開口說道：

「就是我無法證明自己的清白這件事。畢竟我在集會時離開了座位，直到跟小姐她們會合之前，一直都是一個人。」

「果然是你！」

LESSON: II ～大地盡頭的雷鳴～

彷彿想說自己引出了自白一樣，斯塔齊女士變本加厲。身為監護人的婦女議論紛紛起來，就連理應很清楚庫法為人的同班同學也產生動搖。

庫法的腦筋之靈活，或者在負面意義上的通情達理，讓梅莉達用力握緊拳頭。雖然梅莉達也不是沒遇過坎坷的環境，但庫法實在太過習慣遭人懷疑、受人欺凌的立場了。梅莉達想聽的並不是這些話。

不知是否感受到同樣的焦慮，布拉曼傑學院長走到集團前面。

「請等一下，各位監護人。我並沒有懷疑他。」

「學院長！就是因為妳這樣……！」

斯塔齊女士尖聲抗議，學院長用不動如山的視線注視著她。

「在去年秋天的畢布利亞哥德圖書館員檢定考試時，我和學生都被他救了一命。現在才做出背叛我們信賴的行為，有什麼意義嗎？」

斯塔齊女士用力抱緊持續沉睡的女兒，力道強得像要抓傷她。

「沒有家人的妳絕對無法理解我的心情吧！」

「…………」

梅莉達可以感受到鋒利無比的銳利刀刃狠狠刺傷了布拉曼傑學院長的內心。在年邁的魔女表情平靜地沉默下來的同時，下一個辯護人走上前來。

「我也同意學院長的意見。這場犯罪並不是庫法小弟做出來的。」

是目前立於弗蘭德爾頂點的王者，塞爾裘．席克薩爾。大廳裡原本驚慌失措的所有人都覺得不能輕視他的意見，頓時變得鴉雀無聲。

席克薩爾公首先靠近斯塔齊母女，讓手掌游移在被害者的額頭上。稚嫩的一年級生絲毫沒有恢復意識的跡象，但她的胸口規律地起伏著。

「沒有外傷……雖然不曉得對方是怎麼做的，但似乎只是被抽掉精氣而已。只要讓她暫時安靜地沉睡，應該可以毫無問題地恢復吧。」

「席克薩爾公！王爵大人！我家的孩子究竟被那男人做了什麼？」

「我想應該不是他喔，手法太粗糙了。」

塞爾裘將手從被害者身上移開，彷彿在歌唱一般闡述自己的主張。

「倘若他是凶手，照理說不可能將被害者放置在這麼顯眼的地方，而且假如他的目的是要取被害者性命，**不可能會失手**。更重要的是——」

王爵這時看向後方。蒼藍火焰至今也執拗地在暖爐持續燃燒著。

「從火焰出現的瞬間，我就一直在想。要襲擊養成學校的新生，這瑪那實在過剩了……假如他有那個意思，甚至連一丁點痕跡都不會留下吧。」

塞爾裘犀利且隨意地揮了揮手臂，從指尖發射出壓力。一直緊黏在暖爐裡的火焰就

LESSON II ～大地盡頭的雷鳴～

一口氣被撲滅了。

他用習以為常的態度對目不轉睛地盯著自己看的觀眾聳了聳肩。

「正因為我相信庫法小弟是名優秀的戰士，才判斷這場犯罪並非出自他手。」

「……唔！」

是認為形勢變得不利嗎？斯塔齊理事沉默下來。多虧了擅長演講的公爵，眾人也逐漸恢復冷靜。一名監護人用慎重的聲音詢問：

「那……那麼，學院長……先不提這次事件的『追查凶手』，學生的研修依然會按照預定舉行是嗎……？」

「嗯，是那樣沒錯。如果學院校區內潛藏著危險人物，對學生而言，出發去研修反倒比較安全吧。留在學院的我們將一邊進行調查──」

「既然這樣！我有一個請求！」

打斷學院長臺詞的女士，理所當然似的將指尖比向庫法。

「請一定要讓那個男人退出研修！我可不能讓我家可愛的女兒跟那種禽獸一起旅行！」

「恕我冒昧，女士。」

比學院長先開口的是當事者庫法。一直宛如雕像在旁靜觀的他的發言，讓所有人都疑惑地蹙起眉頭。

「這次的研修我無論如何都想參加。」

「什……！」

才想說庫法總算清楚地陳述了意見，卻是這樣的內容。直接被回絕的女士不用說，原本在大廳裡的眾人間快平息下來的疑惑又重新燃起。

布拉曼傑學院長露出像是已經放棄的表情，用摻雜著嘆息的聲音說道：

「沒想到你會這麼熱心參與學院活動，梵皮爾先生。」

「因為這也是我的職責。」

不知是否覺得這樣下去沒完沒了，現場發言最有力的塞爾裘高聲說道：

「那麼，我有一個提議！不當地排除主張清白的他並非好事。話雖如此，也不能無視各位母親的不安。因此！安排一位女士最信賴的學院方的人，一起前往研修如何？」

聽到王爵這麼呼籲，眾人注目的焦點在這個大廳裡只有一人。

那就是因為年邁，原本預定留在學院裡的布拉曼傑學院長。魔女拄著充滿威嚴的長杖，更凜然地挺直脊背，開口宣言：

「我知道了，我保證會竭盡心力守護學生的安全。沒問題吧，各位，斯塔齊女士？」

「……既然學院長願意這麼承諾。」

LESSON: II ～大地盡頭的雷鳴～

「請您一定要緊盯著那男人喔，真教人傷腦筋呢……」

監護人互相對望後，總算三五成群地開始離開大廳。講師將緹契卡送到醫務室，斯塔齊女士最後用彷彿要射穿人的視線瞪著庫法看，然後跟在講師後面離開。

「小姐，我也去拿行李。」

「啊……」

還沒時間好好說話，只見庫法也快步地離開。感覺好像又被閃避了一樣，哀愁揪緊了梅莉達嬌小的胸口。

為什麼庫法總是一臉不要緊的表情呢？他大可以抱怨「被冤枉了」。大可以哭訴「沒有人願意相信我」。如此一來，就像他平常替梅莉達所做的一樣，梅莉達也會很樂意成為他的支柱吧——即使成不了支柱，至少也能盡心去付出。

就憑現在這個渺小的自己，還無法成為他的依靠嗎？

「妳們要小心布洛薩姆侯爵，梅莉達小妹、愛麗絲小妹。」

突然被這麼呼喚，梅莉達反射性地轉過頭去。弗蘭德爾的國王陛下不知何時站在梅莉達的背後。他用犀利的視線看向暖爐那邊。

蘿賽蒂激動地說著什麼，父親露出像在裝傻的笑容閃避她的話語攻勢，侯爵看來毫無愧疚之色。

「光看殘留的瑪那，是不可能知道性別和年齡的。換言之，他的話有一半是隨口胡謅的。雖然我不曉得他為什麼要那麼做。」

「咦……？」

「我只能幫妳們到這邊，再會。」

王爵沒有與梅莉達對上視線，很快地轉身離開。那氣派的背影眨眼間就消失在走廊彼端。梅莉達混在驚慌失措的同班同學當中，彷彿雙腳麻痺了一般呆站在原地。

一直與愛麗絲互握的手掌滿是冷汗。

† † †

在距離弗蘭德爾相當遙遠的地方，有一片紅褐色泥土與岩石連綿的荒野。世界的天空沒有燈光，大地被厚重的黑暗徹底堵塞住。只有一盞提燈照亮著孤伶伶地豎立在四處的標誌。箭頭形的路牌上刻著前進方向的地名與大概的距離。

此刻，強力的車頭燈正劃破夜晚的陰暗。六輛大型巴士一邊發出野獸般的低沉引擎聲，同時縱向連接，在荒野上揚起塵土。就彷彿一條蛇似的。

每輛巴士裡分別可以看見各五十名穿著紅薔薇制服的女學生。

LESSON: Ⅱ ～大地盡頭的雷鳴～

所有聖弗立戴斯威德女子學院的學生，都參加了三年舉辦一次，從今天開始為期三天的本次研修旅行——除了因為意外狀況而不得不缺席的一名一年級生，三個年級的少女都在監護人的目送中搭上講師群駕駛的巴士，在連前頭也看不見的黑暗當中一個勁兒地向前奔馳。

梅莉達也是直到前陣子那趟春假的巡禮旅行，才頭一次遠離弗蘭德爾周邊。在學院的同學和新生當中，應該也有很多人是第一次目睹這片黑暗中的大地吧。被本能的恐懼包圍的少女臉上，可以看出緊張的神色。

梅莉達和愛麗絲，還有同班同學搭乘在六輛巴士中最後面的一輛上。車裡的所有人都自然地與親近的朋友聚集在一塊。認識的人很少的新生，活潑地開始與周圍交流。這片大地的黑暗與孤獨，似乎神奇地有助於女學生加深感情。

「我們當然絲毫沒有懷疑庫法大人喔！」

與梅莉達促膝而坐的一名同班同學，重複了已經說過好幾次的宣言。周圍的少女也立刻像在說服自己似的點頭同意。

儘管很感謝她們的貼心，但梅莉達不得不察覺到充斥在車裡的緊繃氣氛。

「但好像也有些人不那麼認為。」

特別是新生。才滿心期待地進入以男性止步、清廉潔白為宣傳詞的聖弗立戴斯威德就讀，卻看到高年級生帶著男人同行。還沒有摸清楚那男人是怎樣的人物，這次男人又被當成不可思議的傷害事件的凶手，飽受批評。

而且被害者是稚嫩的一年級生——新生宛如羔羊被關進野狼牢籠的反應，也可以說相當合情合理吧。

當事者庫法很難得地沒有在梅莉達身旁待命。他像是要盡可能與學生保持距離一般，靠在巴士的最後側。他很清楚自己遭到懷疑。倘若梅莉達反過來想靠近他的話，他肯定會這麼說來避開——「我不能給小姐添麻煩」。

應該有其他該說的話吧——鬱憤盤旋在梅莉達的內心。

新生不用說，高年級生也隱約察覺到庫法的立場吧。大家都顧慮他的情況，沒有人去找他搭話，自從搭上巴士後，他就一直處於孤立狀態。

此刻，有一個嬌小的長袍身影靠近庫法。是據說在騎兵團與庫法有私交的拉克拉・馬迪雅老師。兩人將臉湊近在談些什麼呢……巴士的引擎聲宛如空腹的野獸一般擾人，梅莉達無法聽見心上人的低語。

「妳們認為凶手究竟想做什麼？」

愛麗絲這麼詢問小組的人。同班同學面面相覷。

「緹契卡學妹只是失去意識，也沒有受傷。看來也沒有被偷走什麼。凶手引起這樣的騷動，究竟想做什麼？為什麼要留下庫法老師會遭到懷疑的痕跡呢？」

「聽妳這麼一說，的確有很多不明白的事情呢……」

同班同學思索起來，在這當中，只有梅莉達注意到摯友的貼心。「庫法是否為凶手？」愛麗絲並不是從外側的立場像這樣陳述意見，而是與梅莉達站在相同的地方，以同樣的視線觀察事物，試圖共享為何會演變成這種狀況的焦躁情緒。

能有一個理解者陪伴在自己身旁，在苦境當中不知是多大的救贖。梅莉達悄悄地與愛麗絲四目交接，互相微笑，同時再次確認到庫法試圖貫徹孤獨的選擇有多麼愚蠢。

梅莉達以心情變得輕鬆不少的語調，向同班同學搭話：

「詳細的調查就交給留在學院的教官老師吧？而且新生有布拉曼傑學院長陪著呀。無論發生什麼事情都不要緊的。」

「說……說得也是！」

就在大家表情明朗起來時，有個女學生正好要經過座位旁邊。

是在巴士裡巡邏的米特娜．霍伊東尼學生會長。她留意著避免被周圍聽見講話聲，將臉湊近梅莉達等人的團體正中央。

「我有件事要先告知各位高年級生。請妳們千萬不可以告訴新生喔。」

「咦？什麼事？」

「請妳們好好記住，學院長已經無法戰鬥了。」
所有人都驚訝地睜大了眼，挺身探向中央。會長的聲音壓得更低。
「學院長在去年的畢布利亞哥德圖書館員檢定考試中身負重傷對吧？那對學院長而言是一場死鬥。大家都知道打從那時的事件後，學院長就一直隨身攜帶長杖對吧？似乎已經連走路也相當辛苦……其實不應該讓學院長像這樣出遠門的。」
「怎……怎麼會……」
「我也是在當選學生會長時，從克莉絲塔學姊那裡聽說的……我非常震驚。」
會長細長的睫毛垂下。讓人如坐針氈的沉默充斥在少女之間。
雖然故事裡的英雄永遠保持著輝煌的身影，但現實中的人類並非如此。對於梅莉達等聖弗立戴斯威德的女學生而言，夏洛特．布拉曼傑的名字是絕對無敵的象徵……但那正是少女夢想的偶像。
過了一會兒，米特娜會長抬起頭露出堅強的視線，聲音也恢復了活力。
「所以有什麼萬一時，就由我們高年級生來保護新生（學妹）吧。畢竟她們特地選擇了聖弗立戴斯威德的制服……希望這可以是一趟快樂的旅行呢。」
會長最後輕輕拍了拍梅莉達的肩膀，然後轉身離開。上個年度的克莉絲塔．香頌學生會長雖然也歷經風霜，但新擔任這間風波不斷的學院領導者的她，也肩負著無比沉重的壓力。

就在這時候。車裡突然騷動起來，學生接連地開始看向窗外。梅莉達等人也抬起頭看發生什麼事，望向好幾個人指著的巴士前進方向。

然後她們目睹到的是覆蓋整片天空的輝煌「窗簾」。

所謂的超自然神祕，就是指這種狀況吧。或許該說是神之手編織出來的長形大窗簾從空無一物的虛空垂落，彷彿生物一般起伏波動。梅莉達不曉得要怎麼表現每分每秒都在改變形狀，包含著無限色彩的那個。

她唯一知道的是，那個擁有「顏色」。換言之，就是**看得見**。在這片沒有半顆星星的黑暗夜空中，那個散發出驚人存在感，覆蓋著天上。

「妳們是第一次看見極光嗎？各位小鳥妹妹！」

握著方向盤的布洛薩姆侯爵看似自豪地挺起胸膛。女學生對這個自然的藝術品猛然顯現出興趣。司機宛如導遊一般流暢地演講起來。

「我們前往的目的地是磁場的正中央！也就是這座大陸的磁力集中、盤旋的一個地方喔。乘在磁力上被運送過來的電漿，在那個上空與空氣粒子互相衝撞，因此產生出光芒。這種發光現象讓人眼花繚亂地接連發生好幾百、幾千、幾萬次，才像那樣化為宛如波浪一般洶湧的光之幕——」

「爸爸，爸爸。」

坐在駕駛座旁的蘿賽蒂，阻止了父親起勁的演說。她揮了揮手指，只見她指著的前方，女學生都是一臉有聽沒有懂的表情。

「也有人剛從幼年學校畢業而已喔。ＯＫ？」

「失禮了——總之，這種光景也是本鎮的名產！很棒吧？」

車裡的女學生再次眺望窗外。六輛巴士已經到達極光的正下方。這個起伏波動的光芒正中央，就是研修的目的地吧。

的確是壯觀到非現實的絕景。但正因如此，比起感慨更會覺得畏懼，並非錯覺吧。那就彷彿神的憤怒覆蓋天上，正看準時機要懲罰愚者一般。

就在梅莉達像這樣產生無濟於事的幻想後沒多久，**那幻想變成了現實**。

首先，可以看見在極光的空隙間有零星的火花迸出。抬頭仰望那景象的女學生還無暇思考，電流就在窗簾底邊收束起來，毫無前兆地急遽增強光輝。

就在那個突破臨界的同時——**發射出來**。

放射出來的閃電以雷速貫穿大地。粗壯的光芒灼燒少女的視野，將世界染成一片空白。慢了零點幾秒後，傳來轟隆巨響。彷彿天空要崩塌一般的錯覺——

車窗玻璃微微抖動著，女學生在無音當中抱著頭。正確來說，是超越人類智慧的聲

LESSON: II ～大地盡頭的雷鳴～

音洪流沖走了其他一切。雷鳴飛向大地彼端，梅莉達等人的聽覺總算追趕上來。哀號的餘韻填滿巴士裡頭。

梅莉達雖然沒有大叫出聲，但她反射性地與一旁的愛麗絲互相緊抓手臂。呼吸微弱且急促，心臟怦怦地跳個不停。同班同學一片譁然。在一年級生裡頭，甚至已經有人昏倒了。

「啊——哈哈哈哈！妳們嚇到了嗎，各位？」

可惡司機的大笑聲迴盪在車內。握著方向盤的布洛薩姆侯爵，意外地毫不吃驚的樣子。只不過可以看見行駛在前面的五輛巴士有些蛇行。縱然是學院的講師群，對於距離超近的落雷，似乎也有些難以消受。

沒錯——剛才的是「打雷」。據說平常是從厚重雲層發生的現象。

布洛薩姆侯爵突然將方向盤使勁往右轉。

「這樣正好。就特別讓搭乘在這輛巴士上的各位看個有趣的東西吧。」

「慢……慢點，爸爸，不要緊嗎？」

「沒事，用不著擔心啦！畢竟有我在嘛！」

最後面的巴士就這樣脫離隊伍，只有前方五輛巴士急忙地先行離去。與梅莉達等人一起被載走的女學生，真心話應該是「希望盡快將我們帶到安全的鎮上」吧。但布洛薩姆侯爵輕快地踩著油門的樣子，就宛如沒有察覺到自己被獵槍瞄準的悠哉河馬。

「可以看見嘍！」

多虧了聳立在四處的岩山，放眼望去的極光地帶呈現出峽谷的模樣。一座隆起得特別高的山丘頂點，建造著奇妙的「柱子」。

那柱子宛如塔一般粗壯巨大，但找不到入口之類的地方。材質看起來像是金屬。儘管設置得有些像裝飾，但要說能否作為鑑賞物招攬客人，答案是否定的吧。柱子乏味地筆直伸向天空，前端部分宛如針一般收束起來。

「話說各位知道所謂的打雷是怎樣的現象嗎？」

握著方向盤的侯爵讓巴士在峽谷的道路中流暢地前進，一邊解說起來。

「如同我剛才說明的，無窮無盡的的原子此刻也在我們上空互相衝撞。原子衝撞引發的摩擦熱會產生電力，那些電力會逐漸累積在極光的內部。一直累積起來的電力在某個偶然的機會下找到矛頭的話，就會一口氣釋放出來，穿破大地！這就是被稱為落雷的現象。」

他才剛說完，這次天空就連續兩次閃耀起來。兩條龍瞬間貫穿視野，晚了一瞬後，接著是驚人的轟隆巨響開始撼動大地。

梅莉達這次雖然沒有嚇到，但還是一言不發地與一旁的愛麗絲緊緊抱住彼此。雖然

LESSON: II
～大地盡頭的雷鳴～

不太想在學妹面前表現出驚慌的態度，但在連三年級的學姊都臉色發青的狀況下，這只是瑣碎的小事吧。

沒有任何人能插嘴干涉布洛薩姆侯爵的講授。

「這個極光的支配範圍以落雷的頻發地帶著名，直到以前，都不是人類能靠近的地方。光是往來城鎮，就不曉得有幾個人的生命被燒燬。就在這時！我用這聰明的頭腦思考了起來。如果不能抑止落雷發生，那只要固定掉落下來的『目標』不就好了嗎！」

布洛薩姆侯爵一手放開方向盤，指向豎立在山頂的塔。仔細一看，峽谷四處有相同形狀的矛，將尖端朝向天空。

「那是『誘雷塔』！塔前端的針會隨時放出電子，從極光發射出來的的閃電一定會刺向那座塔！藉由我這項發明，從弗蘭德爾到本鎮的交通明顯舒適許多。哇哈哈！」

「爸爸只是畫了設計圖，拚命建設塔的是鎮上的人吧。」

蘿賽蒂悄聲地潑冷水，那宛如雷鳴一般刺向父親耳中。

「咳……咳哼……總之，開拓土地總是伴隨著犧牲。」

察覺到內情的幾名女學生簡單地劃了十字。米特娜會長挺身說道：

「侯爵大人，非常感謝您貴重的講授。但是，我很擔心太過強烈的光芒會帶走我的學妹。能否請您開始前往鎮上？」

「哈——哈哈，舉止優雅的淑女！用不著那麼不安。畢竟這輛巴士有我在！就連神的憤怒也能自在操控給各位看的布洛薩姆．普利凱特——」

隨後，一道白光刺向極近距離的誘雷塔。同時響起雷鳴。

落雷並未就此停住。隨即又來了第二擊、第三擊。無法徹底放掉的電流纏繞在塔的周圍，散播刺耳的火花。第四擊毫不留情地來襲——

連續第五次的雷擊，終於讓針從塔的前端碎裂散落。緊接著一股驚人的破壞力垂直貫穿岩山。電流宛如鞭子一般四散，岩石飛舞向空中。

「唔哇——！」

在布洛薩姆侯爵發出誇張哀號的同時，車內大幅度地傾斜。就在巴士拚命穿越過去後，傾瀉而下的岩山碎片布滿大地。

女學生一口氣被混沌給支配。米特娜會長的表情也沒了笑容。

「侯……侯爵大人，這狀況不要緊嗎？」

「沒……沒沒………沒問題！只要有我在……哇——喔！哇——喔！」

隨後，車裡的所有人都理解到這輛巴士急轉直下地陷入絕境當中。

傾瀉而下的雷擊密度非比尋常。擁有莫大破壞力的矛以彷彿雨一滴一滴落下般的輕鬆調調貫穿地面，讓人眼花繚亂。誘雷塔已經完全派不上用場。只見一座又一座的塔遭到粉碎，失去目標的天神接著瞄準的對象，只有在峽谷中緩緩蛇行的一輛鐵盒子。

瞬間被放射出來的雷擊掀起側面，巴士連同地面跳了起來，一度在地面上彈跳。那陣衝擊讓布洛薩姆侯爵從駕駛座上被吹飛，猛烈地撞上窗戶。他順勢有節奏地從巴士階梯上滑落，就這樣翹著屁股一動也不動了。

雖然也有人在意他的安危，但被放置的方向盤要更加重要。梅莉達不禁想站起身，但某人在飛奔過梅莉達身旁時按住她的肩膀，將她推回座位上。

「各位！請抓穩了！」

是風一般衝向駕駛座的庫法。他握住失控的方向盤，以俐落的手法切換生鏽的排檔。他用力地一腳踩下油門後，巴士立刻猛然加速起來。幾乎就在同時，後方亮起閃光。落雷彷彿要堵住退路似的追趕上來。

「蘿賽蒂小姐，麻煩妳了！」

如果在這種情況下被拜託什麼事，就算不是梅莉達，也會感到畏縮吧。明明如此，蘿賽蒂卻毫不迷惘地一腳踩在窗框上，以後翻上槓的訣竅跳向窗外。她輕盈地在巴士車頂上著地，從腰部後方拔出兩個圓月輪。

「『基本調整』！」

她的瑪那伴隨著攻擊技能的詠唱，在捲起漩渦的同時收束起來。緋紅色圓刃更進一步增加了六個，與左右的圓月輪連動，在半空中搖晃。

那是在與愛麗絲的共同訓練中經常會看見的，蘿賽蒂的基本技巧。對於無法與人組隊，一直被迫進行多對一戰鬥的她而言，首先用那招將武器增加好幾倍，據說成了她所有戰術的起點。

那之後的光景，讓人只能對家庭教師的本領驚嘆不已。

天空的極光一閃。蘿賽蒂橫掃手臂。以雷速造訪的矛與六個緋紅圓輪猛烈衝撞，分歧的閃電前端胡亂地挖起大地，產生龜裂的岩石隆起。庫法展現出超凡的方向盤操控技術，彷彿與神以相同角度在觀察事物，巴士宛如拿線穿針，精準無比地穿越過只有毫釐之差的安全地帶。

這是否觸怒了天神呢？只見天上又放射出一氣呵成的追擊。幾十道閃電同時傾瀉而下，將左右兩邊的峽谷射穿成碎屑。只見被粉碎的岩石形成雪崩，從四面八方撲向巴士。

任誰來看都無路可逃了——

庫法面不改色地踩下煞車。巴士瞬間減速，蘿賽蒂從車頂上被吹飛。女學生同時倒向前方的座位。庫法一臉若無其事的表情，銳利地踩下油門，讓女學生這次被推向座位這邊。

宛如子彈一般從車頂飛出去的蘿賽蒂，在空中調整姿勢並著地。她用鞋底將地面削

LESSON: II ～天地盡頭的雷鳴～

出長長一條線，在轉身的同時射出左右兩邊的圓月輪。

滑入前輪底下的圓刃隨後藉由散發出來的瑪那壓力將巴士彈起。好幾噸重的鐵塊在空中飛行。巴士掠過蘿賽蒂的頭頂，甚至讓推擠過來的雪崩先過去，然後粗暴地著地。差不多學到教訓的學生抱緊彼此，趴在座位底下，庫法在分毫不差的時機踩下油門。

「庫法大人！蘿賽蒂大人她……！」

就如同某人發出的哀號一般，有一個人被留在絕境當中。蘿賽蒂用自己的腳一蹬地面，跳過從左邊推擠過來的雪崩。同時從右邊突擊過來的雪崩在中間點衝撞，以噴火般的氣勢吹起岩塊。蘿賽蒂踢著瞬息萬變的土石流，試著勉強爭取滯空時間。

庫法面無表情地讓巴士奔馳兩秒後，突然用腳固定方向盤，同時從窗戶探出身體。就在他從腰際拔出黑刀刀鞘的同時，彼端的蘿賽蒂也收緊手臂。

從遠距離射出的圓月輪劃破空氣，同時穿越過巴士旁邊。從窗戶能瞄準目標的僅僅一影格。庫法用惡魔般的精準度突出刀鞘，前端理所當然似的勾住圓刃的握柄，隨後一記橫掃。緋紅色瑪那彷彿釣魚線一般扭動，蘿賽蒂變成被拖行在空中的砲彈。庫法沒有確認她的情況，直接回到車內重新握住方向盤。

在滯空幾十公尺後，蘿賽蒂分毫不差地返回巴士車頂。砰！一股重壓施加在天花板上，讓新生顫抖著肩膀。

不過，還有比這更激烈的體驗嗎？

過沒多久後，巴士似乎完全脫離了雷擊地帶。庫法發現先行離去的五輛巴士，他以正常的速度轉動方向盤，朝那些巴士前進。

「嘿咻。」

蘿賽蒂的態度像是剛結束一項工作，她從窗戶輕飄飄地回到車內。所有人都愣愣地注視她的身影，之後──最先爆發出來的是誰呢？

「「「實在太棒了──────！」」」

就某種意義來說，比雷鳴更巨大的轟隆聲響撼動車內。

「實在太精彩了，梵皮爾先生、普利凱特小姐。」

布拉曼傑學院長露出久違的孩子般笑容迎接兩人到來。先行離去的她們似乎也察覺到後方有異常，所有女學生都聚集在停下的巴士周圍，殷切期盼著梅莉達等人到達。

看到身為大功臣的情侶被所有人圍住，受到眾人紛紛讚賞，在遠方眺望的梅莉達內心也稍微鬆了口氣。不過，宛如薄霧般的焦躁也同時籠罩著她。果然還是蘿賽蒂才夠格站在心上人身旁嗎？

即使梅莉達有所成長，庫法也會跟著成長。自己要到何時才能變成與他相配的淑女

LESSON Ⅱ ～天地盡頭的雷鳴～

呢——

庫法散播著一如往常，充滿魅力的笑容，但他突然繃緊表情。

「各位小姐，妳們沒事真是萬幸。只不過有一個嚴重的問題……」

「說得沒錯，梵皮爾先生——這樣一來，就無法隨便離開鎮上了。」

學院長表示同意，引導學生的視線看向後方。

雖說逃進了安全地帶，但只要稍微踏出外側一步，喧囂的雷擊至今仍灼燒著地面。究竟是什麼觸怒了上天呢？這樣一來，直到極光將所有鬱憤徹底發洩出來為止，梅莉達等人不就甚至無法安全回家嗎？

「沒問題！只要交給我，一切都不用擔心！」

女學生露出這聲音是誰的表情，環顧著周圍。用誇張的舉止宣傳著存在感的人，是總算從巴士裡爬出來的布洛薩姆．普利凱特。雖然他側頭部腫了個大包，但看來沒有大礙，真是萬幸。

不過，真不曉得是哪裡「沒問題」。

「普利凱特卿，這陣雷究竟到什麼時候才會平息下來？」

布洛薩姆侯爵將手肘靠在巴士的車門上，以看似苦惱的態度回答魔女的問題。

「……各位應該覺得這樣的狀況很不幸吧。不過，只要換個角度看，也能轉變成天大的好機會。各位無法離開鎮上。反過來說，就是**不回去也無妨**。本鎮十分歡迎各位淑女留下！」

根本沒有回答問題。布拉曼傑學院長像是放棄與他溝通似的轉過頭來。

「等極光的暴躁平息下來，應該就能出去了吧。無論如何，各位暫時都會在這座鎮上致力於研修。切勿亂了方寸。」

「「「是的，學院長。」」」

看到聖弗立戴斯威德的團結，布洛薩姆侯爵擔心遭到排擠而慌張起來。說到他剩餘的最後存在價值，就是帶路。

「那……那麼在場的各位！請跟在我後面前進吧。我來替各位帶路——」

侯爵宛如遊覽車導遊一般高聲喊道，他衝到集團的前頭，張開手臂。

「這就是本鎮『鄉哥爾塔』！地底的樂園！」

前方有個直徑可能長達幾公里甚至幾十公里的巨大空洞張著嘴巴。讓人覺得可能通往地獄的那個深淵，鑲著提燈的光芒。那代表生活的氣息，也就是有城鎮在地面下拓展開來。

儘管聽說過這件事，但跟實際親眼目睹還是有天壤之別。梅莉達與愛麗絲靠近空洞邊緣，眺望那彷彿會讓人昏倒的絕景。人類為何會在被雷電牢籠封閉的貧瘠荒野上建立

LESSON: Ⅱ ～大地盡頭的雷鳴～

這般規模的城鎮呢？

布洛薩姆侯爵一邊引導女學生前往通向城鎮的階梯，同時繼續導覽。

「其實至今尚未釐清這座地底城鎮究竟是從何時開始存在的。從弗蘭德爾的歷史揭開序幕時起，空洞就存在於這裡！而且，那裡殘留著偉大的遺跡。這是為什麼？為何古代人會在這種魔境開拓城鎮——非也。應該說**他們為什麼一直挖掘地面，不斷朝下方邁進呢**？」

「……唔。」

一種古怪的直覺讓梅莉達緊張地嚥下口水。導遊揮著手引導女學生的隊伍，梅莉達感受到的異樣感也在同時宛如波浪一般被沖走。

「為了釐清箇中真相，我們在這裡住了下來。但至今已經明朗的事情還很少，因此我們很期待養成學校的各位同學。我們將擴大調查範圍，追求更深入的奧祕！讓我們盛大地炒熱從今天開始的研修吧！」

† † †

在地底城鎮「鄉哥爾塔」的入口等候著梅莉達等人的，是將視野整個覆蓋住的綠色叢林。那是彷彿突變一般巨大化十幾倍的植物密林。

宛如帆船一般廣闊的樹葉。比房子還要高的香菇傘蓋。擴大到看來有些詭異的花瓣模樣，將厚實的唇瓣面向來訪者。

宛如變成了小矮人，迷失在不可思議的國度一樣。嬌小的梅莉達將身體縮得更小，與愛麗絲楚楚可憐地互相依偎。這下要是有怪鳥飛過上空，梅莉達可能會嚇到昏過去，所幸只有生物保持著正常尺寸。大約小指大的瓢蟲，悠哉地在綠色大海中漫遊著。

所有女學生都在尋求說明吧。三百人的視線都集中在最後走下階梯的布洛薩姆侯爵身上。三十好幾的男性彷彿獲得了眾人矚目一般，只見他挺起胸膛。

「這也是我研究的成果！超過十年前，這裡還是寸草不生的貧瘠土地。在鄉哥爾塔的生活殘酷到超乎想像。不過，這時有一位救世主宛如彗星一般出現！換言之，也就是我！」

他彷彿站在舞臺上一般，誇張地張開手臂。翻動過頭的披風卡在頭上。

侯爵急忙揮落披風，順便輕輕撫慰腫包，然後繼續說道：

「……咳嗯。根據我帶來的基因操作技術，這個地底開始洋溢出各式各樣的綠意。在弗蘭德爾無法看見的稀有花朵！強韌的作物！雖因為實驗的副作用，像這樣培育出巨大森林，但可說是無傷大雅吧。」

「這件事讓以前不過是一介學士的你突然成名啊。」

最年長的布拉曼傑學院長，彷彿昨天的事情一般回顧著記憶。既然是超過十年前的事情，應該是連庫法和蘿賽蒂都還不懂事時發生的事情吧。老練的魔女看似感觸良深，布洛薩姆侯爵也對她露出皺紋十分顯眼的笑容。

「雖然我雌伏了很長一段時間，但才能一定會嶄露頭角！這表示在荒蕪大地生活的人們的吶喊，尋求著我的存在吧。哇哈哈！」

讓人絲毫感受不到十年歲月帶來的份量，可以說是布洛薩姆侯爵的人品嗎？梅莉達不經意地環顧著欣欣向榮的巨大植物。這裡的每一朵花、每一根草，都擁有與人類無異的歷史，在這裡扎根。

梅莉達沉浸在不可思議的感傷裡，這時有蟲子的振翅聲從某處傳入她的耳中。

『竟然讓他入侵了……終於找到這邊來了嗎，該死的冰王……！』

——不是振翅聲，而且也不是幻聽。曾在聖弗立戴斯威德的學舍聽過的那個沙啞聲，又再次纏繞在梅莉達耳邊。

周圍的聲音又逐漸遠離。布洛薩姆侯爵比手劃腳地在說著什麼。就連同班同學的認知都拋下了梅莉達。金髮少女搖搖晃晃地脫離隊伍，詭異的是，沒有任何一個人注意到這件事。

LESSON: II

～大地盡頭的雷鳴～

『得思考對策才行……我的力量好不容易才找回來……』

『十年啊……！不，還要更久……！要說是雌伏，實在太過痛苦……』

『沒時間發呆了……到我的舊巢研磨武器吧……為了守護孩子們……！』

跟以前有一點不同的是，有其他聲響在引導梅莉達。梅莉達之所以會悄悄脫離集團，正是因為聽見了彷彿河川的水聲。

不過，依靠聲音到達的地方，卻是個死胡同。只見被巨大樹葉宛如窗簾一般覆蓋的岩壁聳立在那裡。別說洞窟，甚至連一道裂縫也找不到。

儘管如此，河川的水聲仍舊不停迴盪，呼喚著梅莉達。

水聲是從岩壁對面傳來的……——

梅莉達漫無目標地在懸崖周圍來回，試圖找出聲音的來源。就在她試圖把耳朵貼到岩壁上時，兩件事情同時制止了她。

第一件是心上人若無其事地將梅莉達的肩膀拉向自己身邊的手掌。

「小姐，妳厭倦聽課了嗎？」

「老師？」

隨後立刻有第二個聲音從彼端劃破空氣。

「不……不行！別靠近那裡！」

布洛薩姆侯爵驚慌失措地飛撲到兩人面前。他張開手臂，像是要堵住死胡同的岩壁一般，那怪異的模樣讓女學生的視線盯著他看。

突然變樣的三十好幾的男性，似乎慢了一拍才恢復正常。他像是要敷衍過去似的扭動大大張開的手臂，擺出演戲般的姿勢，彷彿演員一般高聲說道：

「這個地方是『神祕點』！是常識不管用的世界喔！」

「神……神祕點……？」

「妳當然記得我曾說明過這塊土地是磁場正中央的事吧？因為強力磁場的扭曲，本鎮鄉哥爾塔有一些地點會發生無法以弗蘭德爾的常識估量的奇怪現象，我們把那樣的地方稱為『神祕點』，指定為禁止進入的管制區。這是為了保護重要的鎮民安全！」

侯爵用若無其事的動作趕走梅莉達等人。庫法也環著學生纖細的肩膀，帶她回到同學身邊。那手的力道之強，讓梅莉達只能任憑擺布。

彷彿在提醒所有人注意一般，侯爵繼續逼真的演講。

「各位也請好好記住了，絕對不可以靠近神祕點！每個月都有居民受傷，實在讓人傷透腦筋啊——金髮的小鳥妹妹，妳為何會對那個岩壁感興趣？」

「呃……那個……我聽見水聲……」

「這才詭異啊！那種岩石裡面怎麼可能有水流動！」

LESSON:Ⅱ
～大地盡頭的雷鳴～

「……」

梅莉達用力咬了咬嘴唇，不死心地轉過頭看。但那個岩壁被多達好幾層的巨大植物窗簾遮蓋住，早已經看不見蹤影。

那個水聲當真是磁場的扭曲產生的錯覺嗎？要說詭異，已經聽見三次的沙啞聲才詭異吧。那聲音現在也宛如薄霧一般消失無蹤。

是這個世界不對勁，還是自己不對勁呢？梅莉達逐漸失去了自信。

「──布洛薩姆先生！岳父！太好了，我看見燈光，就在想可能是您。」

就在這時，一名青年穿過巨大植物的根部飛奔而來。從他過來的方向推測，他肯定是鎮上的居民吧。這麼說很不可思議，但真的有人住在這種地底的事實，讓女學生產生一種奇妙的感慨。

布洛薩姆侯爵像是深感慶幸一般，誇張地張開手臂歡迎青年。

「嗨，我未來的兒子啊！瞧你氣喘吁吁的，怎麼了？今天還不是典禮的日子喔？」

青年在侯爵前方緊急停下，然後在侯爵耳邊很快地低語：

「事情不得了啦……又有人『病發』了。是西三號地區的卡涅爾。應該已經回天乏術了……布洛薩姆先生不幫忙介錯的話，就沒辦法處理。」

「我知道了，我立刻過去。但先等我一陣子，現在有客人。」

「……這些團體客人是怎麼回事？」

青年似乎這時才總算注意到在場的少女。侯爵浮現做作笑容，彷彿值得慶賀地介紹起青年。

「淑女們，我向妳們介紹。他名叫迪克。是迪克先生！算是本鎮可靠的保安官吧。然後迪克，現場這些可愛的小鳥是聖弗立戴斯威德女子學院的才女！她們千里迢迢來協助我們進行調查。」

「啊！這麼說來，今天是蘿賽回鎮上的日子啊……！」

這麼說來，宛如少年一般感到驚訝的他的確穿著像警備兵的古板制服。星形徽章在他胸口發亮著。他像運動員一般理著平頭，擁有一張感覺涉世未深的樸素面貌。

迪克先生意氣風發地向前踏出一步，爽朗地亮出潔白的牙齒。

「歡迎各位蒞臨鄉哥爾塔！如果在鎮上碰到什麼問題，可以儘管來拜託我喔。請各位親密地叫我迪奇吧！」

雖然他用力豎起大拇指，但沒有少女直率到能在這種情勢下接納他的暱稱。就在聖弗立戴斯威德的女學生拘謹地保持沉默時，布洛薩姆侯爵似乎是感受到如坐針氈的氛圍，他拍了拍保安官的肩膀。

「迪克！迪奇！你是本鎮不可或缺的男人喔！」

LESSON: II
～大地盡頭的雷鳴～

「深……深感光榮，岳父！」

「……我對那個『岳父』稱呼有意見耶。」

蘿賽蒂用感覺非常疑惑的聲音挺身而出，可以明顯感受到她一直盡可能想裝作不知情的樣子。一看到紅髮少女的美貌，迪克先生的表情立刻明亮了起來。

「蘿賽！妳居然一聲聯絡也沒有，太……太過分了吧！」

「……你好，迪克先生。」

蘿賽蒂露出困擾無比的表情，陷入沉默。看到雙方的溫度差，實在很難想像他們感情會好到經常聯絡。

興致高昂的主要是局外人。布洛薩姆侯爵完全無視女兒的意願，自顧自地說著：

「我在此向聖弗立戴斯威德的淑女發表吧。在場這位迪克正是蘿賽蒂的未婚夫！兩人在兩天後會舉行幸福洋溢的結婚典禮，然後成為夫婦！因此迪克等於是我的兒子！迪奇～～．普利凱特！」

「就說了我不會結婚嘛！」

蘿賽蒂對毫無交集的父親感到憤慨，她突然一把抱住庫法的手臂。儘管梅莉達反射性地「啊」了一聲，但保安官與侯爵的反應似乎更加激烈。迪克先生驚訝到彷彿眼珠子都快掉出來了。

「那……那那那那那……那個討厭的男人是怎麼回事！蘿賽，妳背叛了我嗎？」

「什麼背叛不背叛的，我跟迪克先生只是同個鎮上的兒時玩伴，沒有更深入的關係。我現在跟這個小庫在交往呢。我們打得火熱，超級恩愛呢。」

「就是這麼回事，請你死心吧。」

對梅莉達而言，最震驚的是庫法確實在遵守與蘿賽蒂的約定。也就是庫法也主動將手臂繞到戀人的肩上。

這對情侶無視驚訝到下巴快掉下來的的父親與未婚夫，轉身走向鎮上。

「蘿賽，可以帶我參觀鎮上嗎？」

「那當然嘍，達令！也得跟鎮上的大家介紹我未來的老公大人呢。」

「站……站……站……站住！給我等一下，蘿賽蒂！」

感到驚慌的是布洛薩姆侯爵。以他的立場來看，應該無法忍受已經連日期都決定好的結婚典禮被毀約吧。看他這種強硬的態度，如果蘿賽蒂沒有事先準備假男友，的確很有可能被他以洶湧的氣勢擺平周圍的障礙。

梅莉達頓時想追著心上人的背影飛奔而出。但就在她拔腿衝出前，有一隻手彷彿預料到她的行動一般，伸過來抓住梅莉達的手臂。

「還在團體行動中喔，梅莉達學妹？」

LESSON: II

～大地盡頭的雷鳴～

浮現花朵般笑容的是米特娜會長，那是一朵有毒的花。

然後，一陣盛大的咳嗽聲阻止了試圖追趕女兒與她男友的布洛薩姆侯爵。布拉曼傑學院長嚴厲的眼光安靜地斥責著侯爵。魔女纏繞著遠比賢者更偉大的氣場，用毅然決然的語調表示：

「普利凱特卿。您目前應該在負責替本校同學帶路吧？」

「嗯，呃，是那樣沒錯啦，但是……」

「迪克先生找您是為了什麼事？感覺事情好像非同小可。」

賢者是為了與魔女競爭嗎？只見他格外端正地挺直了背。

「這是本鎮和本鎮居民應該自己解決的問題。」

「我要問的不是解決不解決，而是發生了什麼事情。」

遭到威嚴的鞭子鞭打，布洛薩姆侯爵頓時縮起了背。

然後他說出口的是彷彿小孩子藉口的一句話。

「我想不是什麼看了會令人愉快的光景……」

聽到像是要撕裂靈魂般的哭泣聲，的確沒有女學生會感到愉快吧。在布洛薩姆侯爵的帶領下來到鎮上的少女，被迫在入口處目睹到令人震驚的一幕。

首先，發出響徹小鎮的叫聲的人，是大約二十幾歲的女性。其他鎮民按住不顧形象地想爬著前進的她。

女性拚命成這樣想前進的方向，有幾個人聚集在一塊。有一個人倒落在中央，五個壯碩的男人一起壓制著他……這件事的來龍去脈應該不是在仲裁情侶吵架這麼簡單吧。

被集團壓制住的中央的人物，被蓋上了床單。儘管有五人份的體重壓在他身上，他仍宛如野獸一般瘋狂揮動手腳。他此刻憑著蠻力掙脫了左手的拘束。被撞飛的男人連忙再次整個人撲向他。

從床單底下露出來的左手，戴著六條幸運繩。從肌肉的壯碩度來看，應該是男性嗎？那麼那個大聲哭喊的女性，是他的戀人嗎？

聚集在現場的一名鎮民，發現了引導女學生前來的賢者身影。

「布洛薩姆先生，你回來了嗎！麻煩快看看，又有一個人被擺了一道！」

「交給我吧！」

侯爵讓女學生留在原地，意氣風發地走上前。途中，以淚洗面的女性抓住那豪華的披風求助。

「求求你，布洛薩姆先生，請你救救卡涅爾！他還有救！還有救呀！」

「我現在就來診斷狀況吧。外行人退下！」

對女學生而言，讓人意外的是鄉哥爾塔的鎮民十分流暢地遵從侯爵的指示。推測是戀人的女性被其他居民架住身體拖走。戴著幸運繩的男性即使被壓住手腳，仍然不停掙扎。此刻在他身旁蹲下來的布洛薩姆侯爵，稍微掀開了床單。侯爵立刻「嗚」了一聲並蹙起眉頭，再次將床單蓋回去。

「──病狀進行度『A』。卡涅爾已經回天乏術了。立刻給他『救濟』！」

聖弗立戴斯威德明智的講師群，這時不知為何產生一種「應該阻止他吧」的直覺性衝動。在一名鎮民用異常裝模作樣的動作送來細長包裹時，印證了那直覺是正確的。

講師群身為昔日在戰場上奔馳的人，已經感受到了──「死亡」的預兆。

布洛薩姆侯爵從包裹中拔出來的東西，是裝飾閃耀輝煌的刀劍。雖然那並非戰鬥用，而是儀式用的劍，但硬度跟鋒利度應該是掛保證的吧。侯爵莊嚴地高舉劍──然後承受不住重量，搖晃了一下。他咳了兩聲敷衍過去，遞出劍。

「凱……凱布，給予你榮譽吧。」

「深感光榮，布洛薩姆先生。」

接過劍的一名鎮民穩固地高舉劍，重新面向戴著幸運繩的男人。他將劍尖對準床單中央，沒有一絲猶豫地刺下去。

劍唰一聲刺下，鮮血從床單中央噴灑出來。戴著幸運繩的男人激烈地痙攣，沒多久手臂便虛脫無力地垂落。弗立戴斯威德的少女忍不住摀住嘴角，但推測是戀人的女性尖叫出聲，沖走所有聲響。

「不要啊啊啊——————！卡涅爾！卡涅爾——！」

「這麼一來，卡涅爾的靈魂就得到救贖了！凱布是救贖的使徒！替他熱烈鼓掌吧！」

聚集在廣場的鎮民接連地鼓掌。動手的凱布一臉驕傲地高舉劍，然後將額頭貼在劍柄上。他的腳邊沉浸在從床單底下流出的鮮血裡。

這異樣的氛圍，讓身為局外人的少女們只能倒抽一口氣。布拉曼傑學院長代表聖弗立戴斯威德以嚴肅的表情走上前。

「……普利凱特卿，這是怎麼一回事？無論對照哪裡的法律，公開處刑都是重罪。」

「什麼處刑，您言重了！這是救濟。卡涅爾已經患病了。」

「患病？」

「是在鄉哥爾塔流行的怪病。原因和對策都不詳。罹病的患者會失去理性，淪為追求殺戮的怪物。那樣還有身為人類的尊嚴嗎？因此我們決定要迅速地人道毀滅病狀惡化的患者。」

侯爵轉過身，向聚集在床單周遭的男人發出指示。

「卡涅爾就由我負責淨化。把他送到教堂的安置堂！別嚇到孩子們了。」

「知道了，布洛薩姆先生。」

男人俐落地將床單捲在屍骸上。魔女的嘴角至今依然緊繃著。

「至少我沒有聽說過那種病。」

「席克薩爾公知情。」

侯爵的回答簡單且犀利無比。就連魔女也接不了話。

就在這時，看到戴著幸運繩的男人終於要被送走，有個人物發出了聲音。是陪同學生前來研修的講師之一，最年輕的拉克拉·馬迪雅老師。

「等等，讓我調查屍體。」

「不行！」

鎮民強硬地拒絕，不在乎會全身沾滿血，緊緊抱住床單。

「這種病會感染。如果不迅速地隔離，所有鎮民都會有危險。特別是現在，妳們學院的學生也不例外吧。」

「…………」

拉克拉老師沒有再繼續糾纏下去。她只是用宛如野獸般的冷酷態度目送逐漸遠離的床單血跡。

「嗚嗚，卡涅爾……卡涅爾……早上明明還那麼有精神的……嗚嗚……！」

鎮民三三兩兩地散開，留在原地的只剩來研修的學生，以及負責帶路的布洛薩姆侯爵。還有彷彿路邊的石頭一般被捨棄，推測是戀人的女性。毫無預兆地失去伴侶，她今後會遭到多大的悲傷折磨呢？

學院的女學生終於逐漸察覺到了。

並非常識不管用。

而是這鎮上有哪裡不對勁——

布洛薩姆侯爵露出他擅長的那張皺紋顯眼的美麗笑容。

「好啦，小鳥們需要休息一下吧。請儘管享受本鎮名產洞窟飯店吧！」

女性的抽泣聲，一直在他背後迴盪不停。

LESSON：Ⅲ ～無論上下都沒有路標～

鄉哥爾塔整體的形狀就宛如螞蟻窩一般。地面下開了好幾個巨大的空洞，各自有細長的洞窟連接著。洞穴無止盡地往下連接，據說最盡頭是學者的研究區域。

在荒野正下方可以看見的街道據說是鄉哥爾塔最大的居住區，跟認識的人打完招呼的蘿賽蒂，最後將扮演戀人的庫法帶到自己的「家」。

那像是要埋入洞穴一般建造的莊嚴建築物是教堂。

「爸爸也是這裡的管理者喔。來，請進吧。」

蘿賽蒂這麼說並推開的「玄關」，是超過十公尺高的雙開門。庫法抱持著彷彿在享受新生命一般的心情，踏向紅色地毯。

首先映入眼簾的是禮拜堂。好幾張長椅連接在一起，最深處設置著祭壇。通道的地毯漫長且寬廣，應該可以讓三組情侶並肩而行。彩繪玻璃的色彩之所以鑲在地板上，是因為在窗戶外側配置著提燈吧。實在是相當講究的配置。

庫法走在與生活感相距甚遠的空間裡，在紅地毯正中央轉過頭。

「假如入贅到妳家，我也得就任聖職才行嗎？」

「……對不起喔，把你捲進麻煩事裡。」

蘿賽蒂沿途向認識的鎮民介紹庫法。為了讓他們理解兩人的關係有多麼堅定，無法否認講得有些天花亂墜。過度裝飾美化的言詞，事到如今讓蘿賽蒂臉紅起來。

「噯，為什麼小庫總是願意在我傷腦筋時幫我一把呢？」

庫法別過視線。蘿賽蒂追趕著背對自己向前走的身影。

「我原本以為你一定會拒絕扮演我的戀人。畢竟梅莉達小姐那麼黏你，最近就連愛麗絲小姐也是，那個……所……所以我想要先發制人，才會一時衝動做出那種事情。」

「我的身體只有一個，要訂購麻煩先做好規劃。」

「不是那樣啦，問題在於小庫的心情！」

蘿賽蒂抓住青年的手，強硬地讓他轉頭看向自己。蘿賽蒂把青年逼到祭壇，猛然將臉湊近。那光景看起來也像是向神誓言相愛的新郎新娘。

「我知道打從初次見面時起，小庫就一直不著痕跡地在關心我。」

「……那是……」

「噯，要不要真的跟我結婚呀？」

蘿賽蒂的眼眸稍微濕潤了起來。庫法在近距離露出微笑。

LESSON: III ～無論上下都沒有路標～

「我敬謝不敏。」

「明明氣氛這麼好！真是的，為什麼呀～！」

「無論是我還是妳，現在都還不能從騎兵團退休吧。」

「唔，這麼說也是啦……」

聽到這種奇妙的說服方式，蘿賽蒂雖然覺得很不高興，但也只能沉默下來。

庫法解開她的手，前往祭壇內部。那裡裝飾著從天花板垂落到地板上，彷彿巨人披肩一般的掛毯。

青年掀起厚重布料的手沒有一絲迷惘。只見掛毯後方出現了一扇門。

儘管用力轉動門把也打不開。看來似乎有上鎖。

「那裡面是『禁止進入區（神祕點）』。」

一名少女清澈的聲音勸誡著庫法。一看之下，有個十二歲左右的女孩站在一旁。女孩將頭髮綁成兩根小辮子，用堅定的眼神望著比自己年長的青年。

「訪客用的房間可以從側面的門前往……請問您是哪位？」

「這還真是失禮了。」

就在庫法禮貌地行禮致意時，有好幾個小孩從少女指示的門後現身。大概是察覺到有訪客吧，最大約十歲上下的男女孩足足有十幾人。

他們在祭壇前面發現蘿賽蒂的身影，一起綻放出笑容。

「蘿賽姊姊，歡迎回來！」

「哦~你們這群頑皮鬼！有沒有當個乖孩子呀？」

「「「有~！」」」

孩子們彷彿滾動的蛋一般衝出來，爭先恐後地抱住蘿賽蒂。為了誰可以獲得占有權大吵大鬧。蘿賽蒂抱起最年幼的小女孩，磨蹭著女孩的臉頰。小女孩看來很舒服似的露出害羞的表情。

這間教堂是蘿賽蒂的家，從裡面跑出來的孩子也是在這裡生活吧。不過，把紅髮美少女當成「姊姊」仰慕的孩子，沒有一個人長得相似，跟布洛薩姆侯爵也不像。追根究柢而言，要說是兄弟姊妹，這人數未免也太多了。

庫法放開掛毯，伴隨著淺淺的笑容轉過頭來。

「還真是熱鬧的一家人啊。」

「還好啦，因為爸爸不會對無依無靠的孩子有差別待遇。」

蘿賽蒂委婉地抓住話頭，用明朗的表情告白。

「畢竟鄉哥爾塔是這種環境嘛，家人過世也絕對不是什麼罕見的情況。但是，一旦發現孤苦無依的孩子，就輪到爸爸上場。他會像這樣把他們帶來這裡，給他們新的家人

LESSON: Ⅲ ～無論上下都沒有路標～

……我也是其中一人。」

庫法點頭肯定蘿賽蒂小聲補充的話語，感觸良深似的回答：

「我認為那是很了不起的信念。」

「我有同感。如果爸爸沒有把我撿回家，我也不曉得能否活下來。聽說爸爸很久以前也有失去太太的經驗……雖然我沒勇氣問詳情。」

「蘿賽姊姊，這個人是誰～？」

孩子們一臉不可思議地交互看著用感傷語調聊起來的年長男女。其中一人用稚嫩的聲音這麼詢問，於是蘿賽蒂露出明朗的表情。

「是我的未婚夫！姊姊把男朋友帶回家嘍！」

「「「咦～才不需要～！」」」

滿場噓聲。考慮到她受歡迎的程度，這也難怪吧，但庫法不禁露出苦笑。孩子們直截了當的批評從稚嫩的小嘴接二連三地吐出來。

「雖然是個帥哥沒錯啦……！」

「但重要的是『年收入』喔。」

「這人有志氣嗎？」

「是否立志要出人頭地？」

「這還真是嚴格……」

庫法做出投降的動作，於是一名男孩子耍大牌似的挺起胸膛。

「算啦，總而言之，你別以為能那麼輕易地搶走我們的姊姊喔！」

「我會銘記在心——話說，我對布洛薩姆侯爵的研究室有些感興趣。」

像是要將對話告一段落似的，庫法仰望背後的掛毯——正確來說，是仰望教堂的二樓部分。蘿賽蒂抱著小女孩，搖了搖頭。

「就連我們也不能進入書齋呢，聽說是因為有貴重的資料。」

「這樣子啊。那麼，我差不多該前往飯店了……」

蘿賽蒂又再次搖了搖頭。幾乎就在同時，孩子們抱住了她的腰。

「我今天要在這裡過夜。明天研修開始時我會去跟你們會合。」

「我明白了，我也會先轉告愛麗絲小姐一聲的。」

「……姊姊，你們真的在交往嗎～？」

孩子們一臉不可思議地仰望完全是用平常態度在對話的兩人。年長的辮子女孩甚至露出懷疑的眼神。庫法連忙重新戴上差點脫落的面具，吊兒郎當地將手掌搭在戀人的肩膀上。

「那再見啦，蘿賽。就算我不在，妳也別哭喔？」

LESSON: Ⅲ ～無論上下都沒有路標～

「達令你才是，要是敢花心去找別的女孩子，我可是會把你打趴在地喔。」

喔呵呵呵、啊哈哈——蘿賽蒂與庫法像這樣互相笑道，孩子們眉頭蹙得更緊，眺望著實在非常可疑的這兩人。辮子女孩更是露出察覺到什麼的表情。

「……希望不會演變成麻煩事就好。」

庫法匆忙地遠離少女這麼悄悄低喃的聲音。因為表面話不管用，應付小孩子要麻煩得多了。希望他們不會隨便對侯爵亂告狀就好……

無論如何，從外面背靠著教堂的門，庫法才總算有鬆了口氣的感覺。從弗蘭德爾進行長距離的移動，加上中途發生的意外。今天被迫與前所未有的大量人群見面，累積的疲勞也相當可觀。而且還一直戴著不習慣的面具，更是加倍疲勞。

趕緊躲回被告知的地窖飯店吧。庫法這麼心想，立刻邁出步伐。

不過，這時的他完全忘記了。

真正的考驗現在才要開始——

「看來你玩得很盡興呢，老師！」

小姐在飯店的個人房氣呼呼地鼓起臉頰的一幕映入眼簾。她脫掉襪子爬到床上，緊抱著大型熊布偶。在心上人面前絲毫不打算隱瞞孩子氣的舉動，表示她正在表現出那般純真的不滿吧。

停在門口的庫法不曉得該如何接話。兩人當然是不同房間，但今天沒能在一起的時間實在太長，因此來關心主人的情況非常重要吧——庫法這麼心想而前來主人的房間，結果立刻遭到這樣的對待。今天的第一抹冷汗滑過臉頰。

庫法原本打算用迂迴的說法——但結果還是作罷了。

「小姐在生氣嗎？」

「氣什麼？」

梅莉達使出了技術性的反擊。她有節奏地將臀部壓在床鋪上，肩膀宛如波浪一般起伏。就像是用身體在表現帶刺的感情一樣。

「請問老師，你覺得我是因為什麼在生氣呢？」

「……是因為我從早上就跟蘿賽蒂小姐進行看了有害的接觸嗎？」

「哼——」

「……是因為我把小姐晾在一旁，自己出去溜達的關係嗎？」

「哼哼——」

「……不僅如此，還弄到這麼晚才來關心小姐的緣故？」

「答錯嘍——時間到，正確答案是以上皆是。我今天還有很多事要跟老師講個夠！」

LESSON Ⅲ ～無論上下都沒有路標～

庫法端正了姿勢。看來情況很棘手啊——他重新綁緊內心的帶子。

梅莉達惱怒地噘起嘴脣，彷彿紡車針一般編織出怨言。就任家庭教師一年，前所未有的難題正降臨到庫法身上。

「老師，幫我拿襪子。」

梅莉達用不由分說的態度這麼撒嬌。庫法從行李箱裡拿出她愛穿的襪子，於是性感的赤腳伸向庫法。

「請幫我穿上。」

平常想幫小姐換衣服的話，小姐總是會變得無法平心靜氣，但現在卻擺出了威風凜凜的態度。庫法將十四歲的腳尖放在自己的膝蓋上，讓單薄的布料順暢地滑落到大腿處。梅莉達俯視這光景的眼神，著實散發出符合讓隨從伺候的公爵家千金的風範。小姐也出色地成長了——儘管庫法像這樣抱持著感慨，但這不過是在逃避現實。實際上梅莉達只是在生氣。

「老師為什麼會協助蘿賽蒂大人呢？」

「最大的原因是她可能會被迫辭掉騎兵團吧。而且還是因為被強迫結婚，我想她應該覺得很不甘心……」

「我也不想看到蘿賽蒂大人離開，而且愛麗應該覺得更難受。畢竟是一直在一起生活的家庭教師嘛。突然離開的話，一定會很寂寞。我今天也深～刻體會到了那孩子的心情。」

庫法啞口無言。梅莉達氣呼呼地別過臉去。

這不過是個契機吧。少女的怨言永無止盡。

「畢竟老師是個大忙人嘛。蘿賽蒂大人、騎兵團，還有席克薩爾公爵都搶著要找老師。老師何時才有空理會小不隆咚的小姐呢？」

「那個，小姐——」

「因為老師不把我當成女孩子看，才會幫我換衣服。就算看到我的裸體也毫不在乎。就連在浴室做了色色的按摩之後，老師也是一臉若無其事的表情嘛！反正老師就是把我當小孩子，覺得蘿賽蒂大人比較……嗚嗚，嗚嗚～」

「有件事請妳務必聽我說，小姐。」

「什麼事？」

我才不管你要說什麼——梅莉達露出這樣的表情，將臉轉回正面。庫法開口回答：

「接下來要不要跟我去約會？」

† † †

LESSON Ⅲ ～無論上下都沒有路標～

「跟老師在深夜裡約會～！欸嘿嘿……！」

庫法帶著臉頰彷彿蜂蜜一般融化開來的梅莉達溜出飯店，在夜深人靜的街道上漫步。兩人很快地鑽到小巷當中，毫不迷惘地逐漸深入洞窟深處。

人煙已經完全遠離，緊抱著心上人右手不放的梅莉達也稍微緊張起來。梅莉達的疑問並非庫法要帶自己去哪裡，而是老師究竟打算在這種沒有任何人看見的地方做什麼？

梅莉達交由庫法帶領自己前進，她望向下方，變成一艘漂流在思考海洋中的船隻。各種可能性在少女的幻想中浮現出來，展開積極的議論。沒多久隨著會議熱烈起來，偏激的意見也接二連三地飛舞交錯，讓少女的臉頰沸騰得通紅。

「小姐，妳走到腳痠了嗎？」

「咦？嗯，是啊，沖澡的熱水溫度正好！」

「……這樣子啊。」

庫法露出猶豫著該怎麼回答的表情，終於停下腳步。然後他指向前方。

「總之，到目的地嘍。我無論如何都想讓小姐看看這裡。」

梅莉達很快地轉過頭看。「哇啊……！」然後發出優雅的歡呼聲。

隧道盡頭是鐘乳洞的小房間。無論寬度或高度，都廣闊到約有學院的教室那麼大。

不過，最吸引人注意的是那岩石的顏色——彷彿火焰般的紅色與彷彿清水般的青色，還有好似封住新綠一般的綠色，以及會讓人誤看成鑽石般的白色。這些顏色簡直就宛如把美術家的夢想攪拌在一起，描繪出流麗的斑點圖樣。

這地方彷彿幾乎被人們給遺忘，連一個提燈也沒有設置。取而代之的是牆壁本身會淡淡地散發光芒，而且更增強了光輝，歡迎著訪客。就好像已經等候了很長一段時間，期待有人能找出這個祕密小屋一樣。

「哇啊……」彷彿異世界般的光景讓梅莉達驚訝得半張著嘴。不過庫法的約會計畫似乎才剛開始而已。他微微地露出笑容，緩緩指向鐘乳洞入口給梅莉達看。

「這個鐘乳洞有個挺有趣的機關。小姐，可以請妳試著站在那裡看看嗎？」

「咦？我知道了！」

梅莉達不疑有他地踏進鐘乳洞。有趣的機關是什麼呢？就在小巧的胸口滿心期待的時候——制服的裙子毫無預兆地往上掀起。

「咦……？」

就好像被釣魚線拉起來一般，裙子大大掀起。「呀啊！」儘管梅莉達慌忙地按住裙襬，但這次換圓滑的臀部裸露出來。即使用左右兩隻手拚命按住，裙子還是持續抵抗重力，當然在這段期間，十四歲少女的可愛小褲褲連同卡股溝的煽情模樣，一直暴露在心

LESSON: III ～無論上下都沒有路標～

上人的視線下。

「這這……這是什麼呀……呀啊……討厭！老……老師請你別看！——唔，老師為什麼在笑呀！」

雖然庫法沒有緊盯著看，仍摀住嘴角忍著不嗤笑出來。梅莉達淚眼汪汪的表情因羞恥而染紅了臉。

「老師，你是故意的吧！你早知道會變成這樣對吧！」

「十分抱歉，我實在很想像這樣惡作劇一次看看……」

「你是小孩子嗎！」

庫法毫無愧疚之意地露出微笑，自己也以爽朗的表情踏進鐘乳洞。他握住梅莉達持續著無謂抵抗的雙手，突然用腳尖輕輕一蹬地面。

於是乎怎麼了呢？只見兩人的身體連些微抵抗也沒有，輕飄飄地浮上半空中。這已經不是裙子掀不掀起的問題，梅莉達伴隨著虛幻的哀號，緊抓住庫法的手掌。地面緩緩遠離，最後上下顛倒過來。

就好像那裡是水中一般，兩人緩慢地旋轉著，同時停留在空中。這神奇的體驗讓梅莉達驚訝得睜大了眼。庫法還是一樣面帶微笑。

「小姐已經知道了吧？這個地方是神祕點。周圍的岩石帶有強烈的磁力，製造出彷佛無重力一般的空間。」

「磁力是嗎……？」

「有個詞叫做『生體磁石』。人類的大腦有掌管磁力的器官，據說感受到所謂氣息和直覺的功能，就是來自這裡。人類的血液會有鐵的味道，聽說也是體內存在著磁石的證據。」

背景流暢地環繞，之後就連上下也變得不確定。兩人能確實感受到的只有對方的溫度。交扣的左右手掌帶著熱度，兩人不知不覺間逐漸縮短距離。庫法的嘴唇在梅莉達的鼻頭前方性感地動了起來。

「小姐應該在幼年學校的課程中，學過磁石會相斥的現象吧？跟那個同樣的狀況，此刻正發生在我們身上。也就是從鐘乳洞牆壁散發出來的磁力排斥著我們，帶給我們彷佛在空中游泳一般的體驗。」

舒適地繼續講課的庫法，忽然想起什麼，說了聲「對了」。

「其實所謂的無重力，對訓練提昇有非常棒的效果喔。」

「是這樣嗎？」

「為了在空中保持平衡，會活用平常沒用到的肌肉，因此能適當地鍛鍊體格。即使不是在這種地方，只要從天花板掛起吊床，也能重現出無重力……等回到宅邸後，立刻

來嘗試看看吧，小姐？」

「老師玩得很開心呢。」

梅莉達說出從遭到惡作劇時起就一直感受到的想法，於是庫法露出一臉意外的表情。梅莉達在交換位置的同時將身體湊近。

周圍充滿磁力。梅莉達的背後被推了一把，庫法則是向前彎身。在看不見的力量引導下，兩人的嘴唇貼近了。幻想般的夢境在背景盤旋，給梅莉達帶來想像的熱度。那是深入冰之荊棘的堅決勇氣。

「老師怎麼會知道這種地方？」

「我以前曾因為任務來過這小鎮……」

「真的是這樣？」

即使碰觸到也無妨——梅莉達抱持著這種心情，將嘴脣貼得更近。在視野拓展開來的只有他的眼眸。他的雙眸中也映照著少女下定決心的眼神。

——我不想一直維持現況，我想要飛得更靠近你身邊。

「……老師。」

兩人的心跳怦怦地交纏。視線交織在一起，眼眸閃耀發亮，就在連感情都彷彿要重疊成一體時——忽然有一股沉重的衝擊將庫法的背往上推。

LESSON: Ⅲ ～無論上下都沒有路標～

不知不覺間，一直在半空中飄浮的兩人撞上了牆壁。梅莉達失去平衡，被庫法抱在他的胸膛前。在被體溫包圍的同時，梅莉達內心浮現了疑問。

現在的我們應該可以在洞窟正中央輕飄飄地浮起才對呀……？

「糟……糟了……！小姐，看來我們似乎在這待太久了！」

「咦？這……這話什麼意思？」

梅莉達抬頭仰望難得亂了方寸的庫法表情，幾乎就在同時。理應被看不見的磁力膜包圍的梅莉達與庫法，突然失去飄浮感，往下跌落。儘管庫法立刻保護了梅莉達，但掉落到鐘乳洞底部的兩人還是糾纏在一起並倒地。

「呀啊！」

梅莉達之所以發出哀號，並不只是因為對突然的墜落大吃一驚。把學生推倒在地的庫法露出什麼也沒察覺到的態度，抬起眼皮。

「這下傷腦筋了……小姐，妳沒受傷吧？」

「我我……我沒受傷，但是……老……老師的手……！」

「什麼？」

——軟綿綿。

庫法的五指在上衣捏出皺褶，讓小巧的雙丘躍動起來。貫穿中樞的桃色電流，讓梅莉達忍不住「啊嗯！」一聲並抽動著背。這次可不會讓庫法說什麼「我沒注意到」。他的視線清清楚楚地注視著自己的行為。

庫法在推倒梅莉達的時候，雙手一把抓住了微微隆起的胸部。

「我沒有這個意思！」庫法驚慌不已。話雖如此，但梅莉達也並非在責怪他。這是不可抗力，反倒應該感謝庫法保護了自己。

因此學生感到在意的是，庫法一直不肯放開手這件事。

「那那那那……那個，老師……！雖……雖然我一直希望老師把我當女孩子看待，但是，那個……老師這麼在意我的，呃，那個嗎……？」

「請……請原諒我，小姐……變成很傷腦筋的狀況了。」

「什……什麼意思……？呀啊，討厭！」

別說放開手，庫法的手指甚至開始更進一步地摸索梅莉達的胸部。

對於心上人的大手來說，十四歲少女謙虛的尺寸似乎令人不夠滿足，他彷彿當成麵團一樣，用手掌來回搓揉。光是這樣，也羞恥到感覺快昏了過去，但每當前端被庫法用指尖彈弄時，一股彷彿要融化般的電流便會貫穿少女的脊背。

「呼呀！啊……啊嗯……不行……！老……老師泥做什麼呀～！」

「別……別看我這樣，我也是費盡苦心想放開手。小……小姐！請振作一點，請再稍微忍耐一下……！」

庫法難得地露出焦躁的模樣，儘管他臉頰有些泛紅，但確實不像是心懷不軌。不過，他認真的態度與推倒學生的姿勢完全相反。梅莉達陷入混亂，桃色火花好幾次在她腦海中閃爍。

「呼呀！呀……嗯！啊……呀啊啊啊啊啊！」

嬌喘在鐘乳洞內部迴盪了好幾次，等情況總算穩定下來時，梅莉達已經是氣喘吁吁。結果庫法放棄了放開手。相對地他把手從胸部穿過腋下，繞到了背後。現在變成了將學生抱緊在懷裡的姿勢。

梅莉達無法理解這情況是怎麼回事，她癱軟無力地靠在心上人的胸膛上。

「呼……噫……老……老師是大色狼……」

「我願意接受任何懲罰。這麼一來，總算能冷靜地說明了──小姐，請試著離開我身邊看看。」

「咦……？」

梅莉達滿臉通紅，用朦朧的眼眸望向庫法，她在腦袋昏昏沉沉的狀態下，試著照庫法說的去做。她將雙手貼在強壯的胸膛上，用力一推。

「咦……奇怪？為什麼……離不開！好像被一股很強烈的力量拉住。」

「這樣小姐明白了嗎？我們受到這個神祕點的……強烈磁場的影響。我們在這待太久了……」

「這……這話什麼意思……？」

「小姐應該也學過磁石並非只會相斥，也具備相吸的性質吧。把我的身體與小姐的身體當作生體磁石來看的話——」

雖然庫法沒有全部講白，但回答早已經閃過梅莉達的腦海中。

「也就是說我跟老師的身體變成磁石，緊緊黏在一起了嗎？」

「就是這麼回事。因此剛才的行為絕對不是我故意的……但這下傷腦筋了，居然連離開幾公分也辦不到。看來只能暫時維持這樣子了。」

「離不開……暫時維持這樣……」

五彩繽紛的幻想在少女的腦海中膨脹起來，眨眼間便迎向飽和狀態。欸嘿——梅莉達露出陶醉的表情，將雙手纏繞在心上人的脖子上。雖然是公爵家千金不該有的不雅動作，但這也沒辦法。因為兩人離不開，所以這也無可奈何。

「欸嘿嘿嘿嘿……真是傷腦筋呢……！」

「現在可不是覺得好玩的時候喔，小姐……妳在聽嗎？」

梅莉達傻笑著，持續沉浸在妄想中，這時她忽然接收到天啟，「啊！」了一聲。

LESSON: Ⅲ
～無論上下都沒有路標～

「洗……洗澡跟換衣服要怎麼辦呢！」

「所以才說傷腦筋啊……在磁力消失之前，只能維持這樣了。」

「什……什麼時候會復原呢……？」

「恐怕要幾小時……小姐可能要有覺悟今晚會一直這個樣子。」

梅莉達的雙眼咕嚕地滲出淚水。大概是察覺到不能一直得意忘形了吧。她甚至無法在表面上維持公爵家的自尊，而是打從內心向庫法撒嬌。

「請……請老師負起責任……！」

「……謹遵吩咐，淑女。」

因此這成了一場不得了的約會。庫法決定盡快返回飯店。互相擁抱的兩人無法分開，因此庫法用公主抱的方式抱著梅莉達飛奔回飯店。這種模樣要是被人看見，肯定會招來無中生有的謠言，因此庫法比平常更敏感地避開生物氣息一事自是不在話下。

平安回到房間之後，接下來才是難關。兩人身體散發的磁力無視他們淡淡的期待，絲毫沒有衰弱的跡象，肌膚依然緊緊緊相黏，互相尋求著對方。這樣實在無法在不同的房間各自進入夢鄉。

唯一的救贖是洞窟飯店有充分的空房，所以梅莉達住的是單人房這件事吧。即使正值妙齡的男女在互相擁抱的狀態下同床共枕——姑且不論當事者的理性，至少不會成為騷動的起因吧。

「因為制服會變皺……」

「嗚嗚～～……」

庫法勉強說服滿臉通紅地試著抵抗到最後一刻的小姐，讓她換上了女用睡衣。庫法費了一番工夫將衣服從四肢脫下，在除了內褲之外一絲不掛的期間，梅莉達一直被青年的手臂給抱緊著。彷彿激烈舞蹈一般怦怦的心跳聲，從直接壓在身上的胸前隆起傳遞了過來。

「總覺得今天晚上一直被做些很難為情的事！」

一鑽進被窩，梅莉達立刻氣呼呼地從鼻頭演奏出怨言。她的身體暖烘烘的，抱著她的庫法也稍微冒汗。庫法只有脫掉軍服外套，並解下領帶而已。梅莉達的手指解開他衣領的鈕釦。

「十分抱歉，都怪我思慮不夠周全……」

「如果老師這麼認為——下次可以再跟我約會嗎？」

少女的金髮埋在庫法的領口。隔著白襯衫可以感受到她用臉頰磨蹭的感觸，然後她接著吸了一口香氣。

LESSON Ⅲ ～無論上下都沒有路標～

「去哪裡都無妨。只要跟老師在一起，那裡對我而言就是最棒的約會景點。」

「小姐……」

「噯，老師……更用力地抱緊我好嗎？」

被少女用撒嬌的聲音懇求，身體比感情先一步動了起來。原本手臂就無法放開她。將少女的後腦杓與背後一起抱到懷裡之後，家庭教師的理性慢一拍地追趕上來。

這個擁抱蘊含著怎樣的意義呢？他這麼心想。

「剛才說了很任性的話，對不起。我只是想讓老師傷一下腦筋而已。」

「不會，我今天也是……輕忽了家庭教師的本分。」

「這也沒辦法，因為老師受到大家信賴嘛。讓大家知道老師很厲害，我身為弟子也覺得很驕傲。」

可是呢──梅莉達從胸口仰望庫法，用彷彿置身夢境的視線看向他。

「就算這樣，我果然還是希望自己是最了解老師的人。」

「小姐……」

「我實在很奇怪呢。雖然希望大家能關注老師，但其實希望只有我了解老師。看到老師在各方面活躍，明明很開心，但還是會忍不住心想……希望老師把我擺在第一。我明明已經升上二年級了……為什麼會有這種……像小孩子一樣……任性……」

呼——可以聽見平穩的吐氣聲。

高貴的紅寶石眼眸闔起，金色瀏海蓋在眼皮上。庫法拉起毛毯蓋住平穩起伏著的纖細肩膀，輕柔地撫摸棉花糖般的臉頰。

「小姐是第一個這麼愛慕我的人。」

庫法將指尖伸向脖子。宛如花絲一般彷彿隨時會折斷的那裡，確實可以感受到血色的脈動。倘若是現在，甚至連一把小刀都不需要，就能阻斷這氣息吧。

「所以我不曉得該怎麼做才好。」

庫法握緊迷惘的手掌，自己也硬是閉上了雙眼。

† † †

那一晚，梅莉達置身於惡夢當中。那是一種來歷不明的詭異幻覺。

漆黑的煙霧在視野中盤旋，無法確定前方發生什麼事情。肆虐的狂風迷惑聽覺，孤獨的寂寞宛如冰一般苛責著內心。

梅莉達本能地試圖尋求親愛的家庭教師身影，但手臂彷彿鉛塊一般動彈不得。豈止如此，甚至無法想起自己的身體在哪裡。就在梅莉達想要盡快脫離這裡時，她聽見了聲

LESSON: Ⅲ ~無論上下都沒有路標~

音。是風將聲音傳送了過來。

『……要……想要……』

『想要血………』

一開始梅莉達以為是啟程來研修之後已經聽過好幾次的那個沙啞聲。但她立刻察覺到不一樣。那是更加耳熟，平常就聽習慣的，關係很親密的——………

誰的聲音？

『給我血！』

啊——梅莉達猛然驚醒。

一睜開眼睛，湧入視野的光芒便在眨眼間將惡夢的殘渣吹散了。只有內心感受到的恐怖，此刻也讓梅莉達的心臟怦怦跳個不停。

梅莉達掀開毛毯抬起上半身，只見床鋪旁邊沒有任何人在。應當是理所當然的光景讓梅莉達有種異樣感，思考迴路很快地重新連接上昨晚的記憶。

「老……老師……？」

時刻是早上六點。在飯店的單人房裡，無論是昨晚梅莉達幫庫法脫掉的軍服、領帶，還有他愛用的黑刀刀鞘都不見蹤影。磁力已經從兩人的身體上消失，沒有必要再待在一起，所以庫法離開了房間吧。

——也不告知梅莉達一聲？庫法應該很清楚要是他像這樣默不作聲地離開，學生會有多寂寞才對吧？

梅莉達有一種惡夢至今仍持續著的預感，稍微縮起了身體。於是聽見了有人敲門的聲音。同時傳來一個感覺有些迫切的聲音。

「莉塔、莉塔。妳醒著嗎？」

「愛麗？妳可以進來喔。」

梅莉達稍微鬆了口氣，允許對方進入房間。

不過，看到快步進入房間裡的堂姊妹表情，烏雲又再次籠罩著梅莉達小巧的胸口。已經換上制服的愛麗絲，看似焦躁地翻動行李箱。

「立刻梳洗換衣，莉塔。米特娜會長正到處叫醒大家。」

「怎麼回事，發生什麼事了？」

愛麗絲拿起紅薔薇制服，她聰明伶俐的美貌滲出苦澀的神情。

「又有人遭到襲擊了——被『蒼藍火焰的凶手』。」

LESSON Ⅲ ～無論上下都沒有路標～

† † †

梅莉達在愛麗絲的協助下梳洗完畢，換上聖弗立戴斯威德的制服後，立刻離開飯店。她與同班同學聚在一塊，在講師嚴肅的視線守護下，所有人一起朝目的地前進。

到達的場所是像要埋入洞穴一般所建設的莊嚴教堂。已經有鎮民聚集在教堂前，正面的雙開門大方地敞開著。

梅莉達與愛麗絲找到學院長與三年級生的團體，上前與他們會合。然後她們目睹到的是三十好幾的男人在禮拜堂中央哽咽抽泣的身影。

「噢噢！噢噢──！怎麼會這樣，孩子們！是誰做出這麼殘忍的事情！」

說是悽慘也不為過吧。有十幾個最大約十來歲左右的孩子，四處趴倒在地毯和長椅上。雖然沒有流血，但每個人都一動也不動。

沒事的只有用全身表現出悲嘆的布洛薩姆侯爵，以及與侯爵形成對比，靜靜低著頭的蘿賽蒂・普利凱特。她緊緊抱住將頭髮綁成兩根小辮子的女孩，小心翼翼地讓她躺在長椅上。十二歲大小的胸部規律地上下起伏。

在聚集起來的鎮民一片譁然時，布洛薩姆侯爵突然從懷裡掏出藥瓶。

「我一定會揭發做出這種行為的凶手給大家看！用這個揮發劑……！」

「不用那麼做了！」

梅莉達不禁這麼脫口而出，周圍的視線都集中在她身上。相對地走上前來的是布拉曼傑學院長。她協助蘿賽蒂，抱起一名被棄之不顧的孩子，讓他躺在長椅上。

她伸手撫摸持續沉睡的孩子額頭，一臉悲痛地蹙起眉頭。

「……雖然沒有外傷，但果然還是被吸走了精氣。不得不說這個症狀跟緹契卡同學在學院遭遇到的情況非常酷似。」

「學……學院長。那個凶手是從那邊過來的話，就表示……」

米特娜會長難以啟齒似的噤口，但學院的每個人都能鮮明地想像到她話語的後續。假如布洛薩姆侯爵再次滴下揮發劑，究竟是誰的瑪那會浮現出來，眾人都心裡有數……

學院長似乎是察覺到飄散在女學生之間的氣氛，她向梅莉達伸出援手。

「梅莉達同學，來聽聽妳的家庭教師怎麼說吧。他人在哪裡呢？」

「這……這個……他從今天早上就不見人影……」

援手形同用泥巴製成的。梅莉達一這麼回答，女學生的騷動更是密集起來。布拉曼傑學院長感到傻眼似的喃喃自語：「怎麼如此輕率——」

「換言之是怎麼回事？從各位的反應來看，那個——」

鎮上的保安官迪克先生，偏偏在這種時候發揮了敏銳的理解力。

LESSON III ～無論上下都沒有路標～

「那個從旁搶走蘿賽的討厭男人，是做出這種事的凶手嗎？」

「噢，迪奇！話可不能隨便亂說啊！」

布洛薩姆侯爵用誇張的反應回應。而且他更加誇張地煽動鎮民。

「不過！儘管有這麼多對他不利的證據，關鍵的當事者卻不見人影。那個青年肯定是這次事件的重要證人。迪克先生！還有本鎮可靠的紳士們。把他找出來，帶到我身邊吧！」

「「「謹遵布洛薩姆先生的吩咐！」」」

包括迪克在內的鎮民不分老幼，立刻開始成群結隊。甚至有人搬出農耕用的工具，讓人非常懷疑是否打算和平地解決事情。

身為搜索隊長的迪克用裝模作樣的動作走近蘿賽蒂。

「嗳……嗳，蘿賽。還是請妳認真考慮一下結婚的事情好嗎？鎮上最近也很不平靜。這時我們應該盡早在一起，永遠守護城鎮才對吧。別管那種危險的男人了——」

「不是他做的。」

迪克伸出的手撲了個空。蘿賽蒂瀟灑地轉身，一邊撥開聖弗立戴斯威德女學生的人潮，同時表明她的決心。

「但我絕對饒不了凶手，我會親手把凶手逼入絕境給你看。」

女學生面面相覷，每個人都彷彿在霧中尋找答案一般，視線徬徨不定。在驚慌失措的聖弗立戴斯威德集團當中，學生會長將臉湊近學院長。

「……研修要怎麼辦呢，學院長？」

「按照預定實施吧。只不過，請提醒學生要比現在更加留意。」

「明白了……要提醒她們絕對不能離開講師身邊吧。」

就連這樣的對話，聽起來也像是迂迴地在責怪庫法，焦躁的荊棘刺向梅莉達的胸口。為什麼情況會像這樣接連地朝壞方向發展？為什麼最近的庫法在關鍵時刻都不肯待在自己身旁呢？

——庫法老師，為什麼你什麼也沒有跟我說，就不見人影了呢？

一旁的愛麗絲像是感到擔心似的讓梅莉達碰觸她的手掌。

「嗳，莉塔。希望妳聽我說些事。」

「對不起喔，愛麗。」

但梅莉達輕輕放開了惹人憐愛的手掌。

「我想一個人靜一靜。」

梅莉達只說了這些，便與堂姊妹保持距離。雖然她看來依依不捨的視線讓梅莉達感到心痛，但這也是迫不得已。這次實在不能把她給捲進來。

LESSON: III

～無論上下都沒有路標～

布拉曼傑學院長高聲拍著手掌，吸引女學生的注意。

「好啦好啦，各位同學。切勿亂了方寸！各位請遵循學生的本分，在這座城鎮進行自己該做的事情。三個年級的學生都到齊了吧？還有姊妹在飯店呼呼大睡的嗎？各班班長請點名確認！」

對聖弗立戴斯威德的少女而言，這次旅行終究是課程的一環。各班的各個小組分頭探索這座鎮上在古代建設的遺跡，釐清這片土地會產生巨大空洞的原委。

聖弗立戴斯威德的師生在離教堂和鎮民有些距離的地方設置了一個區域，俐落地對照所有人的名單。講師群率先轉身離開，布拉曼傑學院長高舉長杖，三個年級的少女跟在後方，循規蹈矩地排成隊伍前進。梅莉達裝出一臉憂鬱的樣子，跟在隊伍最後面。每個人都顧慮到她的心情，刻意不找她搭話。

梅莉達反過來利用這點，在一開始的轉角迅速地脫離隊伍。她隨即衝進建築物角落，目送逐漸遠離的同學。看來沒有任何一個人注意到多達三百的紅薔薇制服中，有一朵不見人影。

梅莉達背靠著牆壁，呼一聲地鬆了口氣。然後，她立刻試圖折返回頭。

「妳打算上哪去啊，安傑爾？」

正想轉身的瞬間被人搭話，讓梅莉達嚇得跳起十公分。她反射性地轉頭一看，只見披著講師長袍的年幼少女雙手交扠環胸，就站在那裡。

「拉……拉克拉老師！」

「真教人不敢恭維啊，應當是模範生的妳居然會蹺課！」

「唔唔……！」

不知怎麼反駁的梅莉達，打算感情豐富地演一齣戲來敷衍過去。

「別阻止我，讓我去找那個人！」

「妳看太多戀愛小說啦——我並不打算阻止妳。我的意思是**讓我加入**。」

「咦……？」

出乎意料的話語讓梅莉達的嘴唇發出呆愣的聲音。

拉克拉老師鬆開不可一世地交扠在胸前的雙手，重新面向梅莉達。

「反正妳八成在想『如果沒有人願意相信，那我得站在老師這邊才行！』對吧？妳打算一個人去尋找真凶的線索對吧？」

「是……是那樣沒錯啦……」

「妳真傻啊，我是對妳刮目相看啦。**這樣不壞啊**。」

少女再次做出不像講師該有的發言，讓梅莉達驚訝得睜大了眼。

最年輕的學院講師純真的美貌扭曲，在嘴唇上刻劃出熟練的嗤笑。

LESSON: III ~無論上下都沒有路標~

「比起無聊的遺跡調查，感覺要有意義得多啦。我也來協助妳吧，安傑爾。」

拉克拉・馬迪雅

位階：小丑

HP	5845			MP	631
攻擊力	636（537）	防禦力	636	敏捷力	636
攻擊支援	0～20%			防禦支援	0～20%
思念壓力	50%				

主要技能／能力

劣化模仿LvX／盤石Lv9／堅韌Lv9／躡足Lv9／魅力Lv9／集中射擊Lv9／看不見的咒文Lv9／服務精神Lv9／布利基特・雷斯／古典魂／幽天影流・夢想之太刀／克雷歐・涅墨西斯／七人詠諧曲／亡靈霍洛洛基烏斯

FILE.01 神祕點

對鄉哥爾塔的居民而言是「禁忌之地」。據說收束在這片荒野的磁力會扭曲時空，在城鎮各處引發奇怪現象。

沿著坡道向上奔馳的水路、身高看起來會變高縮水的神奇房間——但也有人懷疑，其中有幾個現象可能只是單純的機關。

混淆高低差的《縱橫傾斜理論》、藉由背景來扭曲物體大小的《朗佐錯視》……光論釐清出來的現象，也存在著好幾種人類的錯覺。真相究竟為何？

LESSON: Ⅳ ～天使與惡魔的驚奇冒險～

LESSON：Ⅳ ～天使與惡魔的驚奇冒險～

以出乎意料的話語邀請梅莉達的拉克拉老師不知有何打算，暫且返回了洞窟飯店。以梅莉達的立場來說，實在很想盡快幫上庫法的忙，但根據少女講師所言，在那之前需要準備一下。

梅莉達砰一聲地關上單人房的門，總算可以拋出堆積已久的疑問。

「所謂的準備，是要做些什麼呢？」

「首先要換衣服。」

拉克拉老師一回答完，便氣勢十足地脫掉學院用的長袍。有些暴露的內衣打扮顯露出來，梅莉達連忙拉上窗戶的窗簾。雖然那大概是知道這裡是三樓才做出的行動，但她應該可以提醒自己再稍微注意貞淑吧？

——既然是瑪那能力者，代表拉克拉老師應該也是貴族千金。但包括她年紀輕輕就已經在工作這點也是，她究竟過著怎樣的私生活呢？

梅莉達用不可思議的眼神注視著比自己年幼的少女，只見少女在自己面前俐落地脫掉內衣。隨著淺黑色肌膚的面積增加，在旁觀看的一方反倒臉頰發燙起來。

「話說安傑爾，妳要去尋找線索是無妨，但妳心裡有底，知道要調查什麼才好嗎？**那個殘暴男**有告訴妳他要上哪去嗎？」

「我……我什麼也不知道……但是！我實在無法就這樣坐以待斃……」

「我有一個線索——就是神祕點。」

拉克拉老師終於脫到只剩一件內褲。衣服被凌亂地扔在一旁，因此個性認真的梅莉達代替拉克拉撿起衣服並折疊整齊。倘若有毫不知情的人看見，這一幕看來也像是梅莉達在照顧不曉得怎麼換衣服的幼兒吧。

梅莉達用手掌感受到背心的溫度，同時蹙起眉頭。

「神祕點？」

「那裡是這座鎮上被規定『不能進入』的地方對吧？妳不覺得正適合用來隱藏東西嗎？」

「的確是這樣沒錯……但是——」

「其實那傢伙——庫法曾經說過：這座小鎮的神祕點數量，近年來很不自然地急遽增加。」

梅莉達猛然轉過臉去。換成拉克拉老師將淺黑的背後背向她。

LESSON IV

～天使與惡魔的驚奇冒險～

「庫法老師這麼說？」

「『如果我有什麼萬一，希望妳在那段期間幫忙守護梅莉達小姐』——那傢伙在巴士裡這麼拜託了我……真是的，怎麼會偏偏找上我。」

「老師那麼說了……」

梅莉達對昨天像個孩子一樣鬧彆扭的自己感到羞愧。庫法正面臨許多問題，照理說是最辛苦的人，卻也絕對不會輕忽對學生的關照……梅莉達感受到自己此刻也被庫法看不見的體貼包圍著。

拉克拉老師自暴自棄似的蹲了下來，摸索著她帶來的紙袋。

「我沒辦法告訴妳更多詳情，但總之我認為『禁止進入的管制區域』應該有什麼線索。為此，我們需要探聽消息。」

「那跟拉克拉老師換衣服有什麼關係嗎？」

「探聽消息的基本就是『融入周圍』喔，安傑爾。」

她從紙袋裡拉出來的東西，居然是梅莉達非常熟悉的紅薔薇制服。梅莉達目瞪口呆地看著，淺黑色少女在她面前哼著歌，穿起制服。

「妳的金髮藏不住，我則是那個……很引人注目。畢竟沒有其他這種年紀的學院講師啊。『有聖弗立戴斯威德的人在探聽消息』一事成為話題時，如果聽到『是金髮女學生與年輕的講師』，我們馬上就會被鎖定。」

「原來如此。所以至少拉克拉老師能混在學生當中的話……」

「大家就不曉得是誰在探聽消息了！」

拉克拉老師這麼斷言，同時氣勢十足地轉過頭來。迷你裙的褶邊可愛地翻動，淺黑色胸口與純白的上衣形成耀眼的對比。加上感覺還穿得不怎麼習慣的氛圍，無論到哪都是可以自豪的閃亮亮新生。

「怎麼樣，好看嗎？」

她不知為何臉頰泛紅，不可一世地向後仰的模樣，讓梅莉達莫名地笑了出來。梅莉達像是在照顧妹妹一樣，幫她稍微調整蝴蝶結，並攤平袖子。

梅莉達順便拿出之前留下來紀念的徽章，別在她的衣領上。

「這是我一年級時使用的徽章。這樣一來就很完美了呢，拉克拉學妹？」

「唔，我是學妹嗎……」

「重要的是融入周圍，對吧？這樣是最自然的。」

很快就擺出學姊模樣的梅莉達這麼斷言。就在拉克拉老師「唔」了一聲，臉頰鼓得更圓時，單人房的門毫無預兆地突然被打開了。

是昨晚見過幾次，在飯店工作的女僕。從她手上抱著一堆床單這點來看，應該是正

LESSON IV ～天使與惡魔的驚奇冒險～

在四處清掃房間吧。她發現客房裡有女學生的身影，驚訝地眨了眨幾秒眼睛。

「——哎呀，對不起！我還以為大家一定已經出門了……不過妳們在這裡做什麼？不是有研修嗎？」

這樣的發展似乎就連拉克拉老師也一時之間想不到要怎麼搪塞過去。兩人心慌地游移著視線後，「啊！」一個妙主意閃過梅莉達的腦海。

「沒……沒錯！是我學妹把東西忘在房間裡！」

「喂，安傑爾，妳——」

「因為她撒嬌地說『我要跟學姊一起行動！』，我們才會像這樣兩人一起回來！」

梅莉達緊緊地抱住拉克拉老師，順便摀住了她的嘴。梅莉達將她的頭抱入懷裡，同時在她耳邊低喃：「才剛要行動就在這裡絆倒真的好嗎？」

淺黑色少女咕唔唔地糾結了一陣，最後決定割捨感情，以實際利益為優先。少女也主動伸手抱住梅莉達的背後，她一邊磨蹭梅莉達的脖子，同時演奏出甜膩的聲音。

「我……我最喜歡溫柔的學姊了～～！」

「哎呀哎呀哎呀，妳們感情真好，真教人羨慕呢。」

女僕不疑有他地綻放出笑容，然後緩緩摸索著口袋。

「來，小妹妹。給妳巧克力。」

「咕……哇……萬歲～！」

「好啦，那妳們路上小心。兩人都要認真學習喔！」

親切的女僕直到最後，都沒有識破拉克拉破綻百出的演技。梅莉達一手摟著「學妹」並走下樓梯時，還別過臉偷笑，肩膀抖動個不停，拉克拉則是用一臉怨恨的眼神瞪著前方看。

「……喂，安傑爾。」

「什……什麼事呢……噗……噗嗤……！」

「給我記住，之後再找妳算帳。」

之後的事情就等之後再說，總之這麼一來就突破第一道關卡了。站在飯店玄關前的拉克拉老師挺起胸膛，轉換心情說了聲：「接下來！」

「立刻去探聽消息吧！首先得多方調查神祕點的場所。」

「說得也是——啊，那裡正好有一位女性看來很好攀談呢。」

梅莉達看上的是在露天咖啡廳品茶的年輕女性。她是一個人的客人，周圍也沒有人在。她在配色沉著穩重的長裙上蓋著護膝毯，緩緩翻閱著小說的內頁，表情十分和藹。

看到立刻試圖找女性搭話的梅莉達，拉克拉老師張口發出「啥？」的一聲。

「慢點慢點，安傑爾。妳沒跟那傢伙學過探聽消息的做法嗎？」

LESSON: Ⅳ
～天使與惡魔的驚奇冒險～

「咦？探聽消息還有規矩的嗎？」
「……總之妳先試試看。」
拉克拉老師露出苦瓜臉，雖然不明白她的意圖，但梅莉達按照她說的，決定先全力以赴地試著套話看看。她繞到正在閱讀的女性客人前方，緩緩地進入她的視野，同時逐漸縮短距離。
「那……那個，抱歉在妳休息時打擾了……」
女性客人一臉訝異地抬起頭來，她隨即露出微笑，像是要舒緩梅莉達的緊張一般。
「哎呀，可愛的學生小姐。怎麼了嗎？」
「其實我有些事情想詢問鎮上的居民……」
「我能幫上忙的話，儘管問喔。什麼事？」
女性客人砰一聲地闔上書本，重新面向這邊。梅莉達確信自己抽到了正確答案。她稍微放鬆表情，流暢地切入主題。
「我正在調查這座鎮上的神祕點。」
「調查神祕點？」
「是……是的。呃，我打算整理成一份報告，在學院發表！希望妳可以告訴我關於最近才發現，特別是不能靠近的場所情報——」

「那樣不行喔！」

女性客人用梅莉達嚇到肩膀彈起來的氣勢這麼大喊，接著突然拉起梅莉達的手。在梅莉達驚訝得眼珠子直打轉時，她用認真嚴肅的表情訴說：

「就算是學習的一環，也不能抱著好玩的心態靠近！因為神祕點也有真的會發生危險的地方！我小時候也曾經扭到腳，情況很嚴重呢。妳長得這麼漂亮，如果發生什麼萬一就不得了啦！」

「呃……那個……可是……我——」

「沒什麼可不可是的！妳能跟我約定不會用輕浮的心態靠近那裡嗎？」

「是…………」

梅莉達被她的氣勢震撼住，不禁點頭應允。女性客人的表情柔和下來，總算放開了梅莉達的手，並在道別時從桌上拿了獎賞遞給梅莉達。

「給妳糖果。」

「……謝謝妳這麼擔心我。」

梅莉達恭敬地收下糖果，用沮喪的氛圍折返回頭。然後女性客人優雅地回到閱讀上，梅莉達則是返回雙手交扠環胸，表情凶猛地扠開腿站著的學妹身邊。

「……我得到了糖果。」

「零分——不過妳運氣也不好。」

梅莉達沮喪地垂下肩膀，同時打開糖果的包裝紙。她將糖果含入嘴裡，一股酸酸甜甜的檸檬味安慰著梅莉達。別著一年級生徽章的學妹將身體更向後仰。

「妳把『禁止進入』當成什麼啦。聽到別人問『我想進去不能進去的地方，所以請告訴我場所』，妳覺得有哪個傻瓜會老實回答嗎？」

「我才是傻瓜……嗚嗚……」

「要是因為這種探聽方法引起風波就不妙啦——我們換個地方吧。」

似乎是這麼回事，梅莉達與拉克拉急忙離開了現場。梅莉達跟著自信滿滿的拉克拉老師前進，只見她選中的是有一整排商店的鬧區。

筆直的隧道不斷延伸下去，左右兩旁開了好幾個小型洞穴。店家就彷彿雪怪的祕密小屋一樣建設在洞穴裡頭。是時間帶的問題嗎？兩人造訪的時候，幾乎沒看到買東西的客人。

拉克拉東張西望地環顧周圍，像是在尋找什麼，沒多久她停下腳步，咧嘴一笑並轉頭看向梅莉達。她笑的方式讓梅莉達莫名聯想到師傅庫法。

「我示範給妳看。配合我行動。」

梅莉達緊張地嚥下口水，同時點了點頭。就在她注目著拉克拉，好奇會看見怎樣的巧妙花招時，只見拉克拉走向一間花店。她繞了一圈物色鄉哥爾塔特產的不知名花朵，接著突然對梅莉達露出純真無邪的笑容。

「學姊，買花給我——！」

「咦？嗯……好……！」

梅莉達不禁有些驚慌，但她仍勉強想起自己身為學姊的立場。櫃臺有一位體態豐滿的店長阿姨。噹啷——零用錢從梅莉達的錢包裡展翅高飛，換來了一朵鮮花，拉克拉深深地吸了一口香氣，欣賞著花朵。

「稀有的香氣，不曾見過的形狀……學姊，這花叫什麼呢？」

「我不清楚。老師曾經提過，應該是鄉哥爾塔的改良品種吧？」

「——沒錯。應該說是鄉哥爾塔品牌喔，小姐。」

櫃臺的女店長吸引在眼前交談的女學生。她環顧自己整間被包圍在洞穴裡的店面，爽朗地揚起嘴角。

「能夠在這種枯竭的土地享受五顏六色的花，全～是多虧了布洛薩姆先生啊。」

拉克拉彷彿想說魚上鉤了一般，活潑地重新面向櫃臺。

「阿姨，其實我們正在調查東西。」

「哎呀，就妳們兩人嗎？在調查什麼呢？」

LESSON IV

～天使與惡魔的驚奇冒險～

「──關於布洛薩姆．普利凱特侯爵的豐功偉業。」

瞬間，原本露出疑惑表情的女店長，大大地吸了口氣。

「他是位很傑出的人物呢！」

「我想把他的偉大也傳達給學院的姊妹。」

「我覺得那是非常棒的研究主題喲！有什麼問題儘管問！」

被這狀況震撼住的梅莉達，連忙從口袋裡掏出筆記本與鋼筆。她在內心對拉克拉老師的本領感到欽佩。她的口才簡直宛如魔法。

「首先，我想詳細了解他在這座鎮上做過的事情。我們聽說過的有發明誘雷塔、作物品種改良，呃～還有…………」

「還有鎖定神祕點。託他的福，減少了很多傷患呢。」

拉克拉的眼神發亮起來。當然她表面上還是假裝成純真的新生。

「神祕點是什麼呢？我聽說是很危險的地方……」

「沒錯。雖然也有些孩子會為了測試膽量而靠近，但最好別那麼做喔。可能會跌倒、骨折或突然頭痛倒下，真的讓人笑不出來喔。」

「不會吧……學姊，我好害怕！」

拉克拉堅強地抓住學姊求助。儘管被她不顧一切的演技力震撼到，但梅莉達也覺得不能放過這個機會，而撫摸拉克拉的頭安慰她。

「也……也得提醒其他學妹才行。那個，阿姨。請問這鎮上特別要注意不能靠近的神祕點是哪裡呢？布……布洛薩姆侯爵最近新發現的那個……」

女店長親切地拿出地圖向兩人說明。她用圓潤的指尖流暢地指示著被繪製得宛如螞蟻窩一般的空洞與隧道。

「『漩渦森林』。這裡無論樹幹或花莖，統統～都是扭曲生長的喔。感到不舒服而送醫的人絡繹不絕呢。還有這邊是『看不見的手』。在通道正中央豎起棒狀物體的話，東西會直挺挺地站著，不會倒下，就好像被看不見的手支撐著一樣。還有非常稀奇的，應該是『無重力洞窟』吧。」

「我已經受夠那裡了。」

梅莉達不禁這麼插嘴，另外兩人疑惑的視線集中在她身上。梅莉達一臉尷尬地低下頭，臉頰稍微泛紅起來。

「……除非跟庫法老師一起去。」

女店長輕輕聳了聳肩，然後「啊」了一聲，將注意力轉回地圖上。

「千萬不能忘記這裡喔，『扭曲的房子』！這裡可是布洛薩姆侯爵嚴～格地下令絕對不能進入的神祕點。」

拉克拉依然將臉埋在梅莉達的脖子裡，她的眼眸宛如小刀一般犀利閃亮。

「是怎樣的場所呢？」

「我想應該看一眼就知道了吧。小木屋有一半像這樣……陷入地面裡喔！簡直就像被巨人的手掌給壓扁一樣。在這個地方逗留太久的話，聽說會被拖進地獄，所以鎮上沒人會靠近那裡。」

拉克拉連連點頭，彷彿想說她明白了一般，鬆開與梅莉達的擁抱。她彬彬有禮地重新面向櫃臺，露出純真無邪的笑容。

「謝謝妳告訴我們這麼多事情，阿姨。」

「不客氣，小妹妹。要跟朋友好好相處喔？」

拉克拉在最後緩緩地拿起一朵花，比向梅莉達。

「這朵花很適合學姊呢！」

噹啷——梅莉達與拉克拉拿著變得更輕的錢包與純白花朵離開店裡後，走了一段不會不自然的距離。一旁的拉克拉老師一臉得意地高舉自己的花，淺黑色指尖逗弄著花莖。花瓣熱情地舞動，一片橘色輕飄飄地散落。

「實在太厲害了，拉克拉老師！」

梅莉達讓一直壓抑著的心情爆發出來，於是少女得意地挺起胸膛，「哼哼」一笑。

「還好啦，雖然現在甘於這暫時的立場，但真正的我就像這樣……很厲害喔！這種程度的情報收集不過是開頭罷了！」

她得意洋洋。這種地方就像個符合她年齡的少女一般——梅莉達這麼心想，悄悄露出害羞的表情。

「那麼，立刻前往探聽到的神祕點吧。」

「等等，那樣只有九十分。」

「咦……？」

梅莉達驚慌地停下腳步。拉克拉老師搖身一變，恢復成犀利的面貌。

「我告訴過妳探聽消息的基本是『不引人注目地融入周圍』吧。妳回想一下我們是拿什麼當理由向那間花店打聽情報的。」

「我們說要調查布洛薩姆侯爵的功績……」

「明明如此，卻只問了一個人就立刻從現場消失的話，實在太不自然了吧。我們之後也有可能在這一帶被當成話題。為了到時不被鎖定我們在調查什麼，一方面也為了讓表面上的理由滲透到周圍，應該同時找幾個人探聽一下消息，才是一般的做法。」

雖說她年紀輕輕，但這種條理分明的說話方式不愧是身為講師的人，讓梅莉達果然

還是會想起師傅庫法。一旦想起庫法，就會忍不住習慣性地去服從指導。

梅莉達漫無目標地走向附近的飾品店，但她有些迷惘似的轉過頭。

「……我該問什麼才好呢？」

「我哪知道。話先說在前頭，我對布洛薩姆侯爵的事情可是絲毫不感興趣喔。」

「…………」

年輕講師十分冷淡。梅莉達用不安的步伐走近櫥窗，使用了琥珀的大大小小裝飾品迎接著訪客。一位散發高雅氛圍的大姊姊在櫃臺編織著手鐲。

「歡迎光臨！怎麼了嗎？」

「……呃，那個……」

梅莉達裝出不知該選什麼土產的樣子，同時有些遲疑地開口說道：

「…………蘿賽蒂大人是一位很傑出的人物啊。」

梅莉達感受到大姊姊那一瞬間的笑容，才是這鎮上最耀眼的存在。

「妳也這麼認為對吧！」

之後，兩人又從四間店探聽消息，總算離開街道的時候，梅莉達已經變得異常了解年幼時期的蘿賽蒂。

LESSON: IV ～天使與惡魔的驚奇冒險～

† † †

「花店告訴我們的『扭曲的房子』就是那個啊。」

梅莉達甚至不需要對照地圖來確認拉克拉老師所說的話。總算到達的空洞盡頭，有個只能說是詭異的現象正等候著兩人到來。

就如同花店的女店長所說，有一間小木屋悄悄佇立在那裡。「被巨人手掌壓扁」的形容確實切中核心，那房子簡直就像被驚人的重力給吞沒一般，柱子嘎吱作響，牆壁被壓扁，左半部向前傾斜，埋在地面中。

梅莉達順從拉克拉老師的直覺，從鬧區筆直地朝這個地方前進，但這個地方真的隱藏著什麼線索嗎？就如同事前獲得的情報所說，周圍連一個人也沒有。

換言之就是也不用擔心被人盤問，拉克拉老師鑽過扭曲房子玄關的腳步十分光明正大。相反地，梅莉達則是有些戰戰兢兢她窺探著周圍，穿過彷彿被高熱融化的畫框一般的入口。

小木屋裡頭的構造十分簡單。幾乎是一間套房，也看不到家具類的物品。或許是家具已經被搬走了，但就算是這樣，也完全感受不到有人居住過的痕跡。

與其說是廢墟，更讓人莫名有一種虛張聲勢的印象。梅莉達的直覺沒有出錯，仔細地確認了柱子和牆壁的拉克拉老師，像是想通了似的告訴梅莉達：

「……果然沒錯，這個地方並不是神祕點。這間小木屋不是中途扭曲變形，而是**打從一開始就以扭曲的狀態建造**。」

「為什麼要做這種事？」

「八成是為了讓小木屋混在其他『天然物』當中，藉此避人耳目，不讓人靠近吧。這裡可以說是人工的神祕點……需要這麼大費周章的理由只有一個。」

拉克拉老師接著開始確認地板。她毫不在乎身上的新制服會弄髒，一個一個地摸索著木紋。沒多久她在房間中央附近喊了聲「找到了」。

甚至沒必要詢問她找到什麼。她操作地板後，有什麼機關啟動，才心想地板被切割出四角形，地板隨即往上跳起。

彷彿鱷魚下巴一般敞開的前方，是通往地下的祕密樓梯。拉克拉老師從指尖放射出血色瑪那，凝視散發出詭異引力的黑暗底部。

「事情愈來愈可疑了啊。喂，安傑爾。」

「是……是……是的……！」

「接下來不曉得會發生什麼狀況。妳片刻也不能離開我身邊喔。」

梅莉達只能點頭如搗蒜。扮演學妹的淺黑色少女堅定地點頭回應，率先踏向樓梯。少女用血色瑪那代替燈光，梅莉達也仿效她，在指尖點亮黃金色瑪那。

梅莉達一度轉頭看向後方，但感覺周圍還是沒有人的氣息。總覺得這種寂靜反倒讓心臟萎縮起來，梅莉達慌忙地追趕拉克拉老師。

樓梯愈來愈暗。

而且距離也相當漫長。究竟得潛入到哪裡才行？每前進一步黑暗就更加濃密，逐漸增強密度，梅莉達必須更進一步增強輝煌火焰的氣勢。

「恐怕是針對入侵者的對策吧。」

對於忍不住陳述出不安的梅莉達，拉克拉老師面不改色地這麼回答：

「如果只是普通的地下室，沒必要蓋得這麼深。樓梯沒有燈光也不合常理。明明如此，卻建造成這個樣子，是為了偶然發現這條道路的人吧。『總覺得前方好黑好可怕』、『要是潛入得這麼深，可能會回不了地上』——對方試圖給人這種印象，讓人打消繼續前進的念頭啊。」

考慮到梅莉達目前的精神狀態，不得不說那個企圖充分地發揮了效果。拉克拉老師彷彿天不怕地不怕的小孩一般，咧嘴一笑。

「反過來說，這也是『有人進來會很不妙』的證據，也就是不曉得會出現什麼牛鬼蛇神。好啦，是什麼東西會登場呢……──到了啊。」

倘若有重重阻礙且預測會有危險，情況愈是棘手，就愈會浮現出熱血沸騰的表情這點，也跟庫法如出一轍。

無論如何，就如同她所說，漫長黑暗的下坡總算到了盡頭。梅莉達抓著拉克拉老師的一隻手走下樓梯，前方可以看見的是通往內部的通道。被嵌在左右兩邊的鐵籠給人的印象只有一個。

「地牢……？」

拉克拉沒有肯定或否定梅莉達的低喃，她依然面無表情地高舉手臂。從指尖迸出的瑪那壓力增強，將鐵籠的對面染成鮮紅的血色。

有張作業臺在一瞬間映入梅莉達的視野。然後是小刀和注射器，以及類似鑷子的種種器具。還有滲入混濁液體的紗布、繃帶。

牆邊有手銬，手銬繫著人類的手。已經無法辨認原本樣貌的發黑頭部癱軟無力地下垂，甚至無法聽見呼吸聲。感情融洽地被人用手銬硬擺出萬歲姿勢的人類，有一個、兩個、三個──不對，應該說只要這面牆還在延伸，就永無止盡──……

「呀啊……！」

梅莉達不禁想往後退，但在倒退前察覺到一陣讓她毛骨悚然的寒意。

不只是單邊，還有對面。梅莉達想起了在她背後也有鐵籠連續不斷地延伸下去。雙腳站不穩的梅莉達忍不住抓著拉克拉的單手，平常冷淡的年輕講師也沒有甩開她的手。

她用感覺有些習慣的眼神環顧這悽慘的光景。

「這裡是實驗場啊。確實不能讓鎮上的人看到啊。」

「拉……拉克拉老師……那個，被繫在牆上的人是……」

「從服裝來看，應該是鄉哥爾塔的居民吧。殘酷的環境導致犧牲者不斷出現……大概是把這個當成主題，在收集『樣本』吧。不過……不，等等。」

拉克拉老師目不轉睛地凝視梅莉達只是稍微瞄到就心生畏縮的鐵籠對面。梅莉達光是在旁守護她的側臉，就已經耗盡心力。

「……果然沒錯，看來那些似乎不是單純的屍體喔。」

「這……這話是什麼意思？」

在聽到回答之前，傳來了啪噠的腳步聲。

啪噠啪噠啪噠……從通道深處傳來的腳步聲並非只有一兩人份。還有人類活著的事實卻無法讓梅莉達感到安心。對方真的是普通人嗎？還是製造出這沾滿鮮血的惡夢的異常者呢？

答案是兩者皆非。

出現的人影有四五人份。但梅莉達一時之間無法判斷是否可以稱他們為人類。之所以這麼說，是因為他們的上半身**融化成黑色**。或許也可以形容成是燒燬。無論如何，他們的輪廓十分模糊，根本無法判別臉部容貌。從體格來看，應該男女皆有。

嗚嗚……嗚嗚……可以聽見低沉的呻吟聲。那聲音讓人聯想到暴風雨天的風，或是因憎恨而飢渴的野獸。聲音的主人是誰雖然很明顯，卻絲毫無法感覺到其中有身為人類的理性。

「跟我想的一樣嗎？」拉克拉老師這麼低喃。梅莉達還沒有餘力質問那句話真正的意思，她便輕輕推開學生，走上前去。

「妳待在那裡，安傑爾。妳還沒辦法打贏那些傢伙。」

「拉克拉老師……」

被捲進來的風咻一聲地吹撫過梅莉達正想伸出的手。

不知不覺間，銳利的腳步聲已經穿過通道。原本是藏在某處吧？只見拉克拉將雙手伸入上衣背後，接著同時拔出。隨後有瑪那火焰傳播在宛如針一般銳利的兩把匕首上。生命本身的光輝深紅地劃破黑暗。

嘎啊！這聲咆哮肯定是黑色人類發出的聲音吧。一如野獸般的威嚇方式，他們的身體能力也超脫常軌。他們一蹬地板，石頭便「轟！」一聲地在各自的腳邊炸裂。往上揮的雙手前方宛如黑色鉤爪，他們很明顯地在鉤爪中帶有彷彿要迸出的殺意。

金屬聲響瞬間響起、火花四散。梅莉達的雙眼只能捕捉到兩把匕首散發出的血色光輝，那也令人眼花繚亂。從瞬間糾纏交錯的剪影來推測，拉克拉老師似乎是在被複數敵人包圍的狀態下揮舞著雙手。

敵人的身影漆黑，混入在黑暗當中。拉克拉老師將武器往上揮向什麼也看不見的空間，在上方與敵人的鉤爪衝撞。在完美的時機讓瑪那爆炸。敵人被用力反彈回去，拉克拉老師隨即用腳刀貫穿敵人的顏面。一隻敵人被吹飛到遙遠後方——

竟然能在那種視野中戰鬥——梅莉達感到驚恐。拉克拉老師的黃金色眼眸在黑暗當中宛如貓咪一般閃耀著。

不過就如同她警告的一樣，神祕的黑色敵人也並非泛泛之輩。此刻有一隻敵人挨了一記從右肩直達軀幹中心，冷酷無比的袈裟斬。但敵人卻反過來利用甚至穿破到背後的刀刃。在拔出刀的前一刻捉住手腕，將穿著制服的少女摔向地板。那一摔似乎蘊含著大到誇張的力氣，纖細的背後敲碎了石頭。

「拉克拉老師！」

梅莉達忍不住挺身向前，一隻敵人轉頭看向她。模擬著眼球形狀的兩道光芒，從彷彿在燃燒一般發黑的頭部放射出殺意。梅莉達害怕得雙腿發軟。

「噫……！」

敵人朝這邊緩慢地——正要邁出步伐時，刀尖毫無預警地貫穿敵人的胸部。宛如貓咪的少女把發黑敵人的肩膀當成踏腳處，開口宣告：

「你的對手是我。」

她使勁揮動從背後刺進去的匕首。在狹窄的金屬從半途炸裂的同時，眼球的光芒也從敵人頭部消失。拉克拉在敵人的身體趴倒在地之前，一蹬他的肩膀高高跳起。瑪那火焰集中在剩餘的右邊武器上，敵人只能抬頭仰望那光景。

隨後有道漆黑雷擊刺向身體被劈開一半的最後一隻敵人。少女瞄準了敵人的頭頂，用腕力與重力一鼓作氣地牢牢釘住。被撞倒在地板上的黑色人類，之後就沒有再重新站起來了。金屬聲響的餘韻靜靜地吹過通道。

拉克拉將刀刃毀損的匕首從地板拔出，從容不迫地轉過頭。

「結束嘍。」

在她開口前就飛奔而出的梅莉達，沒有一絲迷惘地緊抱住她。梅莉達撲向比自己還嬌小的少女，抱住她的頭，用臉頰磨蹭蓬鬆的黑髮。

「拉克拉老師……幸好妳沒事……！」

淺黑色少女看來比戰鬥時更加驚慌的樣子。她無法逃離也無法推開梅莉達，全身僵硬。她愣愣地張開的嘴唇微微顫抖著。

「妳……妳真是個怪人……」

感覺有些害羞的聲色，不曉得是否為錯覺？

總之，梅莉達就這樣抱著拉克拉老師的肩膀，俯視周圍。這光景可說是慘狀吧，趴倒在地板上的黑色人類儘管已經一動也不動，卻連一滴血也沒有從屍骸流出來……應該形容成沒有生命力嗎？

「拉克拉老師，這些人是人類……嗎？」

「很難斷言啊。這些傢伙是『屑鬼（Loup-garou）』。」

「屑鬼……？」

拉克拉老師總算解開梅莉達抱住她的手，然後將手伸向燒燬的屍骸。重新檢視之後，光靠教科書無法估量的世界讓梅莉達不得不感到戰慄。

「我們的世界存在著好幾種生命體，難以說是純粹的人類或純粹的藍坎斯洛普。例如黎明戲兵團很執著的人造藍坎斯洛普，或是……人類與藍坎斯洛普的混血兒。」

她的視線稍微瞄向這邊，但梅莉達並不曉得那眼神意味著什麼。拉克拉老師繼續說道：

「這些傢伙跟那些人造物或混血兒又是一種在不同意義上的半吊子生命。被夜之因子侵蝕的人類，無法徹底變成藍坎斯洛普的『失敗作』。喪失身為人類的心靈，但也沒有獲得身為藍坎斯洛普的自我，淪落成只是不斷追求殺戮的怪物……這就是屑鬼。」

「怎麼會……」

梅莉達不曉得該對此抱持怎樣的感情才好，只能啞口無言。另一方面，拉克拉平淡地調查著地板上的黑色屍骸，沒多久後似乎找到了什麼。

「跟我想的一樣……喂，安傑爾。妳對這傢伙有印象嗎？」

看到拉克拉指示著屍骸，梅莉達困惑地「咦？」了一聲。梅莉達根本沒聽說過屑鬼這種異端的存在，也是頭一次踏進這種恐怖的地方。就算她問自己有沒有印象，也不曉得能否回覆有內容的意見——

這種摻雜著藉口的思考，在看到拉克拉老師腳邊的瞬間煙消雲散。

她舉起來給梅莉達看的黑色人類的左手。那手上捲著好幾條繩子。那個叫做幸運繩的裝飾品色彩，激起了梅莉達昨天的記憶。

「這……這個人該不會是昨天被『處刑』的……？」

「對，是一到鎮上就被人道毀滅的男人啊。我記得名字叫做……卡涅爾是嗎？」

男人的戀人抽泣的聲音在梅莉達耳邊鮮明地復甦。仔細回想的話，被蓋上床單瘋狂掙扎的男性模樣，跟用野獸般的殺意襲擊過來的黑色人類，給人的印象感覺有些相似。

拉克拉老師似乎也是相同意見，她將戴著幸運繩的手放到男人胸膛上，重新環顧周圍的鐵籠。

「什麼『怪病』啊。這座鎮上流行的不是什麼疾病，居民被利用在某種實驗上……！這下子侯爵愈來愈可疑嘍。」

「妳說布洛薩姆侯爵嗎？」

「妳再回想起另一件事。遭到人道毀滅的卡涅爾被送去哪裡了？」

啪哩──梅莉達的記憶領域迸出火花。在女性抽泣的背景中復甦的聲音。

「教堂的安置堂……！」

「是侯爵管轄的喔。明明如此，那具屍骸卻在『禁止進入』的這個地方，換句話說，這表示他把宣稱患病而收集起來的『樣本』搬到沒人會看見的地方，用來做實驗了吧。」

「……」

梅莉達只能倒抽一口氣。她無意識地退後兩三步。

「他可是蘿賽蒂大人的父親大人呀……」

無法成為任何反證的話語吐露出來時，忽然有一陣耳鳴襲向梅莉達。

『太溫吞了！』

突然刺進腦海的那聲音，讓梅莉達忍不住按住頭。她原本期待這次會是現實的聲音，但並非如此。看到梅莉達突然蹙起眉頭，拉克拉老師露出疑惑的表情。

她的嘴脣張閉了幾下，但梅莉達無法聽清楚她在說什麼。周圍的聲音又再次遠離，實驗場的混濁空氣也變稀薄。在宛如絲綿般壓迫過來的寂靜當中，男性的沙啞聲重疊成好幾層地迴盪著。

那聽起來像是截至目前為止最充滿感情的聲音。

『還不夠……給我血！讓我看鮮血！』

『殺掉……動手殺掉啊！』

即使其他人都聽不見，但梅莉達已經無法認為那聲音是幻聽。否則就無法說明這種推動內心的衝動。得趕緊採取行動，不快點阻止的話——

有人即將遭到殺害！

在思考到這點時，梅莉達已經轉身離開。她從全身噴射出瑪那火焰，衝向通往地上的樓梯。「等等，安傑爾！」這樣的聲音稍微撫過背後。

梅莉達用加倍的速度飛奔爬上樓梯，毫無警戒地跑到「扭曲的房子」的客廳。跟地牢無法相比的光量充滿視野，但梅莉達無暇喘息，她一蹬地板。

LESSON: Ⅳ
～天使與惡魔的驚奇冒險～

不知為何，梅莉達直覺地知道自己該前往何方。

在梅莉達抵達的洞窟飯店前，已經有數不清的人群聚集起來。大家都遠遠地圍住玄關口。梅莉達在偏低的位置奔馳，穿過大人之間。鎮民不安的低喃聲從四面八方拉扯著耳朵。

「跟教堂的孩子們一樣……聽說又有人遭到襲擊。」

「似乎是昨天來訪的學校的孩子喔。但被害者好像不只一人……」

「死掉啦！有人死了！」

梅莉達的心臟劇烈地跳動著。她總算要穿過人牆時，突然伸過來滿是皺紋的手，將梅莉達纖細的肩膀拉了回去。

「安傑爾小姐，妳究竟上哪兒去了？」

「學……學院長！」

梅莉達已經是氣喘吁吁的狀態。表情有些嚴肅的布拉曼傑學院長不發一語，像是領悟到梅莉達的心情一般，微微點了好幾次頭，並推了推梅莉達的背後。從指尖傳遞過來的熱度慰勞著激動到讓人發疼的心臟。

「妳要保持鎮靜……在這邊。」

學院長帶領梅莉達前往飯店的展示室。那裡是收納著鄉哥爾塔歷史資料的場所。那裡果然也聚集著人群，飯店的工作人員阻擋著紅薔薇的女學生。眾人都露出一臉蒼白的表情。

不安的預兆正準備達到顛峰，但從展示室內側響起的尖叫劃破了梅莉達的緊張。是男性的聲音。這次沒有像在演戲般的色彩。

女學生注意到梅莉達與學院長，像在迴避似的讓出一條路。梅莉達能用不穩的腳步向前進，都是因為有學院長滿是皺紋的手扶持著吧。

向前踏出的鞋底讓紅水啪噠一聲地濺起。

躺在布滿整片地板的大海中心的，是個紅髮美少女。抱起少女的父親完全無法意識到周圍的視線。滂沱的淚水掀起紅色波紋。

「唔喔喔喔！太過分了，這太殘忍啦——！為何會變成這樣！」

「蘿賽蒂大人……？」

梅莉達無法直視她的屍骸。鎮上的保安官迪克驚愕地跪倒在地的身影，也映入視野的角落。但躺在更裡面的天使的睡姿，振奮著梅莉達僅剩的理智。

「愛……愛麗！」

梅莉達掙脫學院長的手，奔向紅色大海。用鞋子玷汙了這尊貴液體的罪惡感，更緊緊揪住內心。梅莉達像滑倒似的跪在堂姊妹身旁，呼喚著她。

LESSON: IV
～天使與惡魔的驚奇冒險～

「愛麗！我的愛麗，妳振作一點！」

「…………」

銀髮美少女無力地閉著眼睛，果然還是沒有任何反應。梅莉達用手指撫摸著她的臉頰，可以感受到確切的溫度。櫻花色嘴唇流露出緩慢的氣息音色。

但這件事實不過是從遇難船上找到的一抹陽光罷了。男人邊顫抖邊發出的聲音，再次在梅莉達的內心喚起烏雲和暴風雨。

「騙人……這是騙人的吧……照理說我們明天就要結婚了……怎麼會…………」

迪克先生彷彿靈魂出竅一般跪倒在地。梅莉達至今仍無法接受他注視的事物，但身為未婚夫的他似乎正好相反，他一直目不轉睛地緊盯著，甚至不被允許闔上眼皮一般。

被父親抱起來的少女從脖子以下都沒了力氣。嘴唇沒有動作，胸部沒有起伏。瀏海蓋住她的眼角，看不出她最後的表情。

華麗的衣裳從側腹周圍變得一片鮮紅，逼迫梅莉達不得不承認染紅地板的紅色大海真面目。一滴鮮血從少女癱軟無力地垂下的指尖滑落。

那滴血在海上漾起平靜波紋的同時，迪克開口說道：

「蘿賽蒂她……死了……——」

蘿賽蒂・普利凱特

位階：舞巫女

HP	5175	MP	674		
				敏捷力	575
攻擊力	487（660）	防禦力	484		
攻擊支援	0～20%（25%固定）	防禦支援	0～20%（25%固定）		
思念壓力	47%				

主要技能／能力

神樂LvX／魅惑Lv9／瑪那再生Lv6／增幅爐Lv8／節能Lv8／抗咒Lv9／基本調整／哈林搖／波爾卡民族舞／閃耀連身裙／馬哈拉干

愛麗絲・安傑爾

位階：聖騎士

HP	2304	MP	253		
攻擊力	194	防禦力	228	敏捷力	204
攻擊支援	0～25%	防禦支援	0～50%		
思念壓力	13%				

主要技能／能力

祝福Lv4／威光Lv3／增幅爐Lv3／節能Lv2／抗咒Lv3／神聖嚎叫／椴樹旋風／規範守護者

LESSON：V ～某具骸骨的遺言～

沒有現實感的寂靜持續了一會兒，布拉曼傑學院長緩緩地繞過血池。什麼也無法思考，只能抱緊堂姊妹的梅莉達下意識地面向學院長。

「學院長……這裡究竟發生了什麼事……？」

「沒有任何人知道詳情。我們也是接到飯店的通知，急忙趕過來時已經是這副光景了……安傑爾小姐，話說妳也沒有參加研修對吧。妳不是去找庫法老師了嗎？」

梅莉達什麼也無法回答，只能低下頭。彷彿責備的話語正勒住自己的喉嚨一般，布拉曼傑學院長用苦澀的表情擠出聲音。

「愛麗絲同學也注意到妳不在，擔心妳而折返了吧。從蘿賽蒂老師也一起不見蹤影這點來看，肯定是陪同愛麗絲行動。我心想有『一代侯爵』跟著的話，應該不要緊……結果默認了她們的行動，這是我最大的疏忽。」

學院長小巧的眼眸中搖晃著承擔不住的後悔，將視線望向前方。

在血海中心哭到淚水乾涸的父親，一邊發出哽咽，同時緊抓著屍骸不放。

「……蘿賽蒂老師身上可以看到激烈抵抗過的痕跡。倘若能靠蠻力制伏她這般厲害的高手，凶手應該不是泛泛之輩。」

「是那個男人！他是軍人對吧？」

迪克先生高聲喊叫著所有女學生都沒有說出口的可能性。總算站起身來的他，灌注到膝蓋上的是強烈的憎恨嗎？他的眼眸比鮮血更赤紅地燃燒著。

「在飯店工作的各位！請幫忙號召聚集起來的鎮民。凶手是穿著軍服的黑髮男人！是那傢伙殺了蘿賽蒂！叫大家盡快把他拖出來吧！」

「迪克先……」

布拉曼傑學院長以無力的聲音試圖阻止他，但結果那句話在成形之前就萎縮了。保安官的怒氣讓飯店的工作人員顫抖不已，如鳥獸散一般飛奔而出。梅莉達清楚地預料到他們傳達的話語將會讓恐慌在鎮上居民間蔓延開來。

不過梅莉達和學院長都沒有反證能阻止那陣激流。

「岳父，我們也來弔祭蘿賽吧。至少讓她的屍骸在我的一族身旁……」

迪克先生是打算用使命感來填補內心的空白嗎？只見他瀟灑地單膝跪在侯爵身旁。但布洛薩姆侯爵粗暴地甩開之前稱呼為兒子的迪克的手。

「別碰她！別碰我女兒！」

LESSON V ~某具骸骨的遺言~

「岳……岳父……？」

「蘿賽蒂沒有死！她的靈魂還在這裡！」

他做出了讓在場所有人都震驚不已的行動。他抱起女兒的屍骸，打算搬到某處去。四肢癱軟無力的身體想必相當沉重吧。他粗魯地踏過血海，用充血的眼珠對女學生怒吼。

「快讓開，動作不快點的話會來不及！我要趁靈魂還活著時嘗試讓她復活！」

「侯……侯爵大人，您這麼粗魯對待蘿賽蒂大人的話……」

「學生懂什麼？我可是賢者！就讓我跨越生死的彼岸給你們看吧！」

如果他當真這麼期望，應該前往醫院才對吧。但從侯爵嚴肅駭人的背影來看，實在很難想像現在的他會求助於他人。披風與西裝都沾滿鮮血的賢者，究竟要前往何處呢？是那個充斥黑色惡夢的地下實驗場嗎——

最後，侯爵的背影與紅色血跡逐漸遠離，在看不見那身影之後，尖銳的哀號重疊起來並迴盪著。這也難怪，現在飯店前面肯定陷入超級恐慌吧。

梅莉達感覺像遭到雨淋，她垂下了頭。擁有幾十年份重量的手掌，搭在她彷彿枯萎的花一般的肩膀上。

「……梅莉達，總之請妳幫忙把愛麗絲搬到房間。」

梅莉達無法立刻理解到那聲音是在對自己說話。直到學生升上最高年級為止，學院長很少會親暱地直呼名字。

梅莉達像在求助似的回望，學院之母善解人意的微笑映入她的眼簾。

「愛麗絲應該很快就會醒來。她醒來之後，妳要好好聽她怎麼說喔。到時應該就能清楚地知道這裡發生了什麼事情，還有是誰襲擊了她們。」

「……是的，學院長。」

梅莉達立刻理解到為何她現在突然開始用名字稱呼自己。

現在的梅莉達沒有母親。也很少能見到父親菲爾古斯。安傑爾家把她當成不存在的人。親愛的庫法行蹤不明、尊敬的蘿賽蒂死亡、唯一的理解者愛麗絲也讓內心陷入沉睡。

梅莉達成了孤單一人。

† † †

愛麗絲的房間在飯店二樓。梅莉達向工作人員借了鑰匙，把堂姊妹搬進房間，讓她就這樣穿著制服躺在床上時，梅莉達總算注意到了。

自己第一次看見從這房間的窗戶眺望的景色……梅莉達昨天滿腦子都是不知上哪去

的庫法，根本沒能好好關心愛麗絲。仔細回想的話，在巨大植物森林目送庫法與蘿賽蒂的背影離去後，不管跟同班同學在聊什麼，自己好像都心不在焉。

自己明明最清楚愛麗絲非常怕寂寞。兩人的關係也一度因此糾纏不清，梅莉達應該充分學到了教訓才對，為什麼還會忘記這回事？這樣別說是當個受學妹仰慕的學姊了，別說是在月光女神選拔戰中奮戰到最後的候補生，根本是倒退成還沒跟庫法相遇前，與堂姊妹變得疏遠那時的自己。

梅莉達對只是嘴上吹噓升上二年級的自己感到羞恥。

仔細一想，在教堂發生事件後，愛麗絲就想開口說些什麼。她曾說「希望妳聽我說些事」。

——愛麗，妳究竟想告訴我什麼呢？

梅莉達打算在床邊坐下，但她突然轉頭看向入口。

「不好意思，拉克拉老師。可以讓我跟愛麗稍微獨處一會兒嗎？」

就連同班同學都顧慮到梅莉達的心情而離開，但學院最年輕的講師彷彿影子一般佇立在那裡。不知不覺間她已經換回學院的長袍裝扮。

她會這麼做是因為跟庫法的約定還是交易嗎？雙手交扠環胸並背靠著牆的拉克拉老師，過了一會兒後聽從了梅莉達的願望。她緩緩離開牆壁，將手放到門把上。

「……無論如何，在落雷平息之前，我們都無法離開這座城鎮。妳可別再貿然行動，打什麼奇怪的主意喔。」

拉克拉老師這麼叮囑，然後離開房間。看到被關上的門，梅莉達思考起來。的確，如果自己沒有溜出研修，愛麗絲也不會追趕在後，以結果來說或許不會發生剛才那場襲擊。但與拉克拉老師拚死的調查揭露了蔓延在這鎮上的惡夢，這也是事實。這跟什麼也不知情地參加研修，絲毫不會發現在腳邊有血流成河的情況，究竟哪邊算比較好呢？

梅莉達正想思考時，突然感到恐懼。在已經有一個人過世的時候，根本無法相比。

結果梅莉達打消坐在床邊的念頭。她其實很想依偎堂姊妹的體溫，一直握著她的手，直到藍寶石眼眸睜開為止。但梅莉達認為那是自己在撒嬌。拉克拉老師雖然那麼說，但就這樣袖手旁觀真的好嗎？梅莉達總覺得命運之線此刻也逐步地纏繞住四方。

梅莉達漫無目標地在房間裡來回，那行動就彷彿幫浦一般推動思考迴路。沒辦法等到愛麗絲醒來。如果無法挽回，至少可以回顧過往。梅莉達回顧與愛麗絲度過的動盪的這幾天，試圖找出銀髮天使想告知的神諭——

『……感覺得到……可以感覺到喔……』

LESSON V ～某具骸骨的遺言～

異端的起源已經連想都不用想，就是在學院聽見的那個沙啞聲。仔細一想，從那個瞬間開始，梅莉達升上二年級的新生活就明顯地開始變得奇怪。庫法說自己身體不適、緹契卡學妹遭到襲擊、敬愛的老師被懷疑是凶手。

造成這一切契機的究竟是什麼人？

『妳們要小心布洛薩姆侯爵，梅莉達小妹、愛麗絲小妹。』

『這下子侯爵愈來愈可疑嘍。』

席克薩爾公的忠告成為火種，拉克拉老師的推理一口氣注入燃料。背負著業火的真凶輪廓已經浮現在梅莉達的腦海裡。仔細一想，一開始庫法會被懷疑是凶手，不也是他搧風點火的嗎？

既然如此，愛麗絲想傳達的事情，也與布洛薩姆侯爵相關嗎？不過自己不用說，愛麗絲也跟侯爵沒什麼太大的關連。甚至不確定有沒有直接交談過。

——既然如此，可能正好相反？她並不是想說「布洛薩姆侯爵很可疑」，而是得到了什麼確切的證據，可以證明「庫法並不是凶手」嗎？

儘管梅莉達這麼認為，而再度試著回溯記憶，但仔細一想，在這座鎮上幾乎都沒機會與那個俊美的家庭教師一起度過嘛。就連梅莉達也只有昨晚庫法帶自己去鐘乳洞約會時的事情殘留在印象中。

『老師怎麼會知道這種地方呢？』

就連自己本身提出的問題，也在耳邊復甦過來。那時庫法回答「因為任務曾來訪過」。但梅莉達立刻識破那是謊言。這並非梅莉達的察覺力變敏銳，而是當時的庫法對於撒謊這件事似乎抱有罪惡感。

那麼，假設他當時的回答是幌子，他其實對這座城鎮很熟悉吧。他的行動有沒有哪裡不對勁？梅莉達的腦海中也一直在意著某個東西。從進入這座城鎮時開始——不對，那是在進入這座城鎮後隨即發生的事。

『小姐，妳厭倦聽課了嗎？』

梅莉達清楚地記得庫法將自己用力拖入懷裡的手掌感觸。然後，那正是不對勁的地方。因為兩人互相接觸的次數已經多到數不清，所以梅莉達明白。當時的庫法十分強硬！可以感受到他試圖阻止梅莉達的明確意志。

為什麼？那時梅莉達原本打算做什麼？打算上哪去？

微弱的水聲從記憶彼端招手——………

『不……不行！別靠近那裡！』

LESSON V

～某具骸骨的遺言～

梅莉達彷彿被雷擊中一般，猛然停下腳步。她反射性地環顧周圍，發現靠在牆上的刀鞘。是愛麗絲愛用的聖騎士用長劍。

現在就連回自己房間的時間都覺得可惜——梅莉達替自己找藉口，拿起那劍柄。不可思議的是在梅莉達的指尖碰觸的瞬間，有一股微弱的靜電竄過。並不是遭到拒絕。反倒像是隱藏在劍裡的思念一直焦急地等待著與堂姊妹的邂逅，而用麻痺感刺激梅莉達，讓神經清醒。

梅莉達轉頭看向床鋪，忍住想哭的情緒，將長劍的刀鐔貼在額頭上。

「愛麗，請幫助弱小的我……！」

持續沉睡的少女沒有回答。刀鐔代替少女響了「鈴」一聲回應。

這時，走廊突然吵鬧起來。樓下發生了什麼騷動。就在梅莉達這麼心想時，聽見某人匆促的腳步聲，接著房門就突然被打開，也沒有先敲門。

「——梅莉達學妹，快逃！」

「米……米特娜學生會長？」

頭髮凌亂地飛奔過來的，是剛升三年級的新學生會長，聖弗立戴斯威德自豪的米特娜·霍伊東尼學姊。姑且不論自己，她對庫法似乎沒有抱持太大的好感，梅莉達與她目前並沒有什麼特別的接觸。

話說回來，她居然要自己快逃，看來情勢很不平靜。跟樓下的騷動有什麼關連嗎？

就在梅莉達無言以對時，米特娜會長彷彿連喘口氣的時間都覺得可惜一般，一把抓住梅莉達的肩膀。梅莉達在近距離感受到十五歲少女的精神終於快崩潰的樣子。

「一波未平，一波又起……真想問究竟出了什麼狀況呀！聖弗立戴斯威德陷入暴風雨中嘍！」

「請……請冷靜下來，學姊。這次是發生了什麼事？」

「蘿賽蒂大人被擄走了！」

彷彿被聲音的硬塊毆打一般，梅莉達眨了眨眼。會長繼續發出吼叫聲。

「這次換布洛薩姆侯爵遭到襲擊！聽說凶手讓侯爵受傷，把蘿賽蒂大人的屍骸——不，不對，是把『治療中』的她帶走了。蒼藍火焰目前也還留在現場燃燒著……就連學院長也沒辦法幫忙包庇妳的家庭教師嘍…………！」

米特娜會長彷彿快哭出來似的訴說著。這時梅莉達突然體認到庫法直到這時，都還留有學院師生對他的信賴。就連在旁人眼裡看來，只覺得對庫法很不友善的米特娜會長也不例外。

一直不相信別人的究竟是誰呢？梅莉達感覺自己像是被甩了一巴掌。

不過，事到如今就算後悔，也已經太慢了。樓下的騷動更激烈地從一直敞開的房門

LESSON V ～某具骸骨的遺言～

轟鳴過來。是怒吼。打頭陣的是一個年輕男性……是血氣方剛的鎮上保安官迪克先生。

在直覺感受到他們的敵意無庸置疑地是針對自己的同時，梅莉達不禁脊背發涼，米特娜會長勸說著梅莉達。她是想盡量讓梅莉達避開，還是氣勢猛烈過頭呢？梅莉達逐漸被推回牆邊。

「鎮上的人們已經注意到妳跟庫法老師的關係了，雖然不曉得是誰，但有人說出去了！火冒三丈的人們闖進飯店，認為只要把妳當成人質，應該就能把凶手引誘出來！學院長她們正拚命地說服鎮民，但那些人一定很快就——啊啊！」

梅莉達用不著詢問，便領悟到米特娜會長絕望般的哀號的意義。外面傳來奔上樓梯的腳步聲。雖然不曉得來者何人，但在米特娜會長的腦海中，似乎描繪出最糟糕的人物肖像。她用彷彿圖畫一般蒼白的表情吶喊：

「快逃！」

梅莉達根本沒有照做以外的選項。她產生一種通往走廊的出口就彷彿是地獄入口的錯覺，轉身走向窗戶。

她打開窗戶，一蹬窗框。才二樓的話，應該不至於重傷——她並非樂觀地這麼認為，她在途中噴射出瑪那的輝煌火焰，從腳尖著地後採取護身倒法。最低限度的音色與衝擊溜向了地面。

梅莉達沒那個力氣繞到飯店前面確認騷動的實際狀況。她直接從後方往洞窟深處不斷前進，嘗試用這條路線逃離。身為當事者的自己不在的話，騷動便會平息下來吧。如果關係洩漏出去的只有自己，學院長絕對不會對愛麗絲和其他女學生遭到危害的狀況視而不見吧。

「……對不起，拉克拉老師。」

既然無法回去飯店，已經沒辦法向她尋求協助了吧。

梅莉達將愛麗絲的長劍佩在腰間，把那股重量當作唯一的支柱，朝黑暗深處前進。

親愛的單翼（愛麗絲）不在身旁。絕對無雙的學院長成了幻想。總是追逐著背影的家庭教師與嚮往的女性，都消失到梅莉達無法觸及的地方。現在的梅莉達已經沒有任何能夠依靠的對象了。

那麼要停下腳步嗎？答案是否定的。因為梅莉達已經升上了二年級，因為緊接在後的人注視著梅莉達的背影。為了有一天可以與心上人並肩，梅莉達不能當個只是一直被守護的人。就像庫法至今給予自己數不清的救贖一般，這次換自己來拯救庫法了。

梅莉達對於要前往的地方沒有一絲迷惘。

† † †

LESSON: V
~某具骸骨的遺言~

那個地方還是一樣，給人一種彷彿自己變成小矮人的印象——

孤單一人的梅莉達避人耳目造訪的地方，是在鄉哥爾塔的入口拓展開來的巨大植物森林。那時梅莉達混在紅薔薇集團中，但現在就彷彿與同伴走散的瓢蟲一般。一點紅跨越宛如地毯一般厚的樹葉，在規模龐大到讓人快昏過去的世界中前進著。

儘管一個人當然感到很不安，但換個角度來看的話，其實有一種不會被任何人盤問的安心感。即使沿著其他人聽不見的水聲前進也不奇怪，而且就連平凡無奇的陡峭岩壁，這次也能盡情地調查個清楚。

「果然還是可以聽見……」

梅莉達將手掌貼在純白的岩石表面上，傳遞到指尖的振動讓梅莉達點了點頭。這裡是昨天剛來到城鎮的梅莉達被神祕的沙啞聲與水聲引領前往的地方。如果假設是正確的，事先網羅了這城鎮情報的庫法試圖讓學生遠離這面岩壁，布洛薩姆侯爵則用前所未有的強硬態度拒絕讓人進入。

乍看之下，明明是空無一物的地方——

倘若是拉克拉老師，或許能在岩石宛如波浪般的凹凸上找出什麼線索。但就連探聽消息也無法順利完成的梅莉達，並不具備識破經過偽裝的東西這種技能。從師傅庫法的角度來看，是否判斷要指導梅莉達這方面的技術還太早呢？

要說現在的梅莉達能辦到的事情，頂多就這個了。

「『幻刀一閃』！」

梅莉達慢慢地將五指纏繞在佩在腰間的長劍握柄上。一般來說，如果打算使用別人的，而且是不同位階的武器，連想都不用想，一定會產生異樣感。這並非「靈魂寄宿在物品上」這種讓人懷疑真假的話，而是瑪那能力者的武器在使用習慣之後，為了有效率地傳導使用者的瑪那，會個別地適應使用者。如果打算用契合度糟糕的別人的武器，無法正常地發揮出瑪那，讓武器變得比鈍刀還難用的可能性也不低。

明明如此，愛麗絲的長劍卻以超乎完美的精準度回應梅莉達的意志。黃金色火焰（瑪那）從梅莉達的指尖奔馳流出，編織在刀身裡的白銀色火焰跟著呼應。無止盡地互相共鳴的兩種火焰，散發出宛如鑽石般的光芒，俐落地劈開了世界。

「『風牙』！」

拔刀斬擊。初速比梅莉達愛用的刀遲緩。伴隨著沉重的抵抗從刀鞘被拔出來的長劍，在劍尖解放出來的瞬間，讓累積起來的壓力一口氣炸裂。響起甚至有些駭人的砍斷聲，接著鑽石閃光飛翔，化為巨大衝擊波的閃光還無暇眨眼就衝撞上岩壁。反彈回來的強風搖晃著梅莉達的金髮。

攻擊技能的破壞力穿破到岩壁對面。

塵土飛揚起來，等塵土消散時，岩壁已經開了個洞。梅莉達的瑪那壓力挖出了隧道——梅莉達可不打算這麼說，空洞打從一開始就位在前方。梅莉達只是劈開了堵住入口的蓋子。

「什麼神祕點嘛……明明就有機關和圈套不是嗎？」

梅莉達一邊嘀咕著對侯爵的怨言，一邊將長劍收入刀鞘。

在岩壁對面延伸的洞窟，腳邊可見一條細長河流。

梅莉達用更加謹慎且大膽的腳步踏進洞窟。雖說是離城鎮較遠的森林裡，但剛才的轟隆巨響也有可能傳入某人耳中。

更不用說洞窟內側迴盪著無法相比的巨大聲音。

沒辦法像庫法老師或拉克拉老師那樣乾淨俐落啊——梅莉達稍微反省起來。不過，這就是現在的自己能辦到的最大努力。

洞窟漫長且深邃，延伸到黑暗深處——

梅莉達一邊握住長劍握柄以便能隨時拔劍，並且在握柄上點亮火焰（瑪那）當成照明，穩紮穩打地向前進。洞窟蜿蜒扭曲地延伸，從入口照射進來的光芒眨眼間便遠離，然後消失。

這次是心理上的圈套——應該不是這麼回事吧。雖然入口經過加工，但這個洞窟是天然

LESSON: V ～某具骸骨的遺言～

形成的。宛如冰柱的岩石從天花板下垂，看來就像是鐘乳洞。彷彿漏雨一般垂落的水滴，像是突然想起似的在腳邊濺起。感覺涼爽的河流聲推動著入侵者。

梅莉達突然停下腳步。

她增強瑪那照亮前方。到達略微寬敞的空間後，在前方發現了白色異物。並非生物的氣息。儘管如此，梅莉達還是硬著頭皮，在心跳加速的同時定睛凝視黑暗。

「……蜘蛛網？」

在天花板的鐘乳石與地面之間，展示著好幾種幾何學圖樣。每張蜘蛛網的大小正好約一扇門吧。換言之，倘若是人類，就算不是嬌小的梅莉達，這些大傑作也能捕捉住全身，不難想像其拘束力也有相當的水準。如果什麼也不知情地踏入這裡，要逃離應該得費不少力氣吧。

……是昆蟲嗎？可以看見好幾張網上有獵物上鉤。話雖如此，但情況有些奇怪。如果蜘蛛網的規模跟人類一般大，照理說獵物也必須是**相符的大小**。冷靜的思考隨後追趕上梅莉達的本能，心臟怦怦地加速起來。手腳的指尖急速冷卻下來，但梅莉達無法不去確認。因為會站在前方庇護自己，讓自己遠離不想看見的世界的拉克拉老師，此刻並不在現場。

預測完全命中，有人類被囚禁在蜘蛛窩裡。

梅莉達之所以能不發出哀號，並非因為有心理準備，而是因為把悲慘的想像拋在過去了。換言之，那與其說是屍體，不如說是「人骨」。儘管如此，還是讓人相當震驚，但比看見彷彿灰燼一般的黑色人類要好多了。

他們身上變得破爛不堪的衣服，果然是鄉哥爾塔的服裝。數量不只一兩個人，死亡之後應該經過相當長一段時間。換言之，他們的「死亡」是耗費漫長歲月，在這個地方逐漸累積起來的。

梅莉達輕輕劃了個十字，邁向更深處。一想到假如走錯一步，自己也會有相同下場，不會被任何人發現，就不禁脊背發涼。孤軍奮戰就是這麼回事。真的很慶幸自己是瑪那能力者——

走著走著，梅莉達在前方發現了人工的空間。

乍看之下是研究室。說是這麼說，其實只是把書桌與書架搬進偏離通道的橫洞裡，但這肯定是個收穫吧。很明顯地有人把這裡當據點。

「布洛薩姆侯爵……！」

塞在書架裡的羊皮紙，還有散落在桌上的報告書，四處可以看見他的簽名。內容則是……就連確認詳情也讓人忌憚，充滿血腥的人體實驗紀錄。想要相信蘿賽蒂親人的心情，在此時完全崩潰。

LESSON: V
～某具骸骨的遺言～

「夜之因子的……抽出與移植……？」

從片段可以讀出這些內容。換言之，就是從藍坎斯洛普身上抽出詛咒起源的夜之因子，刻意讓健康的人類遭受感染嗎？移植的結果，或是其中一個過程，就是實驗場的屑鬼……？不得不說這實在是脫離常軌的想法。

應該帶幾份報告書回去嗎？雖然不曉得鄉哥爾塔的鎮民對梅莉達所說的話可以相信多少，但有沒有證據應該大不相同吧。梅莉達這麼心想，開始物色起桌上的東西時，忽然有令人在意的文字映入梅莉達的視野。

「席克薩爾」、「莎拉夏」。

那樣的文字猛然映入眼簾，梅莉達找出含有那些文字的羊皮紙。有幾張報告書用細繩捆在一起。似乎是按照某個主題彙整起來的東西。

梅莉達的視線彷彿被吸過去似的看向文章的開頭。

「十一月第一週第七天

……發生了始料未及的事情。是昨天也有記錄的那個旅人。

不顧危險地跨越荒野，堅持隱瞞身分的那個旅人，名叫塞爾袞・席克薩爾。他居然是上個月才剛繼承家督，騎士公爵家的年輕當家。

一開始我以為弗蘭德爾終於探出我的研究了。我做好覺悟，心想可能必須把公爵家的人埋葬在黑暗裡，但他卻提出了意料之外的提議。他表示他知道我的研究，可以提供援助，作為共享研究成果的代價……！

實在是出乎意料的僥倖。倘若有騎士公爵家這個後盾，我就不用害怕騎兵團的目光，能夠盡情地投入研究。這樣就消除了最大的擔憂。

話雖如此，還是有很多疑問。說到騎士公爵席克薩爾家，就是在一年前的藍坎斯洛普大侵略時，顛覆壓倒性的劣勢，成功守護了弗蘭德爾境界，以『英雄』馳名的一族。當然，塞爾袞大人也是支援了那些前鋒的其中一人。那樣的他為何會想協助我這種非人道的——我有這樣的自覺——研究呢？

不過問追究是我跟他的契約，但我在那個年輕當家的眼眸裡感受到倘若有必要，即使要割捨他人也無所謂的覺悟。一方面也是為了保護自身安全，盡可能地先調查出背後關係一事相當重要吧。

我決定把這個當成持續的課題。」

LESSON: V
～某具骸骨的遺言～

「二月第二週第一天

關於『龍之課題』的後續消息。今天從那個小鬼口中又獲得了一個非常有趣的情報。

他本人可能甚至沒有洩漏情報的自覺。但他在不經意的對話過程中，稱呼自己的妹妹是席克薩爾家的『神之子』！應該怎麼看待這件事？

他妹妹莎拉夏小姐才剛滿十三歲，去年剛進入瑪那能力者的養成學校就讀。即使是在聖德特立修女子學園當中，她也很快地就嶄露頭角，無庸置疑地是在兩年後的畢業淘汰賽中會君臨頂點的人物吧。

——但是，話雖如此，要說她是否擁有比歷代龍騎士更突出的才能，我感到疑問。她的確是個神童無誤，但跟兄長塞爾袞大人、堂姊庫夏娜大人相比，感覺實在沒有什麼特別的差異。

那麼，所謂的『神之子』是指什麼？並不是用來讚賞戰鬥力的稱呼嗎？」

「『神之子』……換言之就是救世主。假如塞爾袞大人所言是事實，表示席克薩爾家目前正瀕臨某種絕境嗎？為了解決那問題，他想要我的研究？莎拉夏小姐會如何與此事相關？

仔細一想，從塞爾袞大人繼承家督的三年前開始，彷彿與他換手一般，前任當家真龍大人與迪莉塔大人就很少公開露面了。最近根本沒見到人影不是嗎？他們兩位究竟上哪去了？

……現在情報還太少了。無論如何，目前也沒什麼機會與塞爾裘大人見面吧。那個強韌的年輕人，今年春天終於加冕成弗蘭德爾的王爵了！而且過沒多久，我也必須在養成學校的研修期間致力於一大實驗，這個課題目前也只能先閒置了吧。

當前能夠推測的背景，如同下述。雖然表面上不清楚，但席克薩爾家正被逼入某種絕境。他們並未出動騎兵團來解決那問題，由此看來應該是不能公開的事情。只有我的研究是能掌握頭緒的唯一線索。

將他話語的片斷連接起來，解開謎題的關鍵是莎拉夏・席克薩爾與——梅莉達・安傑爾。

在同年紀的公爵家千金中，為何是這兩人呢？為何不是愛麗絲小姐，而是梅莉達小姐呢？年輕龍的眼眸注視的似乎是我這種凡人無法看見的遙遠彼端。為了彌補這段差距，只能無止盡地探究，以及百億次的摸索。」

……報告書在這裡結束。梅莉達嘆了口長氣並放下手，將成堆羊皮紙放回桌上。她

LESSON V ~某具骸骨的遺言~

有一瞬間思考著要不要帶回去，但以厚度來說只會成為負擔吧。

——但這些幾乎都是藉口，其實是梅莉達更害怕這份報告書的內容公諸於世。塞爾裘．席克薩爾的背叛被揭露一事當然不用說，但突然被提出來講的自己與友人的名字，更讓梅莉達震驚不已。

梅莉達再次被迫體認到自己不過是個渺小的孩子。腳邊變得沒有真實感，思考迴路逐漸麻痺起來。

在自己不知道的地方，究竟有什麼事情正在發生——……

這時，梅莉達一直繃緊的神經察覺到異樣感。她反射性地轉過頭看，然後確信在洞窟更深處，深邃黑暗的彼端有個正在蠢動的氣息。

不出所料，像是用指甲刮東西似的刺耳沙啞聲，在滑溜的岩壁上迴響。

『感覺得到……有人闖入我的舊巢啊……』

甚至無法判別年齡，老奸巨猾的男性的說話方式……果然不是錯覺。至今聽見過好幾次的那個幻聽，首次伴隨著質量直接向梅莉達搭話。

『現在的我雙眼看不見……你願意回答我嗎？你是什麼人……』

梅莉達離開布洛薩姆侯爵的研究室，往下走到有小河流過的小路。她握住愛麗絲的長劍振奮勇氣，筆直地瞪著無法看透的黑暗彼端。

「我……我是聖騎士之女，梅莉達．安傑爾！我才想問你究竟是什麼人？現出原形吧！」

『梅莉達．安傑爾……？我曾聽說過啊……』

黑暗的主人理所當然似的把梅莉達的提問當成耳邊風，暫時陷入沉思。

過了一會兒後，感覺有某人的影子在洞窟另一頭大動作地搖晃身體。

『我想起來了！龍的年輕人曾提到那名字。說她是「第二個神之子」！』

「咦……？」

『有趣！我也正覺得那個年輕人傲慢的態度讓我忍無可忍。假如他知道我把妳大卸八塊，想必會非常不甘心吧……！』

梅莉達產生一種黑暗膨脹起來的錯覺，不禁往後退了兩三步。

還無法看見身影。潛藏在洞窟對面的究竟是什麼人？那傢伙是梅莉達這種才剛升上二年級的見習騎士能抗衡的對手嗎？

儘管說看不見——不，應該說正因為看不見嗎？黑暗的主人敏銳地察覺到梅莉達的緊張，像在嘲笑似的晃動了沉悶的空氣。

『妳放心吧，「神之子」啊……我不會一口氣殺了妳。妳會成為對我而言也有用的研究材料吧……首先就來挫挫那囂張的反抗心吧！』

LESSON V ~某具骸骨的遺言~

唔唔……唔唔……！這麼呼應的是野獸的低吼聲。

接著在小河濺起水花衝上前來的人影，讓梅莉達反射性地畏縮起身體。上半身漆黑融化，或者該說像是燒燬了的人類。雖然沒有武器，也不具備戰士的知性，但梅莉達知道他們蘊含著猛獸般的殺意。

「屑鬼？」

『哦，妳知道這些傢伙嗎……愈來愈不能讓妳活著回去了啊。』

出現的敵人有兩隻。而且顯然十分順從黑暗的主人。他們彎腰壓低身體，盛大地濺起水花。速度超出常人的影子從左右兩邊逼近，梅莉達立刻拔出長劍。慢了一拍後，輝煌火焰（瑪那）從全身迸出。

從刀身散發出來的鑽石光輝，似乎讓潛藏在洞窟深處的黑暗主人稍微退縮了。屑鬼的動作遲鈍下來。就彷彿寄宿著愛麗絲的意志一般，梅莉達一邊完美地模擬聖騎士的劍術，同時揮起長劍。

但就在長劍往下揮落後沒多久，敵人的身影消失無蹤。

風聲在背後低吼，梅莉達在千鈞一髮之際挑起劍。強力的鉤爪敲向刀身，梅莉達不禁向前傾斜。「呀啊……」她不小心發出窩囊的哀號，咬緊牙關穩住腳步，然後在轉過身時揮劍橫掃。

這時敵人已經連殘像也不剩。梅莉達有一瞬間在視野角落捕捉到影子，勉強防禦住瞄準側腹的一擊。但鉤爪用非比尋常的腕力強硬地揮出，梅莉達被那股氣勢摔向牆壁。她甚至無法用雙腳著地，以膝蓋和手肘倒落地面。

「啊咕……！」

泥水啪噠地濺起，弄髒了梅莉達的臉頰。黑暗的主人發出嘲笑。

『咕哈哈！妳還在依賴眼睛嗎？就憑那種程度，根本遠不及屑鬼啊……』

「咕……！」

就算想反駁，竄過四肢的劇痛也不容許梅莉達那麼做。梅莉達抓住不小心弄掉的長劍，一鼓作氣地讓瑪那迸出。刀身呼應瑪那，與堂姊妹的共鳴創造出純白光輝。

梅莉達趁屑鬼有一瞬間感到畏縮的破綻，轉身離開。是想說他透過水花與聲音察覺到情況嗎？黑暗的主人像在滑行似的追趕梅莉達奔馳的距離。

『要逃走嗎？要逃走嗎！那也無妨……我也很擅長狩獵喔。妳就盡量讓我享受狩獵的樂趣吧……好啦，要上哪去！要上哪去？我隨時會追上妳喔……！』

刺耳的沙啞聲在牆上回響，從四方將梅莉達逼入絕境。梅莉達拚命地揮動手腳，於是突然在地面上跌倒。隨後使勁揮出的鉤爪橫掃過頭頂。

梅莉達在跳起時高舉長劍，像是要驅逐亡靈一般用光芒威嚇。屑鬼沒有窮追不捨。

LESSON: V

~某具骸骨的遺言~

梅莉達並不曉得這是因為他們害怕這刀身的光輝，或他們只是順從主人的意思在嬉鬧而已。梅莉達繼續向前奔馳。

『真不起勁啊……盡量發出哀號吧！哭泣吶喊！怎麼樣，很可怕吧，「神之子」啊！我覺得很無聊啊。讓我的耳朵聽聽天使臨終前的慘叫吧！』

彷彿波浪一般追趕上來的黑影，從背後掃踢梅莉達的腳。梅莉達因氣勢過猛而吹飛到半空中，來不及採取護身倒法便跌落在地。她拚命掩飾嘎吱作響的骨頭，從偏低的位置宛如彈簧一般跳向後方。兩個敵影立刻追趕上來。

兩隻屑鬼高聲一蹬地面。趴倒在地的梅莉達已經無法閃避。兩副鉤爪宛如對照鏡一般往上揮起，就在鉤爪準備從頂點解放的前一刻——

屑鬼突然**在空中靜止了**。鉤爪沒有更向前移動。甚至無法放下手臂。豈止如此，他們甚至無法順利地讓雙腳著地，理應沒有意志的怪物胡亂地揮動四肢。但他們愈是掙扎，拘束就變得更加牢固，愈陷愈深——因為那些從天花板布滿周圍的蜘蛛網。

梅莉達總算爬了起來，她一邊掩飾急促的呼吸，一邊拉緊長劍。

「看來你似乎……太過輕忽眼睛了！」

在拚命吐出逞強話語的同時，她來回揮動兩閃。劍擊橫掃黑色人類的側頭部，消滅了他們眼球的光芒。被蜘蛛網纏住的屑鬼雖然癱軟地喪失活力，但這樣真的打倒他們了嗎？就憑模擬劍的威力，實在讓人有些不安。

『哦，挺有一套的嘛……居然反過來利用我設下的陷阱……』

「這次輪到你嘍。好啦，別再躲躲藏藏了！」

『別自以為是了，「神之子」啊……！倘若目睹到我的本性，妳肯定會打從靈魂深處感到畏縮吧……對了，我想到了一個好點子。接著就讓這傢伙上場吧……！』

看來黑暗主人還藏有其他棋子。又有腳步聲再次從洞窟深處靠近梅莉達身邊。又是屑鬼嗎？但總覺得從這次的腳步聲可以感受到跟沒有意志的怪物不同，與一般人無異的知性。

梅莉達將長劍的劍尖對準前方，等候現身的人影。彷彿鑽石般的光芒推開黑暗，某人的身影靠近那分界線。

首先能看見的是飄浮在黑暗當中的蒼藍火焰。

「老師……？」

梅莉達的嘴唇無意識地這麼低喃。但隨後映入眼簾的光景讓所有思考煙消雲散。

首先是腳踏入光的分界線。緊實苗條的雙腳。隨風搖曳的衣裳。小蠻腰與誘人的上半身。儘管年長卻惹人憐愛的美貌，以及——鮮豔的紅髮。

梅莉達的雙腳顫抖地往後退。儘管如此，她仍停留在光芒的內側。

LESSON: V ~某具骸骨的遺言~

「蘿賽蒂大人……！」

「…………」

她沒有回答。話說回來，真的是她本人嗎？蘿賽蒂應該失血過多而死亡了。在那種狀態下還能活著才奇怪——如果是正常人的話。

啵——蘿賽蒂的左眼閃爍著蒼藍光輝。火焰從左眼飄出。她一邊淡淡地吐氣，同時張開櫻花色嘴唇。平時的她應當沒有的犬齒尖銳地突出。

無庸置疑地是她的聲音，與伴隨凍氣的風一起吹向梅莉達。

「要……血……」

「咦……？」

「我想要血……血……給我血……！」

梅莉達如雷轟頂地感應到天啟。

在以前曾作過的惡夢中呻吟的聲音，是誰的聲音？這幾天扭曲了梅莉達日常生活的，究竟是誰搞的鬼？事情發展至此，梅莉達總算明白了。

「是蘿賽蒂大人？襲擊緹契卡學妹，讓教堂的孩子變成那樣，還有讓愛麗……讓妳的學生陷入沉睡，這些都是蘿賽蒂大人搞的鬼嗎！」

少女還是沒有回答梅莉達的問題。代替她大笑的是黑暗的主人。

『咕哈哈哈！真是愉快！你們疑神疑鬼的模樣實在太滑稽了！不過「神之子」啊，別責怪普利凱特的女兒。那傢伙根本什麼也不知情。』

「咦……？」

『也就是說連她本人都沒發現自己做了什麼啊……那傢伙應該是當真對襲擊者感到憤慨。應該很憎恨傷害了兄弟姊妹的人……卻根本沒發現凶手就是映照在鏡子裡的自己本身啊！咕哈，哈哈哈！』

啵──火焰從蘿賽蒂的指尖飄出。梅莉達無法想像那究竟是怎樣的機關，只見那火焰散發著跟梅莉達的老師一模一樣的蒼藍光輝。

呼──黑暗的主人讓吐氣混入混濁的空氣中。

『看來我似乎太多嘴了點啊。迎戰吧！「神之子」啊。現在的那傢伙不是妳認識的普利凱特的女兒，而是會吸活人鮮血的邪惡眷屬喔！』

轟！蘿賽蒂從全身噴出蒼藍火焰。從未體驗過的猛烈壓力讓梅莉達顫抖起來。之所以會解放自己的輝煌火焰，都是憑藉本能的下意識。

──那樣的生存本能救了梅莉達一命。蘿賽蒂的站姿搖晃了一下，然後消失──才這麼心想，隨後梅莉達的身體便彎曲成ㄑ字形。她晚了些才認知到有纖細的拳頭毆進身軀，激烈的振動在散播到全身的同時擴散開來。

LESSON V

～某具骸骨的遺言～

梅莉達的身體一邊將衝擊波分散成圓環狀，同時往後方吹飛。她沿著洞窟飛了長長一段距離，被推回遙遠的彼方，伴隨高高的飛沫翻滾在地。

倘若沒有將瑪那以最大限度用在防禦上，剛才那一擊已經讓四肢分散四處了吧——話雖如此，但這只是表示梅莉達勉強避開了致命傷而已。

「嘎……啊……！」

抵抗的力量從梅莉達的全身連根拔起地被吹飛了。梅莉達甚至無法抬起上半身，只能讓四肢平躺在冰冷堅硬的岩石表面上。

這可不是能力值比較優越這種層次的事情。梅莉達到目前為止，曾目睹過幾次師傅庫法認真起來的本領。剛拜師沒多久時，只能感覺到低吼風聲的梅莉達，最近也總算變得能捕捉到殘像的一角了。

儘管如此，但蘿賽蒂剛才的快攻已經脫離常軌。豈止是超出常人，根本是**放棄當人類**了。那並非將技能鑽研到頂點就能辦到的領域。

「能力值……突破了極限……？」

突發奇想的幻想不禁從嘴裡流露出來，但只能那麼認為。否則究竟有誰**明明是人類之身，卻能夠驅使超越極限的力量呢**？

死亡的腳步聲一邊濺起黏人的水花，一邊靠近。梅莉達甚至無法用肉眼看見她的行動。愛麗絲的長劍不曉得弄掉到哪去了。視野被封閉在黑暗當中，甚至沒有靠自己站起來的力量，只能等待逐漸逼近的「死亡」——

活下去——感覺有人對自己這麼說。彷彿被人用鎖鍊拖拉一般，梅莉達的右手動了起來。她顫抖地用手撐著地面，用彷彿快昏過去的緩慢速度支撐起上半身。渺小的自己究竟是哪裡還殘留著這種力氣呢？

梅莉達一邊顫抖，一邊抬起頭來，只見紅髮與蒼藍火焰的色彩滲入在黑暗當中。

『幹得漂亮，普利凱特的女兒。好啦，吸吧！這次一定要連生命都吸乾！把鮮血的香氣獻給雙眼看不見的我吧。那傢伙的弟子會成為第一個祭品！』

「…………」

蘿賽蒂用果然還是沒有意志的眼眸緩緩地伸出雙手指尖。梅莉達的力氣和體力，都還沒恢復到能閃開她攻擊的程度。蘿賽蒂究竟打算用那宛如刀刃般伸長的爪子進行怎樣的處刑呢？她打算劃破梅莉達的喉嚨？還是砍斷脖子？抑或是將心臟挖出來呢——……

就在這時，蒼藍光輝填滿了梅莉達變模糊的視野。一股熱度溫暖了原本凍僵的身體。差點睡著的靈魂被拍打臉頰。低沉的聲音悅耳地撼動稍微鮮明起來的聽覺。梅莉達立刻領悟到為何這時有液體滑過臉頰。

「老……師……！」

LESSON: V ～某具骸骨的遺言～

梅莉達痴痴尋找的心愛青年的背影就站在那裡。他介入梅莉達與蘿賽蒂之間，抓住她的雙手。他用更強勁的握力，壓制住試圖甩開拘束的非人鉗子手。蘿賽蒂面無表情的臉龐首次產生了變化。

「蘿賽，快清醒過來！」

「……嗚……！」

「別被本能給迷惑！妳不是黑暗的居民。以人類身分生活的記憶，應該成了妳的枷鎖。快想起來！想起那些深愛著現在的妳的人！」

「……哥……哥…………！」

蘿賽蒂彷彿頭痛欲裂似的搖了搖頭，然後用力甩開了庫法的手。她順勢猛烈地一蹬地面，眨眼間便逃入洞窟深處。

庫法無法追趕上去，只能無力地放下手。他仍然繃緊神經。

『現身了嗎，冰王……！你竟敢在最重要的場面搞砸一切啊。』

黑暗的主人還停留在那裡。他纏繞著伴隨質量的黑暗，緩緩地朝洞窟深處後退。刺耳的沙啞聲直到消失前都嘲笑著庫法。

『不過，沒用的……她抵抗不了七年份的飢渴。明天將是盛大的典禮……！你就儘管用那駭人的姿態從陰影處觀看那女人變成我部下的光景吧……──』

令人不快的氣息愈來愈薄弱，逐漸被吸入黑暗當中，沒多久後完全消失了。那一瞬間甚至有種視野變明朗的感覺。小河的音色涼爽地迴盪著。梅莉達一邊吸入潮濕的空氣，同時再次抬起頭來。緊緊綁住四肢的壓力，現在也消失到黑暗彼方。

「庫法老師……？」

她這麼靜靜呼喚的瞬間，軍服背影微微顫抖了一下。銀色燐光傾瀉在隨風搖曳的衣襬上。那銀光也落到梅莉達的指尖，吹起冰冷的氣息。

那人有著一頭純白的長髮。儘管如此，那強壯的背影仍然讓梅莉達立刻看出他就是自己的心上人。與此同時，他拚命地試圖壓抑住肉體內側彷彿要爆發出來的能量，也震撼了梅莉達身為瑪那能力者的感覺。跟剛才那個脫離常軌的蘿賽蒂同等——不，比那更強大的壓力此刻也彷彿會讓空間產生龜裂。

「你那副模樣是……？」

梅莉達一伸出手，衣襬便從指尖迅速地逃離。

庫法一句話也沒說，豈止如此，他甚至也不看梅莉達的臉，就打算一走了之。梅莉達無法對此視而不見。在庫法的軍服融入洞窟深處前，梅莉達的左手反射性地抬起。折磨著內心的思念，將電流散布到全身的神經。

「等一下，老師！」

LESSON V
～某具骸骨的遺言～

梅莉達一跳起來，立刻飛奔而出。梅莉達有一種預感，要是在這裡迷失他的身影，自己將會再也見不到庫法。即使身體腐朽也無所謂，只要靈魂能陪伴在那個人身旁就好。在胸口點亮的火焰，眨眼間便讓手腳燃燒起來。

水花在腳邊高聲濺起。究竟奔馳了多久呢──

她在途中發現了閃亮發光的東西，定睛一看，原來是不小心弄掉的愛麗絲的長劍。梅莉達撿起長劍並拍掉水珠，她找出刀鞘，將劍收起。

於是乎發生了什麼事？明明已經沒剩多少能灌注的瑪那，刀身卻自行閃耀起來。殘留在鋼鐵內側的思念──白銀的瑪那宛如燈塔一般照亮方向。

只見洞窟的牆壁上開了個淺淺的橫洞，倘若沒有燈光指示，八成會渾然不覺地通過吧。梅莉達高舉長劍，路標的光芒降落在隧道入口，連深處都宛如波浪一般浮現出來。在照亮隧道盡頭時，火焰終於燃燒殆盡了。

堂姊妹的劍替自己開拓了道路。朝那裡邁出步伐則是靠梅莉達本身的勇氣。

她將長劍掛在腰部，慎重地朝高低差踏出第一步。

瞬間，一股驚人的壓力刺向肌膚。消除氣息的方式以及相反的散發出壓迫感的方式，都是梅莉達平常目睹到的，一流家庭教師的做法。在小路盡頭有一瞬間能看見的白髮光芒代表著什麼，已經無庸置疑了。

「……老師？」

「別過來。」

僵硬的聲音釘住了梅莉達的雙腳。她嚥了一下口水，消除腳步聲又踏出一步。

「別過來！」

梅莉達嚇了一跳，縮起身體。

從深淵吹過來的敵意之風，就彷彿要撕裂身體一般。梅莉達纖細的肢體儘管不停顫抖著，仍誠懇地詢問他的善意。

「過……過去會怎麼樣？」

隨後，野獸的咆哮吹飛了梅莉達。

強風毫無預兆地襲來，她還無暇眨眼，就仰躺著被推倒在地。用青年體重按倒梅莉達，以鋒芒令梅莉達身陷生死關頭的，無庸置疑地是她的心上人。頂在左胸的指尖纏繞著比小刀更硬質的殺意，視線冰冷且尖銳。

「老……老師……？」

人擁有各種面貌。即使是這一年來一直追逐青年面貌的梅莉達，也是頭一次被這種眼神注視。心靈外殼彷彿被暴露在暴風雪中一般凍結住，但在中心燃燒起來的對他的思念，將憂慮吹散。

LESSON:V

～某具骸骨的遺言～

梅莉達緊咬嘴唇，毫不抵抗地仰望著庫法。庫法究竟下了怎樣的決心呢？只見他將空著的手貼向學生的額頭。

咒力攀爬在纖細的指尖上，現實的凍氣逼近梅莉達的肌膚。恐懼本能地湧現出來。庫法的手掌牢牢地一把抓住學生的頭，不讓她逃走。

「老……老師，你要做什麼……！」

「小姐，我接下來要凍結妳的記憶，讓記憶休眠。」

只有語調一如往常，稍微露出獠牙的嘴角編織出判決。長長垂落的瀏海底下可以看見他的眼眸。蒼藍火焰宛如目送死者的鬼火一般飄逸著。

「雖然做法會有些粗暴，但憑我的咒力應該能辦到。我要將妳記憶中的我的存在全部凍結起來，封印到內心深處。」

「咦……？」

「既然這模樣被妳看見了，就不能讓妳白白回去——請小姐放心，不會有任何痛楚或後遺症。只是回到跟我相遇的那一天，從『初次見面』重新來過而已。」

也就是說，從那天開始累積起來話語和感情，還有互相接觸的肌膚體溫，都會消失到再也無法撈起的懸崖彼端——梅莉達的雙手會彈起來並非思考的結果。而是少女心比電流更強、更快地敲響警鐘。

「我……我不要那樣！」

「請小姐放心。即使小姐忘記了一切，我也不會辭掉家庭教師。倘若我要繼續當小姐的家庭教師，這是無法避免的過程。」

灌注了十四歲少女微弱力量的手指，就連他一隻手也移動不了半分。

要讓庫法改變心意，需要話語的魔力。梅莉達用雙手抓住青年宛如鋼鐵般的手臂，她的舌頭與嘴脣迸出真心話。她根本沒有餘力去注重體面。

「老師覺得害怕嗎？」

庫法抽動了一下，顫抖傳遞到他碰觸額頭的指尖。儘管拿鐮刀頂住獵物的要害，青年卻緊閉著嘴脣。出乎意料的是，他回以坦率的肯定。

「……從沒有人可以接受我這副模樣。從以前開始，無論待在哪裡，我跟母親都會被當成骯髒的怪物。在沒有任何人關懷的情況下喪命，縱然死亡也會被冒瀆。」

啊，我懂了——庫法這麼說，他似乎察覺到了什麼。

皺起眉頭的那張美貌，從比他年幼的梅莉達來看，感覺也像快哭出來似的。

「我害怕被妳——被小姐用那種眼神看待。倘若被妳高貴的眼眸用鋒利光芒注視，我的靈魂可能會四分五裂也說不定。請原諒我，小姐。這並非我的任務，也不是使命——只是我的私心。」

LESSON V
~某具骸骨的遺言~

老師變得很感傷啊——梅莉達立刻這麼明白了。

梅莉達並沒有忘記在無重力的鐘乳洞約會時的印象。那時的庫法就像個小孩一樣興奮。然後現在則像迷路的孩子一般內心受到折磨。共通點是他的記憶——庫法果然從以前就很清楚這城鎮的事情。

梅莉達停止用力握住他的手。她將鬆開的手指筆直地伸長。不知能否勉強觸及蓋住自己身體的精悍臉頰。

但即使只有一丁點，也碰觸到臉頰的指尖，點亮梅莉達的種種思念。

「老師，即使全世界的人都懷疑老師，唯有我仍然會站在你這一邊。」

「……唔！」

「所以老師也請相信我，相信我是信任你的。」

這是庫法以前打開梅莉達心房的話語。那聲音拯救了在殼中差點被壓扁的少女，時光流逝，那聲音又回歸到他身上——這不就是記憶的力量嗎？

「如果老師今後也願意一直當我的家庭教師，請不要將你的教導變成謊言。」

梅莉達從指尖傳遞懇切的願望，從眼神傳達嚴肅的少女心。感覺庫法冰一般的意志從他的手掌變薄弱了。梅莉達已經不打算勉強拉開他的手。

「……真傷腦筋。」

庫法吐出罕見的洩氣話，如同話語一般露出微笑。手掌從額頭滑落，梳理金色髮絲。那指尖蘊含的並非凍結的詛咒，而是雪融的慈悲。

但要說庫法是否就此移開身體，卻並非如此，他一口氣將體重都覆蓋在梅莉達身上。如果只是被抱著頭撫摸臉頰，還可以用一句感覺很舒服來了事，但庫法竟然啄著少女的脖子，向少女撒嬌。

「呀啊……老……老師……」

梅莉達只能任四肢垂落，苦悶地扭動身體，但比去年稍微成長的少女心主張「現在是好機會喔！」堅強地鼓舞著她。恐怖的冬天已經離開，眼看著心臟強烈地加速起來。重疊的肌膚無止盡地將體溫傳遞給對方，讓呼吸發燙。

梅莉達彷彿機不可失似的，緊緊抱住庫法位於肩膀的頭。這是平常絕對不可能實現的相對位置。用指尖梳理的長髮散發著宛如淡雪般的白色燐光。

「無……無論是平常的黑髮，還是現在這種白髮，我都很喜歡……！」

「……小姐。」

「獠……獠牙也很狂野，我覺得很棒。還……還有那清澈透明的肌膚也是——」

激烈的愛慕之情積極地推動著梅莉達。梅莉達下定決心吻向庫法近在眼前的臉頰，「啾」一聲地吸吮。梅莉達不禁吻上癮，甜蜜的聲響接著又響起兩次、三次。

LESSON V ~某具骸骨的遺言~

將臉移開的梅莉達，已經滿臉通紅到彷彿要融化一般。

「讓人嚮往到忍不住想親……親親……親吻下去……啊嗚……！」

「……哎呀哎呀，真是位不檢點的小姐。這可不是公爵家千金該有的舉止。」

庫法絲毫不提自己的行為，因此梅莉達不禁忘了這甜美的氣氛。

「一……一開始是老師先抱住我的不是嗎～～！」

「我沒關係——因為我是在粗野的夜界出生長大的嘛。」

梅莉達驚訝地愣住了。因為心上人說笑的聲音蘊含著些微的哀愁。

青年回應了聰慧少女的眼神。他彷彿自嘲似的笑了笑，然後開口說道。

說出恐怕會將兩人的羈絆導向新舞臺的話語。

「我是妳的天敵。是人類與藍坎斯洛普的混血兒。騎士公爵家的小姐。」

庫法・梵皮爾

種族：吸血鬼

HP	??????	MP	?????	AP	?????
攻擊力	????	防禦力	????	敏捷力	????
攻擊支援	—	防禦支援	—		
思念壓力	???%				

主要技能／能力

再生能力Lv??／眷屬化「血之支配」LvX／???Lv??／?????Lv??／??????／?????・????／血之抑制LvX／????・????／??????／??・?????／?・???／?????・????

梅莉達・安傑爾

位階：武士

HP	1666	MP	158		
攻擊力	162（136）	防禦力	132	敏捷力	177
攻擊支援	0～20%	防禦支援	—		
思念壓力	22%				

主要技能／能力

隱密Lv3／心眼Lv2／節能Lv3／逆境Lv2／抗咒Lv2／幻刀三叉・絕風牙／拔刀紬伎・連星／千刀術・散櫻

FILE.02　巨大植物森林

掩埋地下空洞入口的蓊鬱森林，據說是布洛薩姆・普利凱特侯爵進行植物改良的副產品。但考慮到森林一角存在著怪物的隱匿處，過度的基因改造應該是為了掩飾這件事吧。

敵人就潛藏在居民的腳邊，一直在地底蔓延扎根。

LESSON：Ⅵ ～悠久的婚禮～

——七年前的鄉哥爾塔。那一天，地底城鎮被業火給包圍。

名為死亡與殺戮的黑暗盤旋在那裡。建築物倒塌，洞窟的牆壁崩落，從上空傾瀉而下的大岩石將鬧區斷成兩半。被壓在底下的某些東西流出了紅色液體。四處飛濺的血跡也相當引人注目。

又噴出了一片鮮血。在這齣慘劇當中，說到在動著的人，只有上半身融化成黑色的詭異人類而已。他們伴隨著野獸般的低吼聲揮落鉤爪，宛如噴泉般的水花從滾落在路邊的屍體身上飛舞濺起。醜陋的野獸一邊用赤紅替漆黑染色，同時張口咬住屍體。難以想像是這世間會有的歡欣尖叫貫穿天際。

沒多久，黑色人類猛然抬起頭來。他們感應到了什麼。他們扔下屍體，順著嗅覺翻滾起來。他們揮起鉤爪，一邊嘶吼一邊發動突擊時——

粗壯的某個東西發出低沉的聲響，貫穿了他們的軀體。是宛如樹枝一般有關節隆起的長「腳」。被吊在半空中的黑色人類，就那樣被拉到襲擊者身邊。即使身體中心開了個大洞，仍然不停掙扎著。假如寄宿在那頭部的螢火是眼球，黑色人類在最後的瞬間，應該目睹到了在黑暗中長滿整排的怪物獠牙吧。

噗咻——黑色水花飛舞起來。把肉與骨頭一起咬碎的駭人聲響。黑色人類的四肢彷彿被捲入黑暗中似的逐漸縮小，沒多久只剩下一雙鞋子掉落在原地。

彷彿想說滿足了一般，纏繞著黑暗本身的巨大影子蠢動起來。

『還不賴……把這個當成我的主食或許也不錯啊……』

男性的沙啞聲響起，還有一個人類蜷縮蹲在一旁，是一身正常外表與高級的西裝打扮。從雙眼滂沱流下的淚水，述說著他還保有常識的理性。他甩亂杏仁色的頭髮，用不成聲的聲音吶喊。

「啊啊……！孩子們！孩子們！怎麼會這樣……！」

那裡是教堂的前院。牆壁和柵欄都已崩塌，火舌燒遍植物和花朵。滾落在四處的粗糙瓦礫旁，倒著小小的人類。是最大年約十歲左右的少年少女。他們穿著同款的襯衫或連身裙，所有人衣服都感情融洽地染上血色。沒有呼喚兄弟姊妹的聲音，注視義父的眼眸也黯淡無光。

被稱為賢者的布洛薩姆，拚命將其中一個斷氣的孩子抱入懷裡。

「所以我才阻止了你啊！以理論來說的確是那樣沒錯，但這種可怕的實驗不可能成功的！居然……居然把『夜之瘴氣』散播到鎮上！」

『閉嘴，布洛薩姆……你看不到從灰燼中撈起來的一丁點成果嗎？』

黑暗主人伸出關節突起的腳，從布洛薩姆手中搶走屍骸。義父急忙伸出的指尖在碰觸到前撲空。從怪物的腳猛然被扔出來的某樣東西，在遠方某處濺起鮮血。

黑暗主人將放開了孩子的腳繞到布洛薩姆背後，把他用力拉向自己的嘴邊。

『控制夜之因子的行動確實是失敗了，但你想想它的來源吧……！你的『摯愛』放出瘴氣，脫離了險境……她能夠繼續活下去啊，沒錯吧……！』

「這……的確是這樣，呃……」

『別擔心，布洛薩姆，今後屑鬼會頻繁出沒在這片土地上吧……但這只代表我們可以獲得定期的「材料」……我們的研究將會邁向更高的境界……！今天是祝福之日！』

布洛薩姆猛然地轉過頭看，發現了至今仍徘徊在鎮上的黑色人類剪影。他聽見勉強倖存下來的生者絕望的哀號。

「你是說這種惡夢！今後也會持續下去嗎……？」

『就當成是流行病吧，欺騙世界吧！你很習慣這種事了吧……』

「……」

『沒有人會懷疑賢者所說的話。只要你說是「疾病」，滲入這片土地的夜之瘴氣就會變成疾病的起因。若不是瑪那能力者，根本無法燒盡。凡夫俗子甚至不可能注意到！你已經無法回頭了，布洛薩姆啊……！』

男人的腳不停顫抖著。引發的慘劇與鎮民喪失的性命，他渺小的背部實在揹負不起這一切的重壓。他手腳嘎吱作響，靈魂產生龜裂。就在心亂如麻的精神終於要被撕裂的前一刻——傳來瓦礫崩落的聲響。

在教堂的前院，有一具屍骸爬了起來，那是個是有一頭黑髮的男孩子。他的衣服也不例外地染成紅色，從頭部流出鮮血。確實確認過男孩生死的布洛薩姆，理性終於在這時崩潰了。

「屍……屍體動了？噫……怪怪……怪物！噫……嘎啊啊啊！」

他鑽過黑暗主人的腳，一溜煙地逃離現場。火焰與黑煙竄起的城鎮上，現在也有大量屑鬼在徘徊，但他大概認為總比面對貨真價實的亡靈好吧。

在布洛薩姆的哀號遠離並消失後，從容地留在現場的黑暗主人，冷靜地識破了亡靈的真面目。黑髮男孩隨後「咳！」一聲地吐出鮮血。換言之，他的心臟還在跳動，腦部仍有血液循環——他還活著。

『人類與藍坎斯洛普的混血兒嗎……！我都沒發現，很自然地混進來了啊。』

黑暗主人讓巨大影子蠢動，從特等席觀察黑色少年。就如同他推測的一樣，身為藍

LESSON: VI
～悠久的婚禮～

坎斯洛普的強韌生命力讓少年從生死境界復甦。只見少年用蹣跚的腳步試圖朝某處前進。黑暗主人的眼珠散發看來深感興趣的光芒。

『你要上哪兒去？你要上哪兒去……！讓我看看吧……』

「……」

黑色少年用彷彿隨時會倒下的步伐一步一步地發出沉重的腳步聲，然後他身體向前彎，跪在地面上。少年靠近到總算能觸及的地方，躺著一名可愛的紅髮少女。

少女果然也大量失血，身負重傷。但黑暗主人「哦」了一聲，露出有些佩服的模樣。

『剩那個丫頭還活著啊……但她很快就會死了！你要怎麼做？好啦，你要怎麼做！』

「…………對不起，蘿賽。」

黑色少年並沒有與黑暗主人對話。他緩緩覆蓋住紅髮少女，然後朝少女宛如白色花絲般的脖子——張口咬了下去。他用銳利伸長的犬齒咬下，讓彷彿紅寶石般的血珠浮起。少女的四肢抽動了一下。手腳的指尖開始痙攣。

隨後，少年的頭髮從髮根染成純白，黑暗主人發出驚嘆的聲音。

『你是吸血鬼嗎！原來如此，你打算吸那丫頭的血，把她變成自己的眷屬啊……的確，有那種生命力的話，就連彼岸也能跨越吧。但這樣好嗎……？』

「……！」

『這麼一來，那丫頭就會受到永無止盡的吸血衝動折磨……淪落成吃人的怪物！她今後究竟能在哪生存……？這世界哪裡有能夠接納你們兄妹的場所……？』

「無論是哪裡都無所謂。」

少年首次回應，他放開少女的脖子並站起身。染紅嘴唇的朱色有一滴掉落。

「我已經受夠死別了。活下去，蘿賽……！」

槍聲就是在這時響起的。

鮮血從黑暗主人的背後濺起，彷彿要撕裂鼓膜般的尖叫響徹周圍。從教堂崩塌的牆壁跑進來的，是三名人類。暗色的軍服孕育出黑煙並舞動著。

「殺掉！」

站在中心，拿著長大左輪手槍的男人這麼命令。左右兩人像消失般地動起，各自拔出長劍與鎚矛。猛烈的風交叉似的橫掃，黑暗主人的巨體噴灑出十字鮮血。他隨即從兩側發動還擊，驚人的強風在前院捲起漩渦，甚至吹散瓦礫。

『咕！唔……唔喔喔喔喔喔！』

隨後，死神的鐮刀以黑暗主人為中心亂舞。正確來說，是關節突起的長腳冒出好幾隻，瘋狂地橫掃周圍。第一個人立刻被砍斷脖子。第二個人在擋住正面的一擊時，從背

LESSON VI
~悠久的婚禮~

後被刺成肉串。生命伴隨鮮血凋零。

然後第三個人，拿著左輪手槍的男性立刻往旁邊一蹬地面。鐮刀尖端深深挖起男人的腰部。「嘎嗚！」他一邊吐著血，一邊在地上翻滾，連護身倒法也無法擺出。

還無暇喘口氣，黑暗主人的巨體便敏捷地動了起來。他一邊穿破地面，一邊飛奔到男人上方，然後將往上揮起的兩隻腳毫不留情地砸下。男人扭動身體，在地面上拚命掙扎。被血弄濕的尖端接連地在他的手、腳、肩膀上挖洞。

黑暗主人總算停止刺擊，俯視人頭即將落地的獵物。他不懷好意地揚起的嘴角流出強力的酸性唾液，讓地面蒸發。

軍服已經坑坑洞洞的男人，用令人欽佩的意志力將左輪手槍保持在右手上。他將不小心含入嘴裡的香菸「嘎」一聲地連同鮮血與菸灰吐出來。

「這……這下頭大了……居然是『聖經』級嗎……！」

『沒錯，我可是統治這片大地者之一……可不是你們這些渺小的人類能打贏的對手喔。』

黑暗主人大幅度地把頭往後移，同時將一隻腳高高揮向天頂。

『但我要稱讚你們，可恨的瑪那能力者。虧你們能以人類之身對我造成傷害……！很好，下次的研究材料定案了……就是瑪那！我就連天敵的能力也納入手中給你們看吧

『……感到光榮吧，你會成為第一個祭品……！』

男人的嘴角也不禁痛苦地扭曲起來。黑暗主人的眼睛嗜虐地閃爍——

隨後，他的右眼球炸裂散落。揮下的前腳穿破別處，巨體大幅晃動，失去了平衡。彷彿劇痛從頭部竄到四肢末端一般，黑暗主人發出要撕裂身體般的尖叫。酸性唾液四處飛散。

『嘎啊啊啊啊啊啊——！』

緊抓住那痛苦掙扎的頭部不放的，是頭髮變白的少年。他揮起長出銳利爪子的左手，不顧死活地使勁毆打。不顧一切地毆出的第三擊把左眼球也擊潰，黑暗主人發出更加悽厲的哀號。

『看不見！看不見啊！上哪去了！我的光芒！』

「……！」

緊抓住宛如大浪一般狂暴的背後不放，就讓少年已經分身乏術。

隨後響起宏亮的槍聲。被釘在地面的男人用拚死的覺悟抬起右手，接連地扣下扳機。灌注了他所有瑪那的槍彈，從零距離讓巨體的腹部炸裂。絕不能輕視的大量鮮血與肉片無止盡地散落。

『咕嘎啊啊！我看不見啊！快住手！快住手——！』

LESSON VI ～悠久的婚禮～

男人抖落子彈射完的彈筒，追加一發重新裝填。

喀鏘——他嵌入彈筒後，將射出凶狠威力的槍口再次朝向天空。

「永別了，怪物。」

獅子的咆哮轟隆作響，巨體的背後被射穿了。可怕的是最後射出的那發子彈，一邊散落瑪那火焰，一邊甚至飛到覆蓋城鎮的天空，在那裡化為細小的星星。

肚子被開了個大洞的黑暗主人，一邊讓男人看見對面的景色，巨體同時精疲力竭地倒落。他將頭部朝向天頂，微弱的痙攣在眨眼間變激烈——

接著就「啪！」地一聲炸裂散落了。化為成千上萬的黑暗顆粒，彷彿海水退潮一般從教堂撤離。讓人毛骨悚然的那個黑色蠢動，沒多久被吸入城鎮的地面，消失無蹤。

軍服男人將一直高舉起來的左輪手槍連同右手放了下來。他強壯的胸膛急促地起伏著。他從嘴裡吐出鮮血，鬆開白襯衫上的領帶。

之後他用僵硬的動作勉強抬起上半身。但他打算在膝蓋上使力站起來時，「咕！」一聲地蹙起柳眉。輪廓深邃的面貌浮現痛苦的汗水。

「好痛……這下可能得從現場退休啊……」

以深深被挖開的腰為首，軍服坑坑洞洞，能夠倖存實在是奇蹟。

從神的手掌中被遺漏的兩個生命，悲慘地躺在前院。男人暫時眺望穿著相同軍服的同伴屍骸，然後他注意到在視野中匍匐前進的小小身影。

「……你打算做什麼啊，少年？」

是白髮隨風搖曳的半吸血鬼少年。從怪物背後被甩落的他似乎也勉強保住了一命。

他鞭策遍體鱗傷的身體前進的前方，有一名讓紅髮散落在地面的少女。

少年再次覆蓋住少女的身體，將手掌放在妹妹的額頭上。

「雖然有些粗暴，但並非辦不到……我要讓蘿賽蒂的記憶沉睡……！封印她回憶中所有關於我的痕跡……！」

「你說什麼？」

「只要忘記吸血鬼的存在，蘿賽應該也會忘掉身為眷屬的自覺。如此一來，她就不會因為渴望鮮血而感到痛苦……能夠當個普通的人類。不會遭到歧視，也不會被欺凌，不會孤單一人……能夠在明亮的世界活下去。」

軍服男人試圖站起身，但果然還是辦不到。少年的視線轉向他那邊。蒼藍凍氣纏在少年指尖上，像在撫摸妹妹額頭似的移動。

「所以我有事拜託你。至少放過蘿賽蒂好嗎……？你是『燈火之都（弗蘭德爾）』的軍人吧。原本應該必須捉住我們兄妹才行嗎？」

「……真沒辦法啊。但我放過她又能怎麼辦？沒人能保證那丫頭不會因為什麼契機

找回身為眷屬的自覺，而襲擊人類喔。」

「我來監視她。相對地，我會成為你的部下，向弗蘭德爾盡忠！」

軍服男像在尋找話語似的沉默下來。他捏起不存在的香菸，吐出思考的菸霧。

「要同意你這種行為，就絕對不能讓她解開記憶的封印。就算那孩子可以留在光芒之中，但她再也不會想起消失在黑暗裡頭的你。」

「無所謂。」

「她不會感謝你，也不會想起你。你只能孤單一人凍僵著身體注視那孩子在安全的地方無憂無慮地笑著。這樣也無所謂嗎？」

「我有所覺悟了。」

「……你為何能做到這種地步？」

男人的眉毛疑惑地扭曲起來。少年浮現出符合他年紀的笑容，流下眼淚。

「因為我希望她能幸福。」

這時，紅髮少女的指尖微微地動了。

雖然被吸入地面的血液收不回來，但傷口已經癒合了。作為吸血鬼眷屬獲得的強韌生命力，讓她轉眼間從死亡的境界復甦。單薄的胸口緩緩地起伏，手腳恢復血色，櫻色嘴唇「呼」地吐出溫熱的氣息。

LESSON VI

～悠久的婚禮～

「哥……哥……」

是在作什麼夢嗎？仍然閉著的眼皮顫抖起來，右手無助地舉起。少年用空著的手握住她的手掌。

「沒事的，蘿賽。我會一直看著妳。」

撫摸額頭的指尖，看起來也像在安撫進入夢鄉的孩子。

「所以妳放心地睡吧。」

† † †

「——原本那樣應該就完全封印住蘿賽蒂小姐的記憶才對。從我被騎兵團收留後的這七年來，我一直在旁關注她的動向，但絲毫沒感覺到她會以眷屬身分覺醒的預兆……我一直很放心。」

講完簡單的往事後，白髮隨風搖曳的庫法窺探著身體前方。

正確來說，是窺探雙膝之間。他的學生整個人坐在那裡，背靠著庫法。她將庫法的雙手拉到自身前面交纏，就宛如被包圍起來的蛋。

兩人至今仍在有小河流過的鐘乳洞裡開了個洞的橫洞角落。會擺出這熱情姿勢的理由，都是為了不讓庫法逃到任何地方吧。

梅莉達用彷彿互相磨蹭肌膚已經變成習慣的動作，隔著肩膀仰望庫法。

「那麼，並非貴族家系的蘿賽蒂大人會獲得瑪那，是因為……？」

「那是我也沒料到的事情。應該是身體被改造成眷屬時，基因構造產生了變化吧。以我的立場來說，只要她能和平安穩地生活就好，但她不知怎麼想的，竟然往上爬到了聖都親衛隊……」

「可是，也多虧這樣才能再次與老師相見呀！」

梅莉達沒有絲毫憂慮地露出明朗的表情，那耀眼的笑容讓庫法瞇起單眼。

「我從沒想像過竟然會有這樣的生活。」

如果與梅莉達相遇那天，庫法早早就完成「原本的任務」，與蘿賽蒂在車站擦肩而過後，便再也不會重逢吧。雖說是偽裝的立場，但能找回與義妹的日常，也是託梅莉達的福嗎？

——小姐。看來妳的成長與我的教育，並不是只有彼此的性命，還賭上了許多無法替代的東西。

不過，現在的庫法還沒有勇氣告訴學生這個事實。追根究柢，這甚至是頭一次向組織外的人坦承自己半吸血鬼的身分。而且對象還是原本的任務——要暗殺的目標。

自己到底要把多少生命線都託付給這少女才會滿意呢？

「老師？」

梅莉達抬頭仰望陷入沉默的家庭教師的臉，一臉疑惑地歪了歪頭。獲得一把祕密的鑰匙，讓她散發著心滿意足的氛圍。看來欠缺一點緊張感——庫法想惡作劇的心情膨脹起來，他突然抓住梅莉達的雙手。

「小姐。就像我刻意讓蘿賽蒂小姐的記憶沉睡那樣，現在的弗蘭德爾並沒有制度可以接納人類與藍坎斯洛普的混血兒。倘若這身分曝光，我不只會失業，還會被冠上莫須有的罪名，遭到處刑吧。」

「怎麼會……！」

「知道我真實身分的，只有隸屬部隊的一小部分人。除此之外，菲爾古斯公和布拉曼傑學院長不用說，包括宅邸的大家、愛麗絲小姐和蘿賽蒂小姐、莎拉夏小姐和繆爾小姐，就連席克薩爾公爵也不知道這件事實……小姐能跟我約定，絕對不會說溜嘴嗎？」

梅莉達緩慢且僵硬地點了一次頭。臉頰的紅潤與緊張，是因為揹負的祕密太過沉重嗎？還是因為庫法的臉貼近到能感受呼吸的關係呢？

「我們約好嘍。如果小姐無法守約，我就會像這樣——」

「啊……！」

梅莉達苦悶地蹙起眉頭。因為庫法突然吻向她的脖子。正確來說，是將臉貼近胸口與脖子之間，作勢要咬她。

毫無防備之處被啄的事實讓十四歲少女的眼眸融化，梅莉達緊緊闔上眼皮。心上人的溫熱吐氣吹向她白皙的頸項。

「——殺掉小姐喔。」

「好……好的……我……我到死都會保密……」

「很好。」

庫法很乾脆地收起獠牙。學生還是一樣用懇求般的眼神仰望著庫法，他迅速地將視線移開。梅莉達日漸性感的舉動讓家庭教師感到困惑。

為了避免加速的心跳被察覺到，庫法繃緊表情，說出他的憂慮。

「問題果然還是在蘿賽蒂小姐。目前還沒有出現任何犧牲者，所以還不成問題，但假如她真的吸了某人的血或殺傷某人的話，騎兵團也就無法像至今這樣只是『監視』她了吧。」

「可……可是，為什麼？這七年來，她一直以人類身分生活對吧？為什麼蘿賽蒂大人到現在才像那樣襲擊人類呢？」

「有人強硬地撬開我封印住的『記憶之蓋』。那就是我跟小姐剛才在這個洞窟對峙

的黑暗主人……而且是七年前在鄉哥爾塔散播惡夢種子的凶手。花費幾年調查的結果，查出那傢伙名叫『納克亞』。」

庫法維持立膝坐著的姿勢瞪著前方看。梅莉達將身體靠在他右膝上，一邊將臉頰貼近他肩膀，同時注視他精悍的側臉。

「我從黑暗彼端感受到非比尋常的咒力……他究竟是何方神聖？」

「似乎在夜界領土也曾是相當高階的藍坎斯洛普。實力也是掛保證的吧。話雖如此，現在卻連一隻眷屬也沒有，潛藏在這種邊境。由此也可得知那傢伙在權力鬥爭中落敗，從夜界遭到放逐。」

梅莉達伸出手掌撫摸庫法的手背。庫法也翻轉手掌，搓揉纖細的指尖。如果不這樣互相碰觸，就彷彿會被不安給壓扁吧。

「勉強保住一命到達這土地的納克亞，向布洛薩姆侯爵提出了什麼交易吧。那恐怕就是十年前的事情……以結果來說，布洛薩姆侯爵以『賢者』身分提昇了名聲，納克亞獲得了用來補強兵力的溫床。」

「補強……兵力？」

「自尊心強烈的人從高階地位被踢落時，妳覺得他會怎麼做？大部分都不會甘於敗者的立場，會想盡辦法東山再起。」

LESSON VI
～悠久的婚禮～

庫法與梅莉達十指相扣。彷彿會立刻折斷的虛幻感，此刻感覺相當舒適。

「看來他用花言巧語操控布洛薩姆侯爵……毫無節操地重複了無數次實驗。七年前總算抓到他狐狸尾巴的騎兵團部隊被派遣過來，原本以為雖然出現犧牲者，但還是成功討伐他了……想不到他居然從那種狀態苟活了下來。」

「我從研修前就聽見了那傢伙的聲音！要是有先告訴老師就好了……！」

梅莉達更用力地握緊纏繞在一起的手掌。庫法露出微笑。

「小姐果然也聽見了？請小姐放心，我也一樣。」

「咦……？」

「倒不如說，傳遞給小姐的是**我聽見的聲音**吧。我們瑪那的連結比世界上的任何人都更堅固。我靠武士技能敏銳地感應到的那傢伙的氣息，也傳遞給小姐了。讓小姐操心了。」

梅莉達只能無力地搖搖頭。庫法從一開始就一直一個人與不見身影的敵人奮戰。因此梅莉達能詢問的，只有更後面的事情。

「……現在的那傢伙究竟有什麼企圖？」

「無論現在或以前，他的主張都是探究新的兵力吧。挑了個未婚夫給蘿賽蒂小姐，想要硬把她拘束在這座鎮上，也是其中一環。」

「咦……？」

「布洛薩姆侯爵很巧妙地說過吧？他說蘿賽蒂小姐的小孩也會是瑪那能力者——將她拘束起來並讓她構築家庭，可以在鄉哥爾塔擴展貴族的家系圖……也就是能永久地回收『瑪那能力者的實驗對象』。」

梅莉達花了一點時間才能夠理解。然後在她想通這番話的意思後，十四歲的少女立刻火冒三丈。

「他居然為了那種事情，打算讓蘿賽蒂大人結婚嗎！」

「對那傢伙而言，人類這種存在只不過是在箱庭中跑跳的老鼠吧。要補充的話，聖弗立戴斯威德的學生也絕非事不關己。請試著思考讓人作嘔的觀點。**有三百種樣本**。那傢伙一定垂涎三尺，迫不及待地等著把學生釘上十字架的瞬間吧。」

「…………唔！」

是因為憤怒、恐懼，還是覺得自己窩囊的關係呢？梅莉達全身顫抖不停。庫法讓低沉的聲音滑入學生耳中，同時不得不在其中交織苦澀的色彩。

「我絕對不會讓他稱心如意——雖然很想這麼說，但遺憾的是，不得不說目前狀況幾乎是按照那傢伙的意圖在進展。」

「咦？」

「沒想到蘿賽蒂小姐會被利用，出乎我意料之外。我像這樣完全被孤立起來，甚至無法公開露面。應該十分清楚這件事的納克亞，在計畫達成之前，絕對不會靠近這邊的攻擊範圍吧。」

梅莉達再次將手放在心上人的膝蓋上，說出繞了個圈子的問題。

「蘿賽蒂大人現在是什麼情況？她被迫做什麼事？」

「就像我剛才簡單地提到的，她身為眷屬的自覺被強硬地撬開。於是這七年來一次也沒吸血過的猛烈飢餓感支配了她，讓她順從衝動襲擊人類。但與此同時，以人類身分生活至今的理性排斥著吸血行為，結果就呈現出那種只有被害者的精氣被吸走，半吊子的昏睡狀態。」

證據就是沒有任何人有外傷。身為人類的蘿賽蒂戰勝了眷屬的本能——目前還是如此。但不曉得她的理性何時會屈服於吸血衝動。

「然後再次把記憶加蓋的話，她甚至無法回想起自己曾做過什麼……這是甚至利用了我的魔術，非常狡猾的手法。而且身為眷屬的蘿賽蒂小姐發揮出力量的期間，連我的本性都會像這樣被拖出來。」

梅莉達伸出手指，撫摸庫法彷彿冰之國王子的白髮。

「變不回去嗎？」

「變不回去。否則我就不會在這種危險的狀況下讓小姐落單了……就像剛才請小姐跟我約定的一樣，倘若在學院長和學生面前暴露出現在的模樣，對她們而言，我才是『應該排擠的怪物』。那麼一來，就正中納克亞的下懷。」

「……老師在學院說『身體不適』，是因為這個緣故啊。」

難怪庫法在重要的場面經常都沒有不在場證明。襲擊時他無法待在眾人面前，還有突然從梅莉達身旁不見人影，都是因為這個緣故吧。

「要說這兩天我能做到的事，頂多就是排除在陰影處徘徊的屑鬼，稍微確保聖弗立戴斯威德師生的安全。」

這個完美無缺的家庭教師，很少會像這樣看似痛苦地咬住嘴唇。梅莉達一邊靠在他的體溫上，同時用認真的表情望向下方。

事情發展至此，梅莉達總算理解了。愛麗絲想傳達的不是布洛薩姆侯爵也不是庫法的事情，而是關於蘿賽蒂的事情！就像梅莉達一直看著庫法一樣，愛麗絲也看著自己的家庭教師。一直陪伴在蘿賽蒂身旁的愛麗絲，最先察覺到她這幾天的樣子不對勁吧。

梅莉達伸手觸摸靠在一旁的長劍，彷彿能感受到使用者沉默的遺憾。梅莉達緊緊握住拳頭，挺身探向自己的家庭教師。

「老師。看到蘿賽蒂大人被那種傢伙操縱，重要的愛麗受到傷害，連老師都像這樣

LESSON VI ～悠久的婚禮～

被逼入絕境……我覺得非常非常不甘心！」

「我也是同樣的心情。不能就這樣放任那傢伙不管。倘若我們袖手旁觀，無論是對鄉哥爾塔的居民而言，或是對學院的師生而言，一定遲早都會陷入不幸的結局吧。」

梅莉達看似焦急地搖晃身體，有節奏的振動傳遞到庫法的膝蓋。

「但那傢伙究竟躲藏在哪裡？明明從學院就一直躲在大家身旁，卻只發出聲音，完全不露面，實在太卑鄙了！」

庫法難得地含糊其詞，移開視線。在他的一反常態讓梅莉達感到困惑時。

「……真要說的話，有一個方法可以粉碎那傢伙的野心。」

「那方法有什麼問題嗎？」

「就憑我一個人是辦不到的。」

梅莉達一臉驚訝，疑惑地歪了歪頭。像是在說那為什麼是問題一樣。

彷彿要讓認知的齒輪咬合一般，庫法重新面向學生。

「所以說——我有個提議。小姐，能請妳保管我的生命嗎？」

梅莉達的眼眸緩緩地睜大。即使扣除庫法變得感傷這點來看，這光景也非常罕見吧

——身為領導方的他，居然會將命運交給學生掌舵。

對庫法而言，那或許是等同於城鎮的天空崩塌下來的不安也說不定。

同時對梅莉達而言，那是愈洶湧愈會讓感情燃燒起來的駭浪。

梅莉達將手掌貼在心臟的位置，能回答的話語只有一句——

「老師，我的生命無論何時都與你同在。」

「感謝妳……My Little Lady。」

庫法輕吻梅莉達的指尖後，緩緩站起身來。他輕快地拉起學生。優雅地邀請彷彿長出翅膀一般的金髮天使。

「那麼小姐，立刻開始吧？」

「咦……開……開始什麼？」

「哎呀，小姐忘了嗎？忘了我對妳而言是什麼人——」

庫法解開軍服的鈕釦，脫掉外衣。他鬆開領帶、捲起袖子的動作讓梅莉達總算清醒過來。沒錯，即使庫法是吸血鬼，縱然這裡並非宅邸後院，而是微暗的鐘乳洞，兩人的關係也不會動搖。

白髮隨風搖曳的家庭教師，在揚起的嘴角洋溢熟悉的生命感，開口說道：

「明天展開行動。在那之前，要請小姐用身體記住必勝的策略。今晚的我難以控制力道。我會嚴格指導到小姐站不起來，還請做好覺悟。」

「麻……麻煩手下留情……」

兩人獨處的夜晚，看來很難只在浪漫的氛圍中結束。

† † †

LESSON VI
～悠久的婚禮～

換日之後，聖弗立戴斯威德的少女在鄉哥爾塔迎向第三天。決定這座地底城鎮及留宿在鎮上的所有人命運的瞬間造訪了。

雖說能正確理解這件事的只有非常一小部分的人，但神奇的是這天地底城鎮彷彿在等候天上的審判一般，莊嚴地鴉雀無聲。沒有任何一間民宅亮著燈，一整排商店都掛著「CLOSE」的牌子。感覺有些寂寞的風吹過細長的隧道，連一個會傾聽風聲的路人身影也看不到。

「大家都上哪兒去了呢……」

孤單一人的梅莉達一邊側目看著空蕩蕩的攤販，同時奔馳在街道上。宛如鬼鎮一般的光景雖然詭異無比，但現在反倒對梅莉達有利也說不定。梅莉達並沒有忘記昨晚企圖從飯店拚命逃離時的恐懼。這麼一來也沒必要繞路，紅薔薇的制服身影一直線地穿越過邁向目的地的最短路線。

沒多久後到達的地方，正是梅莉達等人留宿的洞窟飯店。這裡果然也一樣，別說工作人員的身影，就連同校的紅薔薇也一朵不剩。梅莉達穿過無人看管的大廳，首先前往二樓。她連門也沒敲地推開不可能忘記的一扇門扉。

隨後，有人從室內飛撲了過來。

「梅莉達學妹，幸好妳沒事！」

「哇！米……米特娜會長……」

用力抱緊嬌小梅莉達的人，是聖弗立戴斯威德的米特娜・霍伊東尼學生會長。雖然年長卻惹人憐愛的美貌，因淚珠而濕透。

室內就如同昨晚殘留在記憶中的一樣，無可替代的銀髮天使在床上睡著。毛毯十分平整，看來少女的睡眠似乎很安穩。即使先不論至今仍沒有恢復意識這點，揪住梅莉達胸口的荊棘也解開了一把。

「是米特娜學姊幫忙看護她的啊。」

梅莉達從近距離抬頭仰望，於是學生會長很難為情似的染紅了臉頰。

「我……我真是的，昨天混亂成那樣……實在太難看了。」

「學院的大家還好嗎？」

「雖然保安官迪克先生強硬地闖入大廳，但學院長跟講師露出非常凶狠的面貌，把他們趕出去了。而且他們得知妳本人已經不在飯店，還有——對……對了！梅莉達學妹，

LESSON: Ⅵ ～悠久的婚禮～

妳離開之後，發生了很不得了的事情喔！」

離別之後堆積了很多想說的事情吧。米特娜會長如連珠炮一般，瞬息萬變地變換著話題。

「妳猜決定性地阻止了迪克先生他們的人是誰？——是蘿賽蒂老師喔！我們以為被人帶走的她若無其事地回來，說到當時大家的表情呀！布洛薩姆侯爵實在太厲害了，真的把她治好了呢！」

這時應該誇張地裝出驚訝的樣子吧，但梅莉達只能浮現曖昧的表情。蘿賽蒂從死亡深淵復甦並不是布洛薩姆侯爵的本領，而是她本身具備的作為庫法眷屬的恢復力吧，而且她伴隨蒼藍火焰消失無蹤也不是被帶走，而是因為納克亞的煽動吧。

梅莉達覺得什麼都不回答也很不自然，因此拚命編織出回應的話語。

「那……那麼大家現在上哪兒去了？為什麼鎮上都沒人呢？」

「結婚典禮！布洛薩姆侯爵的態度轉變之快，讓我都快頭昏眼花了。明明昨天才發生那種事，今天卻要按照預定舉行蘿賽蒂老師與迪克先生的結婚典禮！鎮上的居民和學院的大家，現在都聚集在當作典禮會場的教堂喔。」

「蘿賽蒂大人她……同意要結婚了嗎？」

米特娜會長有些迷惘似的身體往後退，將食指貼在臉頰上。

「這個嘛，雖然傷勢能夠痊癒實在是萬幸……但她的樣子有些奇怪。就算我們向她搭話，也只會回以曖昧的回應……不，追根究柢，布洛薩姆侯爵說要準備結婚典禮什麼的，很快就把她帶走，也沒能好好聊上什麼……但那樣簡直就像……」

「那女人八成被下藥了吧。」

第三人的聲音響起，梅莉達與米特娜會長猛然轉過頭去。

不知不覺間，看起來比梅莉達還年幼的淺黑色少女穿著學院講師的長袍，像在擺架子似的站在房間入口。她用力關上房門，走近這邊。

「拉克拉老師！」

「能從那狀態活下來，實在相當頑強——更正，是相當了不起，但她大概在意識朦朧的期間被下藥了吧。看她那副宛如人偶的樣子，現在的『一代侯爵』八成沒有認識現況的能力。等她恢復正常時，典禮早已經結束，那傢伙就成了迪克先生的妻子——是打這種主意吧。」

「怎麼這樣……真過分……！」

玩弄人心的納克亞，還有對那傢伙言聽計從，打算奉上愛女的布洛薩姆侯爵讓憤怒湧上心頭。拉克拉老師平淡地走近顫抖著拳頭的梅莉達面前，然後踮腳尖並舉起手臂——過了一會兒後她放棄踮腳，用講師的權限命令。

LESSON VI ～悠久的婚禮～

「噯，安傑爾，妳稍微蹲下來一下。」

「？什麼事？」

坦率的梅莉達照她所說的蹲下，隨後毆打了頭頂的拳頭讓梅莉達眨了眨眼。淺黑色指尖蘊含著讓人出乎意料的感情，細小的星星在視野中飛散。

「我不是叫妳別一個人貿然行動嗎！」

「嗚，對不起……」

梅莉達露出哭聲並按著頭頂，拉克拉老師「哼！」了一聲，收起拳頭。

「……妳見到那傢伙了嗎？」

她靜靜提問的話語讓梅莉達繃緊表情，用力點了點頭。梅莉達再次平等地交互看著這房間裡唯一的同伴，學生會長與年輕講師——她想到絕對不能忘記的事，轉頭看向床鋪，只見愛麗絲在床上睡著，梅莉達將之前借用的長劍靠在床鋪旁。

「我有事情要拜託拉克拉老師妳們，請助我一臂之力。」

「我就當成是借給那傢伙的人情吧……妳打算做什麼？」

梅莉達沒有立刻回答，她首先把窗戶的窗簾拉到邊緣。讓昏暗充斥房間，翻動在這當中也神聖閃耀著的金髮，開口說道。

彷彿在報復之前某件事一般——

「首先要換衣服。」

† † †

梅莉達等人到達的時候，那裡確實已經聚集數不清的人群。美麗的紅薔薇少女在土地外側成群結隊，鄉哥爾塔的居民則在教堂前院分成左右兩排，空出一條道路。然後根據米特娜會長所說，禮拜堂裡面是與新郎新娘關係特別親近的人們，還有以布拉曼傑學院長為首的幾名學院相關人士受邀。

聖弗立戴斯威德的女學生似乎也都一臉困惑，不曉得該不該祝福這場根本無暇喘息的婚禮。但正當她們在人牆最後方束手無策的時候，有人注意到從鎮上遲來的三人組。

「梅……梅莉達小姐！」

聽到這聲呼喚，不只是同校的少女，就連鎮上居民也騷動起來。現身的是站在前頭的梅莉達，還有在她左右後方待命的米特娜會長與拉克拉老師。

所有人首先都被金髮天使吸引了目光。她並非學院的制服打扮，而是身穿體現出純潔的演武裝束。左手拿著愛刀刀鞘。沒有任何花言巧語，毫不迷惘的腳步讓女學生自然地讓出道路，紅薔薇花束迅速地朝左右兩邊分開。

LESSON VI

～悠久的婚禮～

然後相反地，在她踏入教堂前院的瞬間，鎮上的人們團結一致地阻擋她的去路。理應敞開的道路被一整排的憤怒的神情給堵住。

「是金髮！就是這女孩吧，昨天襲擊布洛薩姆先生的軍人的妹妹，就是她吧？」

「我聽說是戀人喔……還是隨從？」

「是什麼都行，保安官下令要抓住她！」

「勸你們住手。」

順利地預測到這種發展的拉克拉，拔出早已經握在手上的槍把。看到她毫不猶豫地將槍口對準己方，鎮民宛如磁石相斥一般動搖後退。

「她是我們學院的學生——這把槍的扳機很好扣喔。」

「妳……妳……妳打算威脅我們？身為貴族的騎士要威脅我們這些人民嗎！」

「你要到黃泉僱用律師嗎？」

臉色蒼白的一人首先撤退，那彷彿成了契機一般，鎮民一齊遠離三人組。拉克拉「哼」了一聲並收起左輪手槍，梅莉達再次沿著敞開的道路勇往直前。

她之所以一言不發地緊閉嘴唇，是因為緊張得不得了。儘管至今曾有幾次不小心引人注目的狀況，但很少有主動站上大舞臺的情況。而且這場表演的主角，原本另有其人。梅莉達卻在此時從觀眾席跳出去，企圖搶走聚光燈的焦點。這實在太缺乏真實感，讓梅莉達感覺快昏過去。

倘若是單獨一人，八成會在這種如坐針氈的情況中倒下吧。能夠順利到達教堂的大門前，都是多虧了牽著自己左手的米特娜·霍伊東尼學生會長。讓身為二年級生的梅莉達還能撒嬌的三年級生。底下都是學妹的學姊，伴隨著微笑推了梅莉達一把。

「一路順風。」

簡短的鼓勵讓梅莉達也輕輕點頭回應。她們的支援就到這邊為止。之後的階梯必須靠梅莉達一個人爬上去才行。那是一段狹窄且陡峭，彷彿走鋼索一般沒有盡頭的階梯。梅莉達的肩上背負著自己和庫法，還有眾多人們的命運。

指尖不自覺地顫抖，總算握住門把的手掌冰冷且僵硬。這時，梅莉達想起對自己而言是另一片羽翼的少女。感覺從飯店出發前用力握住自己的堂姊妹的手掌，現在也給予梅莉達的手溫度。

——我要上嘍，愛麗。我要去搶回妳的家庭教師！

一隻幻想的左手重疊在梅莉達戴上手甲的右手上。雖然那不過是眨眼間就消失無蹤的幻影，但推開的門扉輕盈得令人驚訝，打開門的聲響伴隨著鮮明的逆光，劃破禮拜堂的空氣。

LESSON VI ～悠久的婚禮～

「這場婚禮！給我等一下————！」

門後的光景大致就跟事前預測的一樣。

在中央延伸的寬敞紅色通道、並排在左右兩邊的長椅。擠滿在長椅上的人們訝異地張大了嘴，轉頭看向闖入者。就彷彿被丟進戀愛小說的世界裡一般沒有真實感吧，梅莉達也一樣。在同樣目瞪口呆的出席者當中，學院長在聖弗立戴斯威德的相關人士並列的一角喃喃自語：「安傑爾小姐？」

然後最為困惑的是當事者吧。也就是在紅地毯終點面對面的新郎新娘。穿上不適合他的燕尾服的迪克先生，以及用毫無生氣的眼眸注視這邊的蘿賽蒂。布洛薩姆・普利凱特一副聖職者的打扮，拿著仿照法典的書本擔任神父。場所正是祭壇深處。

蘿賽蒂的身影十分美麗，倘若不是這種狀況，梅莉達應該會陶醉地染紅臉頰並看入迷，或是不禁浮現淚水想祝福她吧。也就是少女的憧憬，純白的婚紗禮服。

但梅莉達同時也感到焦躁。那身服裝不該在這種充滿虛偽與陰謀的禮拜堂穿上。此刻被端麗的純白包圍著的她，令人哀傷的是具沒有意志的空殼。蘿賽蒂應該有真正想要以這副裝扮與其面對面的男性才對。

所幸典禮似乎才剛舉行到新郎新娘入場完畢而已。別說誓約之吻，就連交換戒指和向神宣誓這些儀式都還沒完成半樣。祭壇前的神父正要開口說話的嘴驚訝地僵硬住。在他顫抖的嘴唇說出什麼話前，梅莉達踏出腳步。

「蘿賽蒂大人，我不准妳在這裡退出比賽喔！」

「……咦……？」

她毫無霸氣的聲音勉強傳遞到了。能否在這裡讓蘿賽蒂有那個意思，是最初的勝負。為了傳遞到被藥迷惑的她的內心，梅莉達發出更宏亮的聲音。她踩響紅地毯。

「我還沒有在任何一點上贏過蘿賽蒂大人。關於老師的事情，我一直輸得很慘！如果蘿賽蒂大人就這樣跟其他人結婚，我不是很悽慘嗎！就算能跟庫法老師締結連理，我也一點都不暢快。」

「小……小庫……？」

「如果妳無論如何都要結婚，請妳現在就在這裡承認，關於對庫法老師的愛，妳是遠不及我的。承認我比蘿賽蒂大人更適合庫法老師。所以蘿賽蒂大人才會逃走，請妳認輸吧！」

「嗚……嗚嗚……！」

蘿賽蒂按住額頭。彷彿想說頭痛欲裂一般。禮拜堂的出席者、聚集在大門前的鎮民，還有學院的女學生都屏住呼吸在旁守護，在這當中連忙大喊出聲的是布洛薩姆侯爵。他

LESSON: VI

～悠久的婚禮～

試圖抓住新娘的肩膀，但卡到祭壇。

「等……等……給我等一下！妳突然闖進這麼重要的場面，在說些什麼啊！」

「請侯爵不要插嘴，這是我跟蘿賽蒂大人之間的問題！」

「妳妳……妳說什麼！可惡，真不像話！——迪克！迪奇！」

新郎的視線忙碌地來回移動。神父敲了敲法典的封面，催促著上帝。

「用不著理會小鳥的鳴叫，繼續進行婚禮！好啦，迪克、蘿賽蒂。倘若汝等對這場夫婦的誓言有異議，就出聲告知眾人吧！」

「「…………」」

岳父施加的壓力讓迪克先生閉上了嘴。蘿賽蒂的內心至今仍未找回自由。最想吶喊出聲的人是梅莉達。

確信勝利的侯爵嘴唇扭曲起來。就彷彿絕世的瘋狂科學家一般。

「咈哈哈！那麼，進行誓約之吻。這一吻將讓兩人結為夫婦！」

「可……可是岳父，蘿賽蒂的樣子好像不太對勁——」

「別管那麼多，快吻下去！噗啾地親啊！快，噗啾地親下去！」

根本毫無浪漫可言。被神的使者這麼怒吼，新郎縮起粗壯的肩膀，重新面向新娘。

出席者面面相覷，驚慌失措。聖弗立戴斯威德的布拉曼傑學院長流下焦躁的冷汗，梅莉達也同樣因絕望而凍僵。

迪克的手掌搭在新娘的兩肩上。即使看到他上半身彎向前，新娘仍動也不動。

「蘿賽蒂大人！妳沒有在這裡恢復正常的話，我會看不起妳喔！」

「慢點，別潑冷水啦！這可是我一生一世的大舞臺耶……」

迪克的臉有些猶豫地縮了回去，他「咳哼」地清了清喉嚨，重新來過。

「雖……雖然好像有些吵鬧，但妳總算有意跟我結婚了吧，蘿賽？我絕對不會讓妳後悔的，我會用一輩子讓妳幸福……！」

新郎用非常生澀的感覺突出嘴脣，上背僵硬地開始傾斜。

男女的側臉相對的那光景，不由分說地讓鋒利的記憶在梅莉達內心復甦。春假的加冕典禮、心上人的青年與自己以外的少女美麗的接吻場景。

在視線前方的人影重疊起來時，另一把刀刃將會挖開相同傷痕一事顯而易見。

「請妳不要讓我跟妳的學生……再次體驗到那種痛楚！」

「————」

輕輕地。

戴著手套高舉起來的手，這次是新娘的手掌。

「……我的嘴脣已經成了那傢伙的東西，所以不能給其他人。」

LESSON: VI
～悠久的婚禮～

她按住新郎的臉，輕輕拒絕之後，差點要締結的緣分的消失，讓兩個人發出哀號。就是與新娘面對面的新郎本人，以及藥物束縛被打破的布洛薩姆侯爵。

「咦？不……不能給是指……為什麼？」

「怎……怎麼可能，蘿賽蒂……？居然克服了我的最高傑作……！」

蘿賽蒂沒有加以理會並轉過頭，她注視情敵的眼眸寄宿著明確的意志光芒。看到她咧嘴一笑，梅莉達也像在回應似的回以大膽無畏的笑容。

流過背後的冷汗不知何時散發出熱度，轉變成衝撞前的昂揚。

「被晚輩講成這樣，我可不能悶不吭聲。我也一直想跟梅莉達小姐好好分一次勝負……好喔，就讓妳嚐嚐我的真本事。」

「我才要讓妳見識一下弟子與師父、主人與隨從的強韌羈絆呢！」

「這可難說喲，最能夠分攤小庫的痛苦與辛勞的人是我喔！」

「那……那個，我的立場呢……」

話說到一半的新郎迪克，被看也不看他一眼的蘿賽蒂輕易地推開肩膀。他被推回到會場裡的一張長椅上，淪為可憐的觀眾之一。

蘿賽蒂緩緩估算與梅莉達之間的距離，徐徐撕開婚紗禮服的裙襬。「「啊啊！」」發出哀號的阿姨大概是裁縫師和著裝師本人吧。她撕出一道甚至能窺見大腿的開衩，擺出戰鬥態勢。

梅莉達拔出自身的刀，用另一隻手扔出圓月輪。蘿賽蒂面不改色地一口氣捕捉住不知何時被借走的，愛用的兩把武器。

雙方緩緩壓低重心的瞬間，每個人都察覺到周圍的空氣摩擦出火花。

「到底誰才適合站在庫法老師身旁──」

「到底誰才更深愛著小庫──」

「「一決勝負吧！」」

轟！一般鎮民無法立刻理解到這聲咆哮是空氣的低吼。更不用說彷彿消失一般動起來的兩人，以及中間點的衝撞產生的衝擊波。飛散成圓環狀的強風，讓位在附近的出席者從椅子上跌落。

聖弗立戴斯威德的講師迅速地將觀眾從長椅拋向後方，同時面面相覷，互相笑了起來。姑且不論事情經過，這是一場認真的對決。對血氣方剛的教官而言是最棒的佳餚。

「哪邊會贏？」、「有趣。」

梅莉達與蘿賽蒂絲毫不在意觀眾這樣的反應，兩人在極近距離讓武器相撞。宛如鎌

LESSON VI ～悠久的婚禮～

鼬一般的風之低吼，看起來只像一瞬閃光的斬線，兩人用腳法與身法令人眼花繚亂地改變站立位置，同時以多彩多姿的角度使勁揮動手臂。

明明蘿賽蒂的看家本領應當是中距離戰，卻無法在近距離戰壓制對方的梅莉達不禁咬緊牙關。她活用身高差距，左右的圓月輪被卯足全力地甩過來。每擋住一擊膝蓋便下彎，有節奏的第五擊讓梅莉達仰躺倒地。刻意這麼做的梅莉達流暢地滾向後方，一邊旋轉一邊跳起後，被追隨上來的蘿賽蒂給踹飛——對方比自己預測到更遠的一步。

梅莉達咚咚咚地踩著長椅背，飛越觀眾的哀號在牆上著地。出乎意料的威力讓膝蓋嘎吱作響，梅莉達無視這點，發動突擊。蘿賽蒂分毫不差地擋下敵人宛如弓箭一般彈回來的尖端。她將劍尖甩向地面，毫不留情地朝翻滾身體採取護身倒法的梅莉達縮短距離。

「妳變強了呢，梅莉達小姐！在去年的公開賽時，妳明明還因耗盡瑪那而快哭出來！」

「因為我也升上二年級了嘛！」

儘管拚命地這麼反駁，但原本應該就連回嘴的體力都感到可惜。蘿賽蒂也並非萬全的狀態。不但穿著難以行動的婚紗禮服，迷昏她的藥效應該也沒有徹底消退吧。並非只因為疲勞冒出的汗水四濺，劍尖時而遲鈍下來。

明明如此，梅莉達卻一直被左右的圓月輪描繪出的變幻自如的舞蹈給玩弄在股掌間。她用一刀流集中在防禦上，刻意不制止猛烈的一擊，跳向後方。

在著地之後，背後立刻響起「噫！」一聲的簡短哀號。是無法從祭壇隨便移動的布洛薩姆侯爵。梅莉達留意著不被任何人察覺，吐露出焦躁的情緒。

「位置很糟……！」

左手轉著圓月輪，將右手的另一把拋在半空中把玩的蘿賽蒂，用儘管如此也毫無破綻的站姿緩緩拉近距離。將兔子逼入絕境想必很愉快吧。

「妳要怎麼做，梅莉達小姐？如果妳承認『小不隆咚的我才配不上老師』，我可以手下留情，不再欺負妳喔。」

「……就憑現在的我，的確無法與庫法老師並肩。」

「哎呀，真老實。」

梅莉達將左手貼在握柄頭上，緩緩站了起來。梅莉達自然地將站立位置向左移，蘿賽蒂則是向右……她說不定是察覺到梅莉達有什麼意圖。

通道並非長度而是寬度成了間隔，雙方的距離慢慢地縮短。

「雖然我升上了二年級，但才二年級而已。我之後會升上三年級，然後畢業並成為獨當一面的騎士，一步一步地靠近老師身旁給妳看！」

LESSON: VI
～悠久的婚禮～

「在妳那樣悠哉行動的期間，我跟小庫可能都去度蜜月嘍。」

「還有時間，因為我有一點是勝過蘿賽蒂大人的。」

梅莉達秀出王牌，於是蘿賽蒂的雙腳停了下來。她疑惑地蹙起眉頭。

「……什麼意思？」

「春假的那一天，是蘿賽蒂大人主動出擊的…………對吧？」

「嗯，是呀。」

梅莉達像是在炫耀似的用指尖撫摸桃色嘴脣給她看。

「我則是老師主動的。」

只有一小部分人透過那句話與動作而察覺到吧。

具體而言，是學院的女學生和講師，她們彷彿機不可失似的浮躁起來，活潑地開始議論紛紛。「貴為公爵家卻跟隨從？」、「梅莉達小姐真是成熟呢！」、「那個可惡的殘暴教師……」、「梵皮爾先生真是沒節操。」雖然這些話題讓鄉哥爾塔的居民一頭霧水，但已經傳達給應該知道的人。

蘿賽蒂乍看之下相當冷靜，是因為她額頭正冒出青筋。儘管岩漿從內心深處慢慢沸騰起來，她表面上仍裝出冷靜沉著的態度。

「哦……哦哦～畢竟你們一起生活，我想應該有很多接觸吧……但那傢伙會不會對學生太擅自妄為了呀？」

「而且還是兩次。」

啪！

究竟有誰能阻止理智終於斷線的蘿賽蒂發動攻擊技能呢？被往上揮起的右手的圓月輪，轟隆地纏繞著前所未見的緋紅火焰。

「小庫這個花心大少——————！」

梅莉達同時將刀銳利地收回刀鞘。像猛摔似的落下的刀刃「鏗！」一聲地響起鮮明強烈的音色。自己的炸彈發言讓同班同學發出更尖銳的歡呼聲，但目前先無視。比起向她們解釋的藉口，更應該處理的威脅就在眼前。

——現在是關鍵時刻！

梅莉達做好覺悟，必殺的絕招終於對準她發出咆哮。

「『波爾卡民族舞——————』！」

蘿賽蒂的圓月輪分裂成四把，接著更增加到八、十六、四十——在半空中排成一列的緋紅火焰，正是收束起來的瑪那本身。大量被複製出來的輪刀轉圈圍住梅莉達，隨後被發射出來。

相對的梅莉達則是右手放握柄，左手放刀鞘上，以完全防禦的架勢不斷擋住連續攻

LESSON VI
～悠久的婚禮～

擊。從四面八方的圓頂傾瀉而下的光芒，就宛如天上之箭，在中心舞動的少女是向繁星祈願的舞姬。未曾間斷的金屬聲響，永無止盡的火花——

一記攻擊掠過梅莉達的左腳。不愧是蘿賽蒂，以絕妙力道控制過的那攻擊是「能夠挽回」的程度。雖然不會砍斷，但強烈的劇痛讓梅莉達彎下膝蓋，失去平衡的右肩遭到追擊。天上之箭追逐著無法反抗而滾向後方的梅莉達。第五根箭在穿破地毯時刺向左手手掌，梅莉達在跳起來的同時用右腳一踢並後空翻。輪刀用舞動般的步伐圍住梅莉達。

第一記打向右手，第二記勉強掠過背後，順著旋轉的氣勢將第三記反彈回去。將最後的第四記拍落地面，終於撐過這怒濤般的四十連擊。

「『幻！刀！術』！」

局面發展至此，梅莉達像是要發洩鬱憤一般地咆哮。超越極限的輝煌火焰一口氣噴射出來，那些火焰前往佩在腰際的刀鞘。梅莉達**微妙地偏離**向前踏的位置，拔刀。

「『雷牙絕衝』！」

火焰伴隨解放出來的刀身燃燒蔓延，蘿賽蒂驚愕地睜大了眼。

因為其威力——並非大到驚人，而是**太過弱小**。範圍與射程雖然有相當水準，但攻擊力被削減到極限，就算直接命中一般人，也只有熱風程度的傷害吧。這究竟是以什麼為目的所設計的攻擊技能呢——

這樣的思考在剎那間被吹飛，同時混亂起來。梅莉達在拔刀的瞬間偏離前踏位置，銳利地扭動了身體。解放出來的火焰大幅度往右偏——突襲呆站在那前方的祭壇，扮演神父的布洛薩姆侯爵。

「咦？——唔哇啊！」

轟！吹向他後方的火焰的確沒有對他造成任何傷害吧。會被只是範圍廣闊的瑪那之風影響的東西，頂多就此刻從侯爵杏仁色頭髮上吹飛的一隻小蜘蛛罷了。

『嘎啊啊啊！好燙————！』

響徹禮拜堂裡面的那聲尖叫，蘿賽蒂不用說，更讓所有聚集起來的人都僵硬住了——是誰的聲音？在每個人都陷入混亂時，響起一個宏亮的腳步聲。是立刻使勁揮起愛刀，朝蜘蛛更進一步發動突擊的梅莉達。

「不抵抗可是會死的喔！」

『——唔！』

只不過是滾落在地板上的渺小蜘蛛，隨後在刀觸及之前放射出衝擊波。不合常理的壓力擴散成圓頂狀，梅莉達不用說，還吹飛位於極近距離的布洛薩姆侯爵和祭壇，將最前排的長椅連同出席的客人統統橫掃在地。

梅莉達躺倒在紅地毯正中央，但她立刻讓上半身跳起，確信自己與庫法的計畫成功了。

「可惡的神之子……梅莉達．安傑爾！妳挺有一套的嘛……！」

在禮拜堂最深處，宛如巨人披肩一般的掛毯前，應該是最常暴露在出席者視線底下的地方，不知不覺間有一名青年蜷縮蹲在那裡。沒有人能立刻理解到那就是小蜘蛛變化後的模樣吧。因此讓人們的直覺顫抖起來的，是從他身上吹過來的凍氣壓力；讓學院的講師群感到緊張的，是他的真面目。

「「「竟然是藍坎斯洛普！」」」

這聲警告讓所有人一片譁然。包括鄉哥爾塔的鎮民和聖弗立戴斯威德的女學生與講師群。在所有人的敵意與恐懼都集中在一點上的絕佳瞬間，梅莉達彷彿機不可失似的跳起，大聲喊道：

「就是這傢伙！他就是襲擊孩子們的真凶！」

騷動穿過眾人之間。神祕青年至今仍迷惘著該如何對應似的咬緊牙關，人們將視線在他與梅莉達之間徘徊。梅莉達更高聲地在驚慌失措的氛圍中發表自己的主張。

「這個藍坎斯洛普就像剛才那樣，能夠視情況分別變成蜘蛛與人類的模樣！他用這種能力混入人群當中，襲擊學院的大家和鎮上的孩子們！庫法老師只是被這傢伙給陷害而已！」

即使梅莉達是「無能才女」，大人和一般平民對她都沒有抱持好感。

但人類與藍坎斯洛普相較之下，人們會本能地信任哪方，不證自明。到這種時候還想彈劾庫法的氛圍完全從眾人腦海裡煙消雲散，特別是總算確定了攻擊矛頭的聖弗立戴斯威德講師群，他們的憤怒更是驚人。

鎮民發出哀號，衝向禮拜堂的出口，相反地講師群則是爭先恐後地拔出武器，包圍藍坎斯洛普。蜷縮蹲在祭壇殘骸前的青年，似乎總算接受了劣勢。他之所以醜陋地吊起嘴脣，是基於強烈的自尊心嗎？

「咕哈哈……漂亮！看來我似乎太小看妳了啊，梅莉達．安傑爾。」

與曾聽過幾次的沙啞聲截然不同，青年發出充滿磁性的中音，站起身來。

可以說是非人類的美貌吧，那聰明伶俐的面貌讓人莫名聯想到庫法。他將宛如女性般柔順的長髮束起，包住瘦弱身軀的是彷彿貴族子弟的披風與背心。笑容很適合他——沒錯，他經常面帶像在輕視人的嘲笑。

「噢，若是這模樣就『看得見』喔。能一睹風采，不勝欣喜。吾名為納克亞。」

青年撥起瀏海誇耀他美麗的眼眸，同時恭敬地向眾人行禮。

LESSON VI
～悠久的婚禮～

「承蒙邀請參與這般盛大的典禮，實在深感光榮。就如同您剛才介紹的，我是藍坎斯洛普……『大蜘蛛』！不知您耳聞過嗎？能視情況分別使用多彩型態的能力，不過是我咒力的一端。還有首先希望諸位能理解的是——」

「收拾他！」

在敵人露出破綻的一瞬，講師群從四方飛撲而上。面對縱橫自如地逼近的刀刃，納克亞依舊闔著眼皮，並流暢地高舉手掌——

「我可不是小嘍囉能打贏的對手。」

他在睜開眼的同時，擴散出驚人的凍氣。講師群被彈回對面，剩餘的衝擊在地板和天花板上挖洞。驚人的轟隆巨響炸裂開來，出席者發出哀號。

像在嬉戲一般射出的凍氣子彈瞄準了梅莉達。在她遲了些挑起刀的同時，以看不清的速度滑入的某人，在那之前釋放出轟炸般的火力。

緋紅火焰與凍氣激烈衝撞，壓力在中間點炸裂。地毯掀起，地板爆碎。蘿賽蒂讓紅髮與婚紗禮服隨那陣衝擊波搖曳，同時狠狠地瞪著敵人。被她庇護在背後的梅莉達，看到眼前的女性散發出來的怒氣（壓力），驚訝得睜大雙眼。

「把我的世界搞得亂七八糟的人……原來就是你……！」

呵呵——納克亞留下優雅的一瞥，流暢地轉過身去。他掀起掛毯，只見底下有一扇門扉，他用蠻力撬開那扇門。在他溜入那深處的黑暗前，他再次轉過頭來留下微笑，倒退著融入黑暗當中。

他在挑釁自己──蘿賽蒂感受到這點的同時，某人從禮拜堂側面飛奔過來。是燕尾服已經弄髒到不見原形的迪克。

「蘿……蘿賽，岳父不見了！他上哪去了？剛才那男人到底是……沒……沒有在神父面前發誓的話，我們的婚禮就──」

「對不起，迪克先生。」

蘿賽蒂瞥了一眼不見蹤影的父親的痕跡，同時重新面向亂了方寸的青年。

然後她彎下腰，氣勢猛烈且深深地鞠了個躬。

「關於結婚的事情，我在此正式且堅決地！鄭重拒絕你！」

「咦……………！」

「因為達令在等我呢。」

她抬起頭燦爛露出的笑容，看來是非常幸福的新娘。

不過，負責接過那花束的並不是自己──是隱約理解了這一點嗎？迪克一邊細細品嚐夢想過的生活，同時微微地點頭回應。

「……我早知道了，蘿賽的眼裡根本沒有我的存在。但我一直認為可以跟妳相處得

LESSON VI
～悠久的婚禮～

很好……讓我們將來有一天，可以笑著把今天的事情當成回憶聊吧。」

「迪克先生……」

蘿賽蒂稍微與他四目交接後，接著轉頭看向背後的梅莉達。

雖說納克亞消失無蹤，但禮拜堂仍陷入猛烈的騷動。四處逃竄的出席者、受傷的居民、救助並引導他們的講師群——同時制訂出來的追擊計畫。已經沒有任何人把圍繞著某個青年展開的決鬥放在眼裡吧。

穿著禮服的新娘沉浸在泡湯婚禮最後的餘韻中，大膽無畏地露出微笑。

「勝負現在才要開始。」

比蘿賽蒂年幼的少女身穿純潔的演武裝束，堅強地挺身而出。

「我也不會輸的！……請蘿賽蒂大人也不要輸！」

蘿賽蒂堅定地點頭回應，她持續與少女四目交接並拋開頭紗。她轉開與情敵之間的視線，瀟灑地轉身走向巨大掛毯。隱藏在底下的門扉散發出詭異的引力，開啟著漆黑的挑戰。

梅莉達用感到耀眼的視線目送毫不迷惘地踏入血戰之地的嚮往女性。蘿賽蒂的猛攻毫不留情地把梅莉達的體力（HP）逼入絕境，在婚紗禮服的背影融入黑暗之後，纖細的右膝立刻發軟倒落。

現在還遙不可及。自己能做的事情只到這邊——之後只能向上蒼祈禱。

「蘿賽蒂大人、庫法老師，祝你們武運昌隆……！」

梅莉達將愛刀的刀鐔貼在額頭，這麼喃喃自語。

——順帶一提，這時在天使祈禱的遙遠後方，

「我一點也不覺得受傷啦……！」

淚水弄濕燕尾服袖口的男人被學院講師拖著帶離現場，但這應該說是舞臺幕後悲劇的一幕，所幸沒有殘留在任何人的記憶當中。

† † †

縱然是長年在教堂長大的蘿賽蒂，也是首次踏入這個「禁止進入區域」。隱藏在禮拜堂的掛毯底下，一直關閉著的那扇門前方，是內含教堂的洞窟往更裡頭挖開的隧道。

蘿賽蒂從未想過自家居然有這樣的「後門」。她宛如疾風一般在岩壁當中奔馳，同時也有一種恍然大悟的感覺。

鄉哥爾塔的城鎮位於地底，好幾個空洞宛如螞蟻窩似的連接起來。這間教堂的後門很明顯地是通往城鎮各處的捷徑。這表示「敵人」活用這條隧道避人耳目，在她的故鄉

LESSON VI ～悠久的婚禮～

暗中活躍了長達十年以上吧。

周圍相當陰暗，因此無法確定引誘的聲音是從哪裡響起的。

『蘿賽蒂……瞧妳一臉勇猛的表情，怎麼啦！妳總算想起來了嗎？』

「是呀，我想起來了……！所有被你強迫做過的事情！」

是封閉內心的藥物的反作用嗎？或是記憶之蓋被撬開好幾次的緣故呢？事情發展至此，蘿賽蒂隱約地自覺到之前被蜘蛛網捉住的自己有多愚昧。記憶並不如她嘴上說的那般鮮明，但確實的感觸緊黏在這罪孽深重的手掌上。

「緹契卡小姐……教堂的大家…………愛麗絲小姐！」

她忍不住亂了手腳的節奏，用力咬緊嘴唇。

在聖弗立戴斯威德的大廳襲擊緹契卡．斯塔齊時的光景、在禮拜堂抓住親愛兄弟姊妹意識的感觸……還有在飯店展示室面對昏睡倒地的銀髮主人，讓本能與理性拚命互相爭執時的痛苦。

『太溫吞了！光是精氣根本不夠，吸血啊。開殺啊！怎麼樣，覺得很口渴對吧？』

蘿賽蒂吻著天使的脖子，但吸取的只有生命力。在決定性之處並未屈服於吸血衝動的蘿賽蒂，讓納克亞在飯店展示室終於惱火起來。蘿賽蒂拚命抱住彷彿要裂開的頭，同時勉強停留在理性的境界中。

將這件事化為可能的，正是躺在視野中央的銀髮天使的睡姿。

『我……我不要……居……居然要我殺掉愛麗絲小姐……！』

『那傢伙遲早會醒來。那麼一來，妳的所作所為就會被揭穿，為時已晚！演出人類的死亡才能決定性地把冰王逼入絕境。給我動手！』

『不要……我絕對不要！』

『…………』

拚死地與自己內面奮戰的蘿賽蒂，並未注意到不知不覺間以人類模樣站在她背後的納克亞，還有收束在他纖細指尖上的咒力。

『既然如此，那就妳去死吧。』

隨後噴出大量鮮血，蘿賽蒂「啊啊！」地慘叫並倒落。側腹的劇痛與眨眼間染紅地板的血海，還有位於無法觸及之處的銀髮天使，是她當時最後看見的光景，她的意識在這邊一度中斷——………

照理說現在已經痊癒的傷痕刺痛起來。蘿賽蒂從苦澀記憶的大海中返回，更加速腳步穿越洞窟。說到光源，就只有從自己身體噴散出來的火焰，但她的速度近乎最高速度。她一邊奔跑，一邊巧妙地扭動身體，宛如預言者一般避開理應看不見的突起。敵人的氣息伴隨著黑暗確實地在變濃。

「那麼，原來就是你……！在我小時候發生的大災害！奪走了我的哥哥姊姊的那個事件，也是你扣下扳機的吧！」

『妳連那些事都想起來了嗎？哎呀，那對我而言也是個失敗。沒想到會在一個晚上失去三成人口（樣本）！但用不著煩惱，人類增加得很快！這幾年來也有新的兄弟姊妹補充到教堂對吧？因為父母親一個個都死啦！』

「你把我們鎮上的人當成什麼了！」

『是我重要的孩子們啊！妳想想飼養老鼠者的心情？給予飼料以免牠們死去，準備好玩的娛樂器材，像這樣養育的過程中，也會萌生出愛情。即使有一天會剖開牠們的肚子，灌牠們一堆藥也一樣喔！咕哈哈哈！』

「咕……！」

要是現在能立刻痛毆那傢伙可恨的臉就好了——蘿賽蒂懷抱這樣的願望奔馳著。納克亞的嘲笑迴盪在洞窟潮濕的牆壁上。

『別那麼憤怒，蘿賽蒂。我們都這麼熟了不是嗎？我在超過十年前就與布洛薩姆共存，從妳被教堂收養那天開始，就一直在旁看著妳喔？我可以說是你們的另一位養父。』

「要是知道有你這種傢伙在廚房結網，我一定會立刻拿掃把把你趕出去的！」

『注意妳的口氣，渺小的人類。我可是「大蜘蛛」！統治夜界的大貴族之一喔！雖然現在躲藏在這種洞穴裡，但總有一天會率領大軍回到那裡東山再起。鄉哥爾塔不過是養分罷了……可以說布滿在這個地底的箱庭本身，就是對我而言的實驗都市喔！』

蘿賽蒂瞬間抬起了手臂。因為在她飛奔而過時，有隻手從岔路滑溜地伸了出來。那手與圓月輪衝撞，迸出耀眼的火花與金屬聲響。有一瞬間被照亮的美青年嘴脣醜陋地吊起。纏繞在他雙手上的是強韌的咒力。

他右手被彈起，但左手宛如迅雷般一把抓住蘿賽蒂的脖子。那瘦弱的身軀在哪隱藏著這種力量呢？只見他用超出常人的怪力將少女吊起。

「別看我這樣，我也是自認一直在尊重妳的意願啊，蘿賽蒂。迪克不是個壞男人吧？但要是對計畫有這麼嚴重的影響，那也沒辦法，就請妳只提供作為瑪那能力者的肉體吧……不需要心靈。」

他用力揮起右手，鮮血同時從蘿賽蒂的側腹濺出。勒住脖子的握力已經讓蘿賽蒂痛苦不堪，但更強烈的劇痛讓她的美貌扭曲，「啊啊！」地大叫。

披著美青年皮的惡魔再度高舉被血沾濕的指尖。

「心臟也不需要嗎？」

「放開我妹妹。」

「——唔！」

LESSON: VI
～悠久的婚禮～

隨後，側腹遭到飛踢的納克亞吹飛出去。他在地面上翻滾，弄髒了車工精緻的背心，同時，被他放開的蘿賽蒂被穿著軍服的青年抱在懷裡。

採取護身倒法並跳起來的納克亞，在終於對峙的宿敵面前揚起了嘴脣。現在化為黑髮人類姿態的他，肯定已經等候這場邂逅等到不耐煩了。

「七年不見啦……！這條路當然也通到你身邊啊。神之子出現在會場時我就預料到了，煽動那丫頭的是你對吧？」

「這次不會讓你逃掉的，在這裡做個了結吧——快起來，蘿賽。」

瞬間，蘿賽蒂睜開雙眸，從左眼飄出蒼藍火焰。被深深挖了個洞的側腹傷口癒合，眨眼間便完全復原的那種生命力，正是吸血鬼眷屬的力量。

兄妹兩人並肩而站，與納克亞對峙。庫法捲起軍服的袖子，將上臂伸向一旁。蘿賽蒂毫不迷惘地張口咬住有著纖細肌肉的那份美食。

鮮血從她的犬齒滴落，左眼的蒼藍火焰氣勢更猛烈地噴溢出來。

確認眷屬結束首次吸血後，庫法放下手臂，自身也變化成吸血鬼。白髮一口氣伸長到肩膀，鋼鐵般的肌肉纏繞著猛獸的殺意；爪子銳利地變尖，讓血管痙攣的手掌看來也像拚命地在壓抑破壞衝動。

「妳明白情況吧，蘿賽？我們要殺掉那傢伙。」

「嗯。」

蒼藍火焰從兄妹的全身噴溢而出，激烈的凍氣同時從兩人腳邊放射出來，給洞窟的天花板帶來前所未有的壓力。那一瞬間，布滿地底的所有空洞都發生細微的振動，讓所有生物皆因恐懼而顫抖不已。

在細碎地傾瀉而下的石礫中，納克亞宛如演員一般張開雙手。

「你們能殺掉我嗎？跟那時候不同，我現在已經完全恢復力量嘍！」

「我們也是一樣。這七年來我也增強了實力……好好體會人類的驕傲吧！」

接著讓壓力擴散的是納克亞。雖然他徹底地避免對決在先，卻彷彿一直由衷期盼這個瞬間似的讓表情染上歡喜的色彩。他壓低重心並交叉雙手，在他的手宛如地獄之門一般拉開的同時，龐大的咒力隨之迸出。

「能力突破臨界的不是只有你們而已喔……！就讓你們見識一下昔日征服眾多夜界猛將的我的力量吧。成為祝賀『大蜘蛛』復興的祭品吧！」

納克亞伴隨著尖叫使勁揮起雙手，隨後他的影子爆炸性地膨脹。巨大腹部與朝左右突出的十二隻節肢、背後覆蓋著滿滿的有毒體毛、從遙遠的高處俯視下來的頭部附有能面般的臉、殘留在左右眼上的不祥傷痕——還有伴隨本性更加巨大化的驚人咒力。

庫法拔出黑刀，讓左手滑向刀身。蒼藍火焰從根部一口氣穿過，隨後化為厚重的大

劍。他讓人絲毫感覺不到重量地用指尖操控大劍，將大劍扛在肩上並壓低重心。

蘿賽蒂的圓月輪像在舞動似的用力往上揮起，留下光之軌跡。那殘光化為形體，一次舞蹈產生出超過十把的輪刀。她的雙手伴隨第三次旋轉使勁往上揮，擺出架勢的少女周圍，有五十把輪刀發出殺戮的低吼。

激烈的火花照亮三者的目光。洞窟終於冒出龜裂，臨終前的哀號穿過天花板。在踏腳處的振動迎向極限前，三個聲音演奏出來。

「「「我要打倒你！」」」

隨後的衝撞宛如神柱一般貫穿了洞窟。驚人的破壞力垂直地沿著基岩往上竄起，在甚至穿破城鎮天空的同時，有三個影子從中跳了出來。

與基岩一同飛舞起來，同時最先發動攻擊的是庫法。宛如閃光般的殘像接連一蹬踏腳處，彷彿瞬間移動似的來到納克亞的背後。同時揮起的大劍與發動攻擊的節肢交錯。大蜘蛛的十二刀流黯然失色地遭到還擊，只見庫法以驚人的反應速度不斷擋住那些攻擊——隨後，踏腳處產生龜裂。

從死角抬起的一隻節肢，將庫法連同基岩一同劈開。剩餘十一隻節肢隨即對浮上半

LESSON: VI ～悠久的婚禮～

空中的目標發動刺擊。金屬聲響震耳欲聾、血沫飛濺。宛如機械運動一般被拉回又射出的節肢，將敵人連同空氣一起貫穿。在連續第十二擊穿破肩膀前，庫法的身影咻一聲地消失無蹤。

拉走他的是纏繞在他右腳踝的圓月輪，蒼藍火焰的鎖鍊連接的前方是蘿賽蒂。她一邊用左手救出搭檔，同時宛如指揮家一般激烈地揮動右手。五十把圓刀彷彿擁有意志似的衝向大蜘蛛，蹂躪牠的巨體。

『很會耍小聰明嘛，蘿賽蒂！』

納克亞讓獠牙痙攣，隨後射出蜘蛛絲。蘿賽蒂立刻側手翻，隨後宛如瀑布般的白龍穿過她身旁。晚了一拍後，從地面發出轟隆巨響。有一瞬間失去控制的瑪那圓刀立刻被大蜘蛛的十二刀流彈開四散。

在這個時候，高高飛舞到空中的基岩宛如雪崩一般衝撞大地，三者在衝撞的前一刻一蹬踏腳處，往後跳開來。宛如雲一般膨脹起來的塵土當中，庫法與蘿賽蒂像滑行似的在荒野著地。納克亞用十二隻腳在地面削出漫長痕跡來煞車，隨後有個比巨體更大的岩石撞上牠。只見牠的軀體扭曲，節肢搖晃起來。

『咕……唔……！』

射穿塵土接二連三地轟向這邊的，是兩名敵人送過來的砲彈。庫法動手扔、蘿賽蒂用腳踢，大劍將圓月輪切碎的基岩彈飛出去。在荒野中跳起，以荒謬的重量與硬度飛來的幾塊岩直接擊中納克亞，十二隻腳感到厭煩似的將岩石推回，憤怒讓人毛骨悚然。

『混帳——！』

蜘蛛絲大範圍地被放射出來，將對方扔過來的岩石一個不漏地捕捉住。納克亞利用這股氣勢扭動巨體並旋轉，用化為長大柱子的身體橫掃兩名敵人。連同防禦一起被打飛的庫法與蘿賽蒂在荒野中彈跳了數百公尺，氣勢絲毫沒有衰退地衝撞上峽谷。貫穿峽谷後更朝岩山突擊，發出轟隆巨響。

龜裂呈放射狀冒出，揚起猛烈的塵土，一個影子從中跳了出來。軍服隨風搖曳的庫法每一蹬地面就跟著加速，終於超越了音速。音爆讓空間破裂，甚至把圓環的衝擊波拋在後方。

——好快！

就連納克亞也不禁在內心感到驚嘆。穿過巨體身旁的影子，在節肢的六刀流還無暇反應時，便刻下一道斬線。隨後還擊。並非六芒星而是十二芒星的軌跡在荒野中一閃，位於中心點的納克亞反應變得愈來愈慢。確信自己稍微超越了大蜘蛛的反應極限後，庫法立刻飛起。

從背後企圖砍斷頭部的大劍光芒，讓納克亞的心臟激動起來。

LESSON: VI
～悠久的婚禮～

──閃不掉！

──能搞定！

伴隨確信發動攻擊的大劍，與驚人的斬擊聲一同劃破天空。庫法驚愕地睜大雙眼，只見一隻纖細的手抓住他的右腳踝。

「也有這種對策。」

變成人類型態撐過攻擊的納克亞，將抓住的腳踝摔向地面。基岩在庫法背後碎裂，納克亞將庫法稍微彈起的側腹往上踢，並流暢地變回大蜘蛛，對束手無策地飛向半空中的敵人發動追擊。他像要躺下來似的背靠大地，宛如死神般亂舞自由的十二刀流。火花與金屬聲響毫不間斷地飛散，還有鮮明的血光。納克亞嘲笑咬緊牙關的美青年。

『頭被砍掉的話，就算是吸血鬼也會死吧？』

隨後飛來的五十把圓刀纏住節肢，讓十二刀流變遲鈍下來。大蜘蛛在內心咂嘴的瞬間，捕捉到一隻節肢的庫法宛如彗星般往下降。大劍刺向肚子，讓所有瑪那與咒力炸裂。咳噗──衝擊與鮮血從口腔噴出。

在被十二刀流大卸八塊前，庫法跳了起來。蘿賽蒂彷彿與他換手似的滑入，在巨體旁邊收緊雙手。

「『霸道龍臥』！」

與雙手掌一同擊出的，是莫大的火焰咆哮。描繪出螺旋互相纏繞的兩條龍吞食大蜘蛛，將牠帶到大地彼端。在巨體被咬碎之前，散落在半空中的凍氣（咒力）抵銷火焰龍，納克亞勉強找回自由。

『渺小的存在，挺有一套的嘛……！差不多該做個了結……──』

話說到一半的大蜘蛛巨體，在掉落途中不自然地搖晃起來。

他下降的氣勢猛然變弱，像滑行似的在半空中流動。有一瞬間失神的納克亞俯視大地，然後理解了。在眼底下暴露出來的七色鐘乳石是──

『無重力之岩！糟了，這個地方是神祕點嗎……！』

從鐘乳石散發出來的強力磁場，讓納克亞甚至無法著地。

他領悟到自己被逼入絕境，是在看見蒼藍火焰的影子流暢地奔馳在鐘乳石之間的瞬間。彷彿衝浪一般在磁力之海中奔馳的他，隨後像彈簧一般往上跳起，毫不留情地飛踢被無重力玩弄的大蜘蛛。庫法目送被踹向高空的納克亞，隨即咻一聲地被拉回去。是他右手捕捉的圓月輪的恩惠。蘿賽蒂在蒼藍火焰鎖鍊連接的前方銳利地收起手臂。

有道瞬間性的雷光照亮被高高擊向上空的大蜘蛛。覆蓋荒野的極光此刻充滿了無底洞的電力，宛如蛇一般的火花朝光幕下端收束的同時，增強著光輝。大蜘蛛看不見的雙眼彷彿目睹到絕望的光景。

LESSON VI ～悠久的婚禮～

『難道說──快住手──怎麼可能──』

隨後，刺向大地的白光之柱抹消了怪物的尖叫。緊接著又一道雷擊追打全身在中心處遭到灼燒的納克亞。所謂閃電是連接兩極的放電現象，並非只會發生在天與大地之間。數不清的雷電在極光的波浪與波浪之間交錯，彷彿在嬉戲一般蹂躪著飄浮在途中的渺小生物。雷電在巨體的全身散落火花，燒焦有毒的體毛，讓十二隻節肢炸裂開來，納克亞發出撕裂身體般的哀號。

『嘎啊啊啊啊啊啊──────！』

格外神聖的雷鳴在最後放射出來。好幾道閃電同時迸出，在荒野上空描繪出宛如蜘蛛網的軌跡。超越人類智慧的破壞力收束在中央的一點，從四面八方穿破大蜘蛛後，衝撞大地。

彷彿朝世界打樁一般的爆炸聲，與猛烈的強風一同奔馳過荒野。

全身炭化並墜落下來的大蜘蛛，隨後啪一聲地炸開。看起來像成千上百的黑暗顆粒的那些東西，是將規模大幅度縮小的成群小蜘蛛。那些小蜘蛛伴隨像要竄上脊背的嗤笑聲朝大地傾瀉而下，眨眼間便鑽進地下。

在庫法的腳邊也滾落著一隻小蜘蛛。已經連爬都爬不起來的那蜘蛛是納克亞的本體，也是他長年躲藏在布洛薩姆侯爵陰影處的模樣。面對俯視自己的吸血鬼巨人，儘管模樣寒酸，沙啞聲仍得意洋洋。

『沒用的……你忘了七年前嗎……！就像你擁有再生能力一樣，我擁有分裂能力！你無法徹底消滅我的……！咕哈哈哈！』

「………」

『但我要稱讚你，居然不只一次，而是兩度粉碎我的野心……！但我不會放棄……無論要花幾年，我都會再度找回力量，下次一定會把你深愛的人們大卸八塊……！』

庫法面不改色，用感覺也很無情的冷酷態度宣告：

「你不覺得跟七年前好像有什麼不同嗎？」

『……你說什麼？』

在內心正要蹙起眉頭的納克亞，隨後『咕！』地迸出痛苦的聲音。

他感覺到自己疲憊不堪到極限的靈魂，在此刻這個瞬間也更進一步地被削減。

『難道……我的分身……！』

† † †

「學生們！這些蜘蛛是藍坎斯洛普的生命力(HP)，一隻不剩地燒光吧！」

LESSON: VI ～悠久的婚禮～

「「「是！」」」

在與拉克拉老師共享情報的講師群指揮下，聚集在教堂的聖弗立戴斯威德少女們描繪出三百條攻擊線。有的用長劍砍，有的用鎚矛擊潰，有的用刀刻，有的用左輪手槍射擊。法杖一揮讓幾隻蜘蛛一同飛舞，長杖放射出的火焰（瑪那）將牠們連同臨終前慘叫一起燒光。小蜘蛛不絕於耳地響徹周圍的哀號，就宛如向神的祈禱一般逐漸被吸入彩繪玻璃。

一群小蜘蛛不顧死活地飛奔穿過長椅陰影處。牠們突破女學生的包圍，朝著前院移動。牠們混在雜草當中，衝向柵欄。

「糟糕，牠們要溜到鎮上──！」

某人發出緊迫的哀號，隨後立刻響起長杖前端刺向地面的宏亮音色。

火焰伴隨爆炸聲膨脹起來，小蜘蛛一隻不漏地被彈回原地。看到站在那龐大瑪那壓力中心的人物，米特娜學生會長的眼眸滲出淚水。

「學院長……！」

坐鎮在教堂正門的守護神，伴隨著孩子般的笑容，向眾人高舉長杖。

「還沒完……！」

魔女之杖迸出好似燈塔的光輝，拔劍的音色高聲響徹周圍。講師勇猛的號令與女學生清澈的吶喊聲重疊起來。

† † †

領悟到自己的生命正一分一秒地接近終點，納克亞的本體顫抖起來。

『你算計我啊……！你打從一開始就算準了這種狀況嗎……！』

「邀請學生來的是你吧。就像你利用了我的魔術一樣，我也只是反過來利用你的策略罷了。」

庫法將大劍換成反手拿，把劍尖緊貼在腳邊。

「沒有下次了。我們的因緣就此結束，納克亞。」

『等……等等，快住手！千萬別那樣——住手——…………！』

「永別了，怪物。」

厚重的劍尖宛如斷頭臺一般刺下，將地面切割開來。

被分開在刀身左右兩邊的十二隻腳蜘蛛，隨後化為沙塵，被風給擄走。就連沙啞的哀號餘韻也逐漸被吹散，沒多久消失到飛舞在荒野中的無限沙塵裡。

在這地底暗中活躍了十年以上的惡魔，終於連同他布下的網完全被消滅了——

庫法嘆了長長一口氣，將劍收回來。少女的身影氣勢猛烈地撞上他幾年來的重擔終

LESSON: VI
～悠久的婚禮～

於消失的背後。是至今仍飄散著蒼藍火焰的蘿賽蒂。

「小庫……！我全部想起來了！」

「……是嗎？」

「無論是你的事！還是以前的事情！全部想起來了！」

庫法轉身，用雙手緊抱住她。庫法將臉頰貼近少女的紅髮。

「我也一直很想見妳。」

少女看來很幸福似的綻放出笑容，此刻青年的右手悄悄貼向妹妹的後頸。細微的壓力從他的指尖射進少女後頸，隨後少女便膝蓋一軟地倒落。

「咦……？」

庫法立刻抱住四肢虛脫無力的少女，扶著她跪在地面上。

蘿賽蒂躺在心愛的青年懷裡，眼眸中盤旋著依戀與混亂。

「為……什麼……」

「這次是例外。我要再次重新封印妳的記憶。」

咒力的凍氣纏繞在毫不遲疑地高舉起的手掌上。從眼前傾瀉而下的那個，不由分說地將少女誘入夢鄉，讓煙霧飄散在記憶之海中。

蘿賽蒂拚命舉起使不出力的手臂，抓住他的手掌。

「不要……我不要那樣……！」

「封住身為眷屬的妳，可以讓妳留在表社會。這就是我跟我的隸屬部隊——白夜騎兵團的契約。請妳理解……現在別無他法。」

庫法終於公開的隸屬單位，讓蘿賽蒂驚訝得睜大了眼。但那反倒只是讓她的指尖更用力地抓住庫法而已。

「既然這樣……我也要到那邊去！我想跟你一起活下去……！」

庫法露出苦笑。看起來理應只讓人覺得猙獰的嘴角，宛如淡雪般鬆緩下來。

「這邊很冷。妳還是在陽光底下笑著吧，蘿賽。」

「我不想……忘記你……！」

「沒事的。」

就像以前安撫嘟噥著「我睡不著」的少女時一樣，庫法將手掌放在妹妹的眼皮上。

庫法讓她闔上雙眼，彷彿搖籃曲似的低喃：

「我會在一旁看著，一直看著蘿賽。」

「哥……哥……——」

比寶石更珍貴的水珠落下一滴。在水珠掉落到乾枯大地上的同時，最後一絲力氣也從少女的手上消失。庫法撈起少女的手掌，彷彿在憐愛餘燼一般地貼向臉頰。

「所以妳放心地睡吧。」

他像要含住指尖似的一吻。燐光從他的白髮舞動起來，宛如回憶般消失無蹤。

† † †

圍繞著鄉哥爾塔黑暗面的戰鬥不為人知地終結——就連騷動的餘韻也逐漸聽不見的時候。在書齋抱頭苦惱的布洛薩姆．普利凱特侯爵終於抬起了頭。

撼動城鎮天空的猛烈轟隆巨響也停止轟聲，就連戰鬥聲也消逝到彼端，靜寂回到周圍。事情發展至此，侯爵終於不得不承認了。

「納克亞……納克亞被打敗了嗎……？」

侯爵猛抓杏仁色頭髮，粗魯地脫掉至今仍穿在身上的長袍。他變回平常的西裝打扮，像翻滾似的奔向牆邊的書架。

他將收納在書架上的精裝本隨手抓出。在地板上彈起、攤開的內頁被灰塵弄髒的那些書本裡，應該也摻雜著貴重的資料吧。但冷汗彷彿瀑布一般流下的布洛薩姆侯爵，甚至不在乎踐踏或踢飛礙事的書本。

簡直就像在說那些都同等地失去了價值一般——

沒多久，一個書架被清空，他用蠻力讓書架滑動。書架流暢地滑入牆壁縫隙間，顯露出在底下敞開的祕密通道。

通道前方是宛如懺悔室一般狹窄封閉的空間。沒有任何家具，吸引視線的只有一樣東西——就是在清純的異種花群包圍下，被蜘蛛絲包裹的一個人類。

看起來也像被釘在十字架上的那個人類，乍看之下是個二十幾歲的女性。但她左半身膨脹且變色，化為怪誕的異形。她安穩地闔上美麗地剩下的右眼，彷彿睡著一般。

布洛薩姆侯爵緊抓著那名女性的腳邊。花瓣凋零，燐光飛舞。

「卡蜜拉……我今後該如何是好……！」

「你一次也沒讓我進過這房間啊。」

一個低沉的美聲突然響起，侯爵嚇一跳似的轉過頭。

不知不覺間，有個身穿軍服的黑髮青年佇立在隱藏門的前面。布洛薩姆侯爵已經不再懷疑他的身分了。那跟記憶中駭人的身影完全一致，試圖回想起的名字卡在喉嚨出不來。

「你……你是……！」

「那名女性是你的妻子嗎？原來並非過世了啊。」

青年毫不猶豫地踏進聖域。布洛薩姆侯爵雖然拒絕青年的闖入，但身體卻因恐懼而

LESSON: VI
~悠久的婚禮~

顫抖著。他雙腿發軟，雙腳自然地後退到牆邊。

「別過來……別靠近卡蜜拉……！」

「但她快變化成藍坎斯洛普了。你是靠納克亞的能力抑止變化嗎？解救她就是你跟納克亞的交易……」

「沒……沒錯……我只能依靠那傢伙了……不然我還能怎麼辦啊！」

庫法露出彷彿在仰望聖母的眼神，布洛薩姆侯爵口沫橫飛地對他大吼大叫。

「卡蜜拉是無辜的！她會變成藍坎斯洛普，一定是哪裡搞錯了……納克亞拯救了我們夫婦。她能以人類身分撐了十年，都是多虧了那傢伙！我根本無能為力啊！」

「…………」

庫法還是把本想說出口的真相給吞回肚裡。

納克亞從夜界被放逐，到達鄉哥爾塔的時候，應該是勉強保住一命的狀態。在那種時候碰巧出現需要那傢伙的人類，接受了共依存？

怎麼可能有這麼巧合的事。

布洛薩姆侯爵的妻子差點藍坎斯洛普化的契機，恐怕也是——

布洛薩姆侯爵似乎根本沒察覺到捕捉住自己的命運之絲，他跪倒在地板上。

「拜託你，請你放過我們吧……！真正的我根本不是什麼賢者，只是個凡人罷了！

在這裡——」

他猛抓耳邊的頭髮，看似焦急地流下淚水。

「如果沒有納克亞在這裡幫我出主意，我就什麼也辦不到……嗚嗚……！」

「………」

庫法沒有回答，他緩緩地將手伸進軍服的懷裡。

他掏出來的是裝滿淺水色液體的藥瓶。這是他在宅邸準備出門研修前，郵差……更正，是白夜騎兵團的上司當作餞別禮讓庫法帶著的東西。

拿到這東西時的對話以及花朵的香氣，鮮明地在五感回想起來。

『那麼，只要使用這個藥……』

對——上司點了點頭，站在與他不搭的花園，又重複了一次相同的話語。

「那玩意似乎隱藏著一種力量，可以把像你這種『人類與藍坎斯洛普的混血』恢復成完全的人類。假如用在自己身上，你大概就能捨棄作為吸血鬼的半身，如果用在那位妹妹身上……她就會失去作為眷屬的性質，也就是說，沒必要再把關於你的記憶封印起來了吧。」

能夠挽回。挽回被七年前的災害捲入前，曾是個純粹人類的少女，以及兩人一起度過的，與庫法之間的記憶——

LESSON VI ~悠久的婚禮~

庫法自覺到指尖稍微顫抖起來，他再次提出問題：

「威廉・金呢？」

「聽說對那傢伙沒有效。因為人造藍坎斯洛普雖然留有身為人類的心靈，但肉體已經完全變成藍坎斯洛普了。」

也就是說能毫無顧慮地使用。只不過——上司在最後提出忠告。

「這似乎是在實驗中的反覆試驗時，因奇蹟般的偶然調配出來的東西。那一瓶正好是一人份。聽說能重現出相同東西的可能性很低。」

機會只有一次，恩惠僅限一人，錯失的事物再也不會回來——

上司沉重的聲音在最後這麼告知：

「——你要深思熟慮後再使用。」

庫法結束短暫的記憶之旅，重新仰望眼前的女性。已經變質的左半身有一半被蜘蛛絲覆蓋遮住，看起來也彷彿抱著嬰兒的聖母。

過了一會兒，庫法沒有將視線轉向侯爵，而是對著牆邊出聲說道：

「你還記得嗎，侯爵？以前……年幼的我與母親在這鎮上遭到迫害，當我們差點死在路邊時，看不下去的你把我們帶回教堂了吧。」

「……」

「你照顧母親直到她臨終，給變成孤獨一人的我新的家人。」

「那……那是……」

侯爵的嘴唇顫抖著。就彷彿要將不祥的門扉牢牢上鎖一般，語調變得粗暴。他狠狠瞪著庫法，微微顫抖地左右搖頭。

「那只是我一時興起罷了！我只是腦海裡突然閃過卡蜜拉的身影而已！」

「就算這樣，母親還是很感謝你喔。她能像個人類一樣死亡，都是託你的福。」

所以──庫法這麼說道，打開藥瓶的蓋子。他動作流暢地收緊藥瓶，然後往上舉起。

「這是我獻給你的，僅此一次的孝心。」

閃亮的水滴從瓶口宛如祝福一般灑向聖母。庫法讓手臂來回移動好幾次，就彷彿在夜空描繪夢想的魔法師一般散播著光芒。

最後一滴藥水啪噠地在臉頰上濺起，女性的眼皮抖動了一下。沒多久她變質的左半身散發出鮮明的光輝，蜘蛛絲像瓦解開來似的消失。

「卡……卡蜜拉！」

布洛薩姆侯爵立刻飛奔到女性身旁，抱住差點倒地的她。

在侯爵手臂中平緩地呼吸，安穩睡著的女性，從手腳到指尖都變回美麗的人類模樣了。彷彿找回了快要遺忘的記憶一般，侯爵的眼眸閃閃發亮。

「十年不見了……啊啊，卡蜜拉……我親愛的卡蜜拉……嗚……嗚嗚……！」

女性很快就會醒來，上了年紀的丈夫哭臉將映入她眼簾吧。庫法沒有親眼確認那一幕，他將空瓶子蓋上蓋子，轉身離開。

哭哭啼啼的布洛薩姆侯爵沒有注意到這件事——庫法再也不會以原本的身分與他見面，也不會再踏入度過幼年時光的這間教堂吧。

在離開房間前，軍服衣襬輕輕搖曳。道別的話語總是同一句。

「永別了，義父。」

那聲音像要假寐一般融化，消失到永恆的夢境彼端。

納克亞

種族：大蜘蛛

HP	??????	AP	?????		
攻擊力	????	防禦力	????	敏捷力	????
攻擊支援	—	防禦支援	—		
思念壓力	???%				

主要技能／能力

分裂能力Lv??／型態變化Lv??／???LvX／?????Lv??／????Lv??／沃魯泰爾·拜特／卡藍裘·弗拉茲／地獄排出口／????·????／??·???????

FILE.03　藍坎斯洛普的眷屬

所謂的眷屬就如同字面上的意思，是指服從主人的部下。與可以透過吸血來征服對象的吸血鬼不同，沒有任何支配能力的納克亞要獲得眷屬，似乎被迫需要一段長得非比尋常的時間與忍耐。

不過，這傢伙計劃將地底城鎮改造成自己據點的企圖，被白夜騎兵團的特工給阻擋了。但那人漂亮地將與夜界間分界線推回去的那場英雄般的戰鬥，與其黑暗面，都絕對不會公諸於世吧。

HOMEROOM LATER

「你們聽說了嗎？布洛薩姆侯爵好像自首了呢！」

塞滿紅薔薇制服的巴士裡頭，被這個話題給占據。只要有人開口提起已經被議論過無數次的這件事實，周圍的女學生便會立刻接連發表自己的主張。

「聽說侯爵跟那個蜘蛛藍坎斯洛普勾結，讓城鎮陷入恐怖呢！」

「那個可怕的『怪病』據說也是侯爵搞的鬼呢。我聽說騎兵團的人預定近日會進行淨化作戰！」

「聽說侯爵簡直就像附身的邪靈退散了一樣，坦白了所有罪狀。是共犯被殲滅，讓他終於死心了嗎……？」

「鎮上的人都很驚訝呢……聽說仰慕布洛薩姆侯爵的人，現在也在訴請釋放侯爵。這場混亂能順利平息下來嗎……」

「不，追根究柢，為何『賢者』要引發這樣的事件？」

「謎團愈來愈深了呢～……」

雖然女學生擺出在討論的樣子，但這些情報是講師在出發前的集會告知眾人的消息，也就是說所有人早就都共享了這些內容。由於現在已經挖出各種疑問，把好幾種可能性都幻想過了，不可能出現更新穎的話題材料。實在是很和平的——日常的光景。

載著聖弗立戴斯威德女學生的六輛巴士，今天早上從鄉哥爾塔啟程，正奔馳在荒野中央，一個勁兒地返回弗蘭德爾。極光此刻也在上空廣闊地展現它的威光，但除了零星地迸出微弱的電流之外，心情相當美好。

在吹飛那個超出人類智慧的大蜘蛛納克亞龐大的耐久力（HP）時，累積起來的電力一點不剩地全部釋放出來了。因此她們看準天候變成短暫「晴天」的這時候，按照當初的研修日程，離開了鄉哥爾塔。

跟去程不同，回程的巴士多了一個空位。一名學院講師代替缺席的男性握住第六輛巴士的方向盤，輕快地踩下油門。後輪揚起塵土，最後，彷彿蛇的一排巴士就將極光拋在後方離去。

梅莉達有些依依不捨似的目送那光景後，重新坐回座位上。她對隔壁座位同樣重新面向前方的少女露出燦爛的笑容。

「幸好妳很快就醒過來了，愛麗。」

愛麗絲用讓人絲毫感受不到她昨天睡了一整天的面無表情點了點頭。

「因為我不能讓莉塔孤單一人。」

「那什麼呀，怎麼把我講得好像很怕寂寞？」

「我有說錯嗎？」

被一臉訝異的美貌這麼詢問，梅莉達像是可以理解似的用力點頭。

「——或許是吧。我領會到就憑自己一個人，根本什麼也辦不到呢。」

梅莉達突然移動的視線前方，有一團紅薔薇的花束。

被眾多女學生隆重款待的中心，可以看見高雅的軍服身影。在去程的巴士裡被新生認為可能是會襲擊女學生的大野狼而遭到警戒的青年，也搖身一變，眾人得知青年其實在幕後保護女學生不受真凶襲擊後，他的評價急速地直線上昇。

占領了青年隔壁座位的某人輕輕將身體湊近，於是有其他人抱怨那樣太奸詐，前來搶座位，位在對面的一人立刻趁機挺身向前。儘管對被送到嘴邊的點心感到困惑，仍無法拒絕的心上人身影，也讓雷雨雲籠罩在梅莉達小巧的胸口，大家會不會有點興奮過頭了呀？她心想。

——但是大家都不知道，他還有另一個模樣呢。

一想到這點，突然照射進來的優越感便吹散了憂鬱。呵呵～梅莉達露出一臉滿足的笑容，一屁股坐在座位上，於是有個疑惑的眼神窺探著她。

「……莉塔，在我睡著時發生了什麼？」

「咦？什麼是指什麼？沒什麼大不了的事情啦，呵呵呵……！」

「真可疑。」

愛麗絲半瞇起眼盯著梅莉達看，她像要抓東西似的活動著手掌，撲向堂姊妹，在狹窄的座位上與梅莉達交纏在一起，同時將手指伸向敏感的地方。

「在妳從實招來前，我會一直搔妳癢。我搔我搔我搔……」

「呀哈哈哈！別……別這樣～～！這……這是回禮喔，愛麗！」

「呀！咕……呼……」

梅莉達也覺得好玩而伸出手，呈現出泥沼戰模樣的光景，同班同學也絲毫沒放在心上。因為這完全是女校常見的光景。

另一方面，女學生的款待浪潮總算告一段落，庫法一臉無奈地重新繫好領帶，這時有一名客人出現在庫法身邊。一臉理所當然地占據隔壁座位的，是剛成為三年級生的米特娜·霍伊東尼學生會長。

「這不是學生會長嗎？梅莉達小姐這次受妳關照了。」

「我沒道理要被你感謝。她雖是你的學生，但更是我的學妹。」

三年級生冷淡地露出事不關己的表情，庫法慎重地轉身面向她。

「……米特娜小姐，假如不是我的錯覺，妳從新學期開始，好像就把我當成礙事者看待？」

「希望閣下別誤會了。」

米特娜會長刻意用格外高雅的語調回答。

「我並不是討厭你。」

「是喔。」

「我只是覺得不需要男人。」

突然冒出不得了的主張，因此庫法忍不住端正了姿勢。她該不會是來把自己丟出窗外的吧？庫法慎重地質問她真正的意圖。

「……妳的意思是？」

「你看看那個？」

米特娜會長宛如舞臺女演員一般伸出手掌。

她指示的前方，可以看到衣冠不整的金髮與銀髮天使。不斷搔癢對方，嬉鬧到全身無力的兩人，將體重靠在彼此身上，緊緊地互相擁抱。「欸嘿嘿。」、「呵呵。」她們將鼻頭湊在一起，一臉害羞的模樣。庫法眺望著這光景，突然轉過頭來的米特娜會長握緊拳頭。

「你不覺得很棒嗎？那才是女校的學姊妹應有的姿態！」

「……這……這樣啊。」

「我從一年級開始就一直在想，假如我當上學生會長，一定要實現一個夢想。」

會長流暢地開始講述自己的展望。庫法只能乖乖當個聽眾。

「就是在聖弗立戴斯威德設立新的『姊妹制度』……！小組的話實在不夠浪漫，必須是一對一的搭檔才行！如此一來，禁忌的花朵才會成長……！」

「原……原來如此。」

「為了進入學生會，我付出了非比尋常的努力。我得到克莉絲塔學姊賞識，還差一步就能實現野心了……！明明如此，但你卻——」

被急速冷卻下來的視線射穿，庫法宛如機械一般將臉轉向另一邊。

但會長的遺憾當然不可能就此消散。

「你突然出現在理應是男生止步的我的樂園……學妹的視線都被你一口氣擄走了，你懂我這種心情嗎？啊，但是，梅莉達學妹與愛麗絲學妹能和好似乎是託你的福呢，這點要謝謝你。」

「不……不敢當。」

「姑且不提這些。如果在目前這種狀況開始『姊妹制度』，大家肯定會一窩蜂地申請當你的搭檔——那才不是我樂見的景象！我現在被迫重新檢視計畫呢。就是該如何讓大家把興趣從眼前的你，轉移到一旁的學姊妹身上！我一定會在剩餘的一年裡達成這個夢想——」

「抱……抱歉，學生會長！」

一直找不到空檔插嘴的庫法，幾近強硬地從座位站起身。

他將手貼在胸前行了個禮，勉強戴上紳士的面具。

「……我突然想起有急事。」

「我們改天再聊聊吧，老師？」

庫法一邊心想我才敬謝不敏，但同時也認命地覺得自己大概逃不掉吧。

好啦，既然說有急事而離開座位，就必須找個目標才行。在這種情勢下前往梅莉達她們身邊，只會變成給米特娜會長的挑戰書，因此庫法走向巴士最後方的座位。

在每個人都因為有所顧慮而無法搭話的那裡，可以看見蘿賽蒂坐在窗邊座位茫然地眺望窗外的身影。一直在找機會開口搭話的庫法，一臉若無其事地在她身旁坐下來。

「妳不多待幾天真的好嗎？」

紅髮的美貌猛然轉過頭來，不知為何有些匆忙地端正坐姿。她收回原本交扠的雙腳，靜不下心似的撥弄著頭髮。

「啊～嗯。因為現在不離開的話，下次不知何時才能離開，而且我也有自己的工作在身嘛。」

「教堂的孩子有妳陪著會比較安心吧。」

「沒問題啦！雖然爸爸離開了……但媽媽回來了嘛。」

她這麼低喃，又再次將視線望向窗戶。

極光已經在遙遠的後方，大地正逐漸被黑暗封閉起來。

「那個人就是我們的媽媽……沒錯吧。」

這方面的事情，庫法也順利聽說了。聽說相隔十年以人類身分覺醒的卡蜜拉女士，打算繼承布洛薩姆侯爵的位置經營教堂，繼續照顧孩子們。剛開始應該會有很多不清楚的事情吧，但碰到問題時，保安官迪克和鎮上的居民肯定會不著痕跡地協助她。

蘿賽蒂露出像是感到依戀，有些成熟的笑容，轉過頭來。

「爸爸拚上人生拯救了媽媽。所以媽媽說就算要等上幾十年，也會等待爸爸贖完罪……我以前真的是個一無所知的小孩子呢。」

「……妳感覺如何？戰鬥結束之後，妳也是一直沉睡吧。」

那幾乎是因為庫法施加的封印術，因此庫法詢問的聲音也變得相當謹慎。

不出所料，蘿賽蒂將食指頂在兩邊的太陽穴上，一臉苦惱地發出「嗯～」的聲音。

「總～覺得記憶有點曖昧……我大致上還記得爸爸做了壞事，還有跟小庫打倒了那個可恨的敵人，但就好像蒙上一層霧，沒辦法想起詳情……或者該說記憶坑坑洞洞的嗎……」

「因為是前所未有的激戰，導致意識燒斷了吧。我認為別勉強自己去想起來比較好喔。」

庫法在感到安心的同時，也受到罪惡感苛責。是想至少當作補償嗎？嘴脣自然地編織出這樣的話語。

「如果沒妳在，就無法打倒那個強敵吧。我很感謝妳，蘿賽蒂小姐。」

只見少女目不轉睛地回看庫法的臉，突然道出她的不滿。

「我從之前就一直很在意，你那種稱呼何時才要改？」

「呃……」

庫法連想都沒想過。彼此無法回到以前的關係，話雖如此，也沒必要安於現狀吧。

過了一會兒後，庫法伴隨著微笑伸出右手。

「我很感謝妳，蘿賽。」

「因為我們是伙伴嘛，小庫。」

緊緊互握的手掌將彼此的體溫留給對方後，放了開來。

在距離感稍微拉近的此刻，庫法忽然決定試著詢問她自己私下一直很好奇的事情。

「這麼說來，妳為何會執著於留在騎兵團呢？」

「什麼？」

「是男性的話姑且不論，但貴族千金未必都是喜歡站上戰場的人。捨棄刀劍，致力於讓家族繁榮，也是一種了不起的戰鬥方式，實際上也有很多這麼做的婦人。更何況妳原本是平民。趁這個機會回到故鄉悠哉過活，應該也是一個選擇吧？」

「就說了那樣很無聊嘛。」

「不是無不無聊的問題……妳是覺得有趣才爬上聖都親衛隊的嗎？」

庫法接著詢問，於是蘿賽蒂將手掌伸入大腿間，「嗯～」地露出複雜的表情。

「要是說出來，別人一定會覺得我很奇怪，所以我沒對任何人說過……但跟小庫講應該沒關係吧。我啊，想請他們幫忙找個人。」

「找人？找誰呢？」

「這個嘛，我不記得了。」

雖然這發言不得要領到讓人以為她在開玩笑，但蘿賽蒂卻是非常認真的模樣。她雙手交扠環胸，用很拚命的感覺絞盡腦汁思考。

「那個人在我小時候應該就在我身邊才對，但我現在卻連長相跟名字都想不起來。

就算問鎮上的人，他們也都說『沒見過那種孩子』，照常理來想，應該是我搞錯了吧——但是呢？」

這裡啊——蘿賽蒂這麼說道，將手放在自己的胸口並俯視。

「我的內心在開了個大洞的記憶洞穴彼端吶喊著。喊著『想要再次見到那個人』。嚴重的時候會一直哭個不停，連我都悲傷起來了。不管別人怎麼說，我都覺得這絕對不是我搞錯。那個人是真的存在喔，就在弗蘭德爾的某處！跟我一起活著！」

「…………」

庫法不曉得該怎麼回答才好。他只能傾聽接續在後的話語。

明明是在講失去的事物，但蘿賽蒂的表情卻十分明朗——為什麼？或許是因為她相信在洞穴彼端有溫暖的景色。

「所以說，總之我想變成名人！就算我沒辦法找出對方，只要我變得全弗蘭德爾的人都認識我的話——」

「就能讓對方主動找到妳……」

「就是這麼回事！我必須站在弗蘭德爾的頂點呼喚那個某人，告訴他『我就在這裡喔——！』所以現在根本沒辦法考慮結婚的事情，嘿嘿。」

讓人傻眼的魯莽程度。

憨直、毫無規劃且坦率，耀眼到讓人無法直視。

她所在之處想必很溫暖吧——庫法從洞穴彼端這麼心想。

「有一天能見面就好了。」

內心擅自編織出來的那句話，無庸置疑地是他的真心話。氣勢過猛而站起身的蘿賽蒂放下高舉的手臂，露出開朗的笑容。

「我就覺得小庫不會笑我。所以我喜歡你。」

「哎呀，這是愛的告白嗎？」

「嗯，對。」

對方的弱點被本人用直球給打回來，讓庫法不禁倉皇失措。庫法與看來有些害羞的蘿賽蒂互相注視，但在庫法開口接話前，突然有客人造訪了。

「嗨，庫法老師，你這次也是大活躍呢！」

才在想突然跑來對面座位的人是誰，原來是拉克拉·馬迪雅老師。她驕傲地挺起單薄的胸膛，不知為何表情看來非常得意的樣子。還是一樣鬆垮垮的學院用長袍雖然讓人想笑，但庫法沒有多嘴，只是點頭致意。

「這不是拉克拉老師嗎？非常感謝妳救了梅莉達小姐。」

「哎呀，沒什麼啦，畢竟我也不是做慈善事業的嘛！」

「什麼？」

「這次我很厲害喔！在你罷工的期間，我可是鼓足幹勁，奮戰不懈啊。都不曉得救了幾次陷入絕境的安傑爾。這下你也欠我一份不得了的人情了吧？嗯？」

「……嗯，是啊。」

「你知道就好！那麼，首先就請你改正平常的態度吧。不要再隨便摸我的頭，也不要讓我當女學生的玩具，還有暫時當我的跑腿在校內——」

「總覺得有人在叫我的名字。」

天使姊妹接著被召喚過來。最後方座位的人口密度愈來愈高，但梅莉達沒有一絲躊躇地在庫法右邊尋求自己的座位。那當然是庫法與蘿賽蒂之間的空隙，因此稀世的「一代侯爵」啊了一聲，挑起眉毛。

「等一下，梅莉達小姐，妳太狡猾了吧，小庫的旁邊是我的座位！」

「咦~為什麼？假扮情侶的遊戲應該已經結束了吧~？」

「咕唔唔——」

挨了晚輩一記上勾拳的蘿賽蒂，看來非常不甘心似的陷入沉默。梅莉達內心湧現久違的滿足感，用臉頰磨蹭家庭教師的肩膀。她優雅地將愛情纏繞在指尖上……

「嗳，老師，你叫了我的名字嗎？」

被梅莉達用水汪汪的眼神仰望，庫法能回答的話語只有一句。

「我無論何時都在內心呼喚妳，淑女。」

「呀啊，老師真是的……！」

「搞什麼呀？這甜死人的小劇場是怎麼回事！」

蘿賽蒂氣呼呼地發出噓聲，但接著送上炸彈的是愛麗絲。她彷彿對照鏡一般尋求庫法左邊的座位——「喂，慢點，『悶騷』安傑爾！」當然是一邊推開這麼吵鬧的拉克拉老師——然後緊緊地抱住青年的手臂。

同樣仰望著庫法的她，看起來也像有什麼企圖的樣子。

「看來莉塔似乎自認獲得了『優勢』的樣子。」

「這點以家庭教師的身分來說……也非常不樂見呢。」

「同感。都這種時候了，就算是『間接接吻』也無可奈何。莉塔會做的話，我也要跟進。」

什麼？青年還無暇開口，桃色嘴唇便吸住了他左臉頰。愛麗絲啄著庫法的臉頰，津津有味似的發出「啾」的聲音。

因為這狀況沒有任何預兆——即使有前提，結果大概也不會改變吧，只見梅莉達與蘿賽蒂，還有拉克拉不知為何也發出世界末日般的哀號。

「「「嗚呀啊啊～～～～！」」」
「嗯……這就是男人的滋味。」
銀色天使彷彿老饕一般舔了舔嘴脣，庫法只能目瞪口呆地看著她。
「愛……愛麗絲小姐……那個——」
「什麼事？」
「沒……沒什麼。但小姐的目標如果是與梅莉達小姐間接接吻，應該選另一邊的臉頰……」
「真是個盲點。那麼，這邊也………啾。」
「妳做什麼呀，愛麗——！」
雙頰二連親讓梅莉達爆發是必然的現象，那聲哀號終於吸引了巴士裡頭的視線，引發連鎖反應可說是無法避免的狀況。愛麗絲將手纏繞在庫法的脖子上並親吻他的模樣，無論怎麼含蓄地看，都無法當成「肌膚接觸」來了事。
「現在是什麼狀況？庫法老師不知不覺間變得很驚人呢！」
「如果能輪流與庫法老師約會，表示我……我也可以對老師那麼做嗎……」
「經紀人！規劃師！設計師！麻煩設立事務所！」
身陷這慘叫聲不絕於耳的騷動中，庫法身為戰士的直覺告訴自己「快逃」。但能逃去哪裡？

庫法動作流暢地鬆開愛麗絲的手，從最後方的座位飛奔而出，首先擋住他去路的是米特娜會長。她露出能夠殺人的笑容。

「我都看見嘍，庫法老師？」

「我之後再說明——」

庫法脫口說出毫無頭緒的話，不顧一切地飛奔而出。話雖如此，但狹窄的巴士裡頭也無處可逃，被眾人逼入絕境的他奔向窗框。

喀——他狂野地一腳踩在窗框上，用所剩不多的禮儀揮了揮手指。

「各位小姐——我去呼吸一下新鮮的空氣！」

「他逃走了！」

庫法動作輕盈地以後翻上槓的要領飛舞起來，在行駛中的車頂著地。

究竟為什麼會陷入這種狀況呢？此刻也傳來沿著階梯飛奔而上的優雅腳步聲。庫法只是把審判稍微延後，前方已經無路可逃了。

放眼望去，只見一片無限的大地拓展開來。但彼端被封閉在黑暗當中，抬頭仰望的天空也沒有路標。宣告的腳步聲逼近背後，罪人被允許的行為只有祈禱——

「希望今年可以是個安穩和平的一年！」

暗殺教師懇切的願望，隨呼嘯的狂風而去。

後記

各位讀者大家好，我是作者天城ケイ。由於眾多人士的協助，得以像這樣在初春的風吹起前為您送上續集。向等候著本作品出版的「您」致上最深的感謝，還有向閱讀到這邊的讀者大人致上無比的祝福。《刺客守則》第五集，您看得還滿意嗎？衷心期盼弗蘭德爾的風能稍微傳遞到翻開本書的各位讀者身旁。

那麼，要避開劇情洩漏來稍微閒聊的話，第五集的關鍵字之一可以說是「記憶」。我想在創作中多少都會有這樣的一面，我在執筆小說時，有時也會自然而然地活用到目前為止的人生經驗。

提筆寫這次的插曲時，我用來當參考的是小時候就讀教會學校的回憶。說是「週日學校」大家是否比較熟悉呢？附近的孩子們假日會聚集起來，致力於各式各樣的娛樂消遣，讓我印象特別深刻的是在某座山中形成的鐘乳洞，那裡面宛如冥界一般的黑暗。

煞有其事地被傳說「大人進去的話會遭到詛咒」的那個洞窟，當時真的沒有監護人陪同我們前行。竟然只有一群小小年紀的孩子被迫去測試膽量——根本沒有想到大人其實在陰影處守護著我們，對於大人不由分說地把我們從安穩的陽光下推向冥界的身影，當真是充滿怨恨地心想「你們最好遭到詛咒」——咳咳，這件事就當作我們的小祕密吧。

暫且不提那些苦澀的體驗，所謂的記憶有時會以絕對不會褪色的光輝讓心情開朗起來。我絕對不會忘記這次的事情，多虧了喜愛本作品的各位讀者，以及不斷支持本作品的各位讀者，《刺客守則》——決定要漫畫化了！太棒啦，我一直很想說這句話！

從去年出道時起我就經常提到，成為輕小說作家的我，記憶中最高級的幸福就是「有人替自己想像出來的世界繪製插圖」。梅莉達以輕易超越自己幻想的可愛面貌露出笑容；庫法凜然地斜眼望向這邊。倘若告訴各位我在每次欣賞那一張張的插圖時，總是兀自欣喜若狂這件事，各位是否能理解更進一步的多媒體化具備多麼重要的意義呢？我已經有幸欣賞了幾次漫畫版的草稿……咕嘿嘿，我擦一下口水，請稍等。

而且這次在第五集發售的同時，預定會再次推出廣播劇。非常感謝接任配音的梅原裕一郎先生與夏川椎菜小姐。邁向小說、漫畫還有聲音世界的旅途中，有這麼多出色的人物協助我，著實令我感激不盡。

今後我能與讀者大人一同眺望怎樣的地平線呢……由衷感到期盼的同時，這次也差不多到了與各位道別的時間。

最後是慣例的謝詞。

插畫家ニノモトニノ老師。倘若沒有ニノモト老師的七色魔法，本作品是不可能躍進到這種地步的吧。從老奸巨猾的敵人角色到瀟灑時髦的紳士、可愛的女孩子以及秀麗的美青年，豐富的變化總是讓我驚嘆不已。每當看到庫法和梅莉達展現出新的表情時，我總會忍不住想膜拜。實在太感謝啦～

集英社 ULTRA JUMP 編輯部。這次能有緣合作實在深感光榮。在第一次開會討論就針對女主角的體型熱烈演說的時候，我心想「記得去年出道時也沸沸揚揚地進行了這樣的對話呢」，感到非常懷念（翻譯：我在反省了）。

在此向 Fantasia 文庫編輯部、各位出版相關人士，還有閱讀到這邊的「您」致上最深的感謝。是各位讀者購買本書並翻閱的手，讓這部作品成長到這樣的境界，容我再次傳達這點，並由衷地向各位道謝。

《刺客守則》很榮幸能不斷邁向更前方，展翅飛向更高處。從去年的起跑線開始一直沒變過的願望，就是希望本作品能存留在更多人的「記憶」中……伴隨著梅莉達等人的新年度揭開序幕，我也想繃緊神經迎向出道第二年。

但願今後也能承蒙各位關照。讓我們下集再會吧。

天城ケイ

國家圖書館出版品預行編目資料

刺客守則. 5, 暗殺教師與深淵饗宴 / 天城ケイ作 ;
一杞譯. -- 初版. -- 臺北市 : 臺灣角川, 2018.09
面 ; 公分. -- (Kadokawa fantastic novels)
譯自 : アサシンズプライド. 5, 暗殺教師と深淵饗宴
ISBN 978-957-564-419-2(平裝)

861.57 107011440

Kadokawa
Fantastic
Novels

刺客守則 5
暗殺教師與深淵饗宴

（原著名：アサシンズプライド 5 暗殺教師と深淵饗宴）

2018年9月6日 初版第1刷發行
2019年10月16日 初版第2刷發行

作　　者：天城ケイ
插　　畫：ニノモトニノ
譯　　者：一杞

發 行 人：岩崎剛人
總 經 理：楊淑媄
資深總監：許嘉鴻
總 編 輯：蔡佩芬
編　　輯：陳書萍
美術設計：胡芳銘
印　　務：李明修（主任）、張加恩（主任）、張凱棋

發 行 所：台灣角川股份有限公司
地　　址：105台北市光復北路11巷44號5樓
電　　話：（02）2747-2433
傳　　真：（02）2747-2558
網　　址：http://www.kadokawa.com.tw
劃撥帳戶：台灣角川股份有限公司
劃撥帳號：19487412
法律顧問：有澤法律事務所
製　　版：巨茂科技印刷有限公司
ISBN：978-957-564-419-2